人间四季

RENJIANSIJI

香袭书卷 著

中国书籍出版社
China Book Press

图书在版编目(CIP)数据

人间四季 / 香袭书卷著. -- 北京：中国书籍出版社, 2021.6

ISBN 978-7-5068-8527-0

Ⅰ.①人… Ⅱ.①香… Ⅲ.①散文集-中国-当代 Ⅳ.①I267

中国版本图书馆 CIP 数据核字(2021)第 124097 号

人间四季

香袭书卷 著

责任编辑	毕 磊
责任印制	孙马飞 马 芝
出版发行	中国书籍出版社
地　　址	北京市丰台区三路居路 97 号(邮编:100073)
电　　话	(010)52257143(总编室)(010)52257140(发行部)
电子邮箱	eo@chinabp.com.cn
经　　销	全国新华书店
印　　刷	成都兴怡包装装潢有限公司
开　　本	880 毫米×1230 毫米　1/32
字　　数	207 千字
印　　张	9
版　　次	2021 年 8 月第 1 版
印　　次	2021 年 8 月第 1 次印刷
书　　号	ISBN 978-7-5068-8527-0
定　　价	56.00 元

版权所有　翻印必究

目 录
CONTENTS

春天,万物生长

春季节气 / 002
立　春 / 002
雨　水 / 005
惊　蛰 / 009
春　分 / 013
清　明 / 017
谷　雨 / 020

春为发生 / 024
春　和 / 024
绿柳新出二月天 / 027
鸟鸣声声 / 030
古城一夜听雨声 / 032
忙趁东风放纸鸢 / 035
是燕在春天呢喃 / 038

耕种正当时 / 041

春日风物 / 044
细听花闹春 / 044
含　笑 / 048
采　薇 / 051
紫　藤 / 055
舒缓的泡桐花 / 059
习家池的琼花 / 063

夏天，万物皆盛

夏季节气 / 068
立　夏 / 068
小　满 / 073
芒　种 / 077
夏　至 / 081
小　暑 / 085
大　暑 / 089

夏为长赢 / 092
首夏清和 / 092
慢品夏天 / 095
此间夏色 / 099
烟雨初夏 / 103
夏　遇 / 107
山中的夏 / 110

夏正浓 / 114

夏日风物 / 118
林下清泉 / 118
枇杷熟时 / 121
无尽夏 / 124
半夏木槿 / 128
睡莲入夏 / 131
六月的狗尾草 / 135

秋天，万物成熟

秋季节气 / 140
立　秋 / 140
处　暑 / 144
白　露 / 147
秋　分 / 151
寒　露 / 155
霜　降 / 159

秋为收成 / 163
八月的天空 / 163
秋　致 / 166
人间又逢秋 / 169
人间秋色 / 173
秋之凉 / 179
与秋言欢 / 182

秋日风物 / 185
八月的芦苇 / 185
柿柿如意 / 188
食蟹记 / 192
红叶醉秋 / 195
菊有黄华 / 198
每一个日子，都有繁花盛开 / 202

冬天，万物收藏

冬季节气 / 206
立　冬 / 206
小　雪 / 210
大　雪 / 213
冬　至 / 217
小　寒 / 221
大　寒 / 225

冬为安宁 / 229
冬日所遇 / 229
冬之色 / 233
冬阳下 / 237
灰色的冬天 / 240
冬天不寒 / 244
橘色冬天 / 247
冬已暮 / 250

冬日风物 / 253
十一月花事 / 253
山茶凝霜 / 257
一季冬红 / 261
广德寺的蜡梅 / 265
兰芽知春早 / 269

后　　记：关于《人间四季》 / 272

春天，万物生长

SIJI RENJIAN

春季节气

立 春

立春,是喜乐的。《说文解字》中说:"春之言蠢也,物蠢而生",即"蠢蠢欲动"。看着这段解释时,眼前有风拂柳叶的轻柔,有小虫子在爬出洞穴,有花开万里的景象。

春来时,万物始荣。古籍《群芳谱》对立春解释为:"立,始建也。春气始而建立也。"先是东风吹来,土壤逐渐解冻。刚离开冬的怀抱,大地上仍然是冬天的景象。在立春时,暂时看不到春天的痕迹,可是挖开土层,就会发现草根端芽已经在悄悄地萌发。

南方的小虫,闻风而动,开始爬出洞穴在外觅食物;北方的小虫子们从冬眠中苏醒过来。我仿佛听见了草地上的小虫,窸窸窣窣发出的声响。

水里的冰缓缓融化,鱼儿浮出水面。无论是植物还是动物,在立春之后,都有了动静。经过了一个冬天的深藏,这时的心情应该是悦动的。大自然中的植物和动物,从来都是较人们早些感知到春的气息。

一切事物,都在春来时,生出喜乐之气象。《论语》开篇:"学而时习之,不亦说乎?有朋自远方来,不亦乐乎?人不知而不愠,不亦君子乎?"

也就是说当我们能够关注日常,把学习到的技能运用到日常的点滴实践中,内心是喜悦的。有志同道合的朋友在一起交流,心灵是快乐的。不被他人理解也不愤怒,人生是平和喜乐的。

孔子一生提倡"乐"道,在他最困苦的时期,绝粮于陈蔡七日,仍然是弹琴讲学,内心没有悲苦,更多的是享受着当下的琴音,从中获得内心的清净与欢喜,度过了困境。乐,是一种能力,是对生命的态度。

人间喜事,蕴藏在一年四季,寻常生活的细节中。能在细微的小事中,感知到喜乐的人,心是甜的,心甜则日子就甜美。爱挑剔抱怨的人,总认为生活不如意,那么生活回赠给他的,也是苦涩。

我们这一生,要经历很多。心怀喜乐,才能寻找到真正的幸福。每个人都会有站在高处的欢喜,也会有跌落谷底的时刻,在任何一种境遇中,都需要保持一颗从容喜乐之心。

大地在立春时节,还是一片冬的景象。树木经过一场冬的历练,已经有了面对新季节的勇气。正是经过冬的寒冷与风雪,大地上的植物蓄积了足够的水分,只等春来,就有了新生的气象。

"人不知而不愠,不亦君子乎?"没有人能够得到所有人的认可,都会有被误解,不被理解的时候。平和喜乐的心,才是我们面对生命起落的最佳态度。春天的绿芽,正在悄然冒出。春,自有它初生的欢喜。

每一件事情的发生都有着它的意义,只要向着光明的一面,去用力生长。心怀喜乐,去用心生活。生命的状态,定会呈现出一派明朗和清新。

四季的山水草木里,藏着喜乐。"智者乐水,仁者乐山",可见山水之间是有着智慧的。用一颗仁爱的心去对待一草一木,一山一水，我们的快乐之源，在大自然的每一寸之间。

"布衣暖，菜根香，诗书滋味长。"布衣中有着暖心的日子，粗茶淡饭中有着浓浓的人情味，学习的艰辛是为明天美好的生活奠基。掀开春的门帘，万物开始苏醒，大地上阳气涌动，一切向阳而生。

中国传统将立春的十五天分为三候："一候东风解冻，二候蛰虫始振，三候鱼陟负冰"，说的是东风送暖，大地开始解冻。立春五日后，蛰居的虫类慢慢在洞中苏醒，再过五日，河里的冰开始溶化，鱼开始到水面上游动。

立春了，大自然中有了响动，是春天在敲门。推开春的大门，就会出现一片欣欣向荣的景象。立春后，大地回暖，阳气渐升，大自然中的动物，植物，还有生活在大地上的人们，都能感受到季节的变化。

东风送暖，百草回芽，大地开始解冻。蛰居的虫类慢慢苏醒，水面上的冰在融化，鱼儿开始在水面游动。所有美好的事物，都将纷沓而至。

春天，正在将一切美好而向上的事物呈现，又如何不让人欣喜？有春天自冬天来，不亦乐乎。

立春，万物生。

雨　水

雨水节气来时，心情的潮湿，无缘由地流淌。刚过了立春的十五天，雨水就按时赴约。这个节气是有声响的，鸟儿们的鸣叫声，雨丝落下的滴答声，走在青石板上的木屐声，深巷里的卖花声。

"小楼一夜听风雨，深巷明朝卖杏花。"就这么一笔，就把春天的温润写到了惊艳。只是一夜的春雨，就在第二天的清晨，深深的小巷里，传来了卖杏花的声音。是雨水把春天唤醒，万物跟着开始欢欣。

是那让人愁的雨水，生出了心底的千丝百结。心事就是那雨丝，连绵成线，牵扯着每一个神经。与那个卖花人的心，是相通的，生活从不放过任何人，我们都是那个小巷深处走来的卖花人。

普通人有着自己的喜怒哀乐，那是接地气的，就像这雨水，他的归宿就是大地。雨水节气，有个风俗是"雨水尝春"，这就是民间最普通的人对节气最好的解读。尝春，多么生动。春天，它是什么滋味呢，应该是郊外那一丛丛野菜的气息吧。

去年雨水，与几位友人去登山。古城的山离城市很近，我们会时常去山中寻趣。有人带来了女伴，名字叫"陌上"。一听就喜欢的名字，一个与生活接近的女孩。每个人的网名，都传递着自己的个人习性。

叫"陌上"的女孩，带来了一个小铲刀和一个环保袋。"爬山，你带着这些干吗？""挖点野菜，回家做包子。"她告诉我们："雨水尝春。"有趣的人，来自灵魂的趣味性。一个人，能把日子过在古老的节气中，她应该是大俗大雅之人。

漫山遍野的野菜，随处可见。绿油油的一片，铺在山路的两边。一棵一棵地挖起来，新鲜的让人爱不释手。从来没觉得野菜，也有自己的美丽风韵，我们经常会忽略那些易见事物的美丽。

那天，天也是阴沉的，所幸没有雨。并不是雨水就该下雨，它有时候还会是晴朗的。雨水节气的野菜，与陌上的朴实很搭调。一个人的性情中，会与所处的事物生出融合性。

"为什么不叫陌上花开？""花开时，春天的艳丽都在花上。而陌上的味道，是在土地上。"女子朴实的秉性，真是难得。我们有一搭无一搭地聊着，手上的野菜多了起来。

陌上，是我对雨水最美好的记忆。通过闲聊，我知道了她对大山的热爱。从大山深处走出来的陌上，从小就熟悉山上的植物，并知道每个节气相对应的农事。她给我讲了自己一路的艰辛，从大山走向城市的经历。

生活是本教科书，我们都是它的学生。在生活中淌过，身上注定烙下印痕，这些印痕让我们懂得了与生活的相处之道。比如陌上对野菜的喜爱，她还告诉我几种做野菜的方法。蒸包子，凉拌，蒜蓉，还有做成菜团子。

当我们能够从生活中汲取养分，用于生活时，它就成了经验。从小吃野菜的陌上女孩，身上自带土地的气息，有着淳朴与厚实。话语不多，却内心宽阔。从此，我记住了，雨水时节，有"雨水尝春"的典故。

雨水节气，是万物复苏的开始。《月令七十二候集解》："正月中，天一生水。春始属木，然生木者必水也，故立春后继之雨水。且东风既解冻，则散而为雨矣。"意思是说，雨水节气前后，万物开始萌动，真正的春天就要到了。

这个时节的天气，是时暖时寒，衣物还是穿厚实点好。春捂秋冻，就是说这个季节的寒气依然还有。"上薄下厚"，重点是腰部以下的部位，还需要保暖。

雨水，应该是喜悦的。杜甫的诗总是带着人情味，他写下："好雨知时节，当春乃发生。随风潜入夜，润物细无声。"

《红楼梦》中薛宝钗的药方，必须要有雨水节气的雨水。这药方叫"可巧"。"春天开的白牡丹花蕊十二两，夏天开的白荷花蕊十二两，秋天的白芙蓉蕊十二两，冬天的白梅花蕊十二两。将这四样花蕊，于次年春分这日晒干，和在药末子一处，一齐研好，又要雨水这日的雨水十二钱，白露这日的露水十二钱，霜降这日的霜十二钱，小雪这日的雪十二钱。"

一年四季，春夏秋冬，用常理来配这一方药，估计多少年都难以配齐。因为难免遇到雨水这日没有雨，白露这日没有露，霜降这日没有霜，小雪这日没有雪，用周瑞家的话来说，"等十年未必都这样巧呢"。但宝钗却"一二年间可巧都得了"。

一些机缘，就是巧合。相遇是一场缘分，可巧是一段契合。这些与雨水有关的人事，总是让人觉着自然流畅。人这一生的际遇，也是如此吧。

古代将雨水分为三候："一候獭祭鱼；二候鸿雁来；三候草木萌动。"

雨水三候对应的花信"一候菜花，二候棠棣，三候李花"。此节气，水獭开始捕鱼了，将鱼摆在岸边如同先祭后食的样子；五天过后，大雁开始从南方飞回北方；再过五天，在"润物细无

春天，万物生长　　007

声"的春雨中,草木随地中阳气的上升而开始抽出嫩芽。从此,大地渐渐开始呈现出一派欣欣向荣的景象。

雨水,滋养万物。大地渴望着春雨的来临,人们期盼着春季的耕种。古有"逢雨是喜"的说法。润物细无声,总让我想起老师们的教诲,在一生中潜移默化地影响着我们。那不就是春天的雨水吗,浇灌着我们的心灵。如春风细雨般,静而有力,催生着万物苏醒。

卷帘读书,雨水时节。书中的句子,带来了春生的力量。"好的文字兼有两大功效,一是可以补钙,让不屈的脊梁挺得更直。二则增柔,让自由的心灵流动不居。"句句入心,如丝丝雨水滴落。

润泽万物的雨水,是珍贵的。不久,大地就会生机勃勃,陌上的野菜又有了新的一茬,在生长。

惊　蛰

"惊蛰"这一天，我是在凌晨五点半起床的。此时，东方的天空，已经有晕红的晨曦出现。天光大亮。城市的霓虹灯还在楼房与街道上做着景观。鸟儿们并没有起早鸣叫，空气清新。

就像是一声号令，到了惊蛰，万物都有了朝气蓬勃的气象。植物们泛出了浑身的绿意，小动物们四处活动。大地醒在春天，连阳光都出来得早了。气温不再是在低处徘徊，而是持续上升。

已经不需要披肩的保暖，一身毛衫足可以抵御清晨的微微寒意。天空比往日明亮的速度要快，清晨六点半，世界已经披上温柔的暖光。

"春天来了，春天来了。"一声布谷鸟的声音，划开了清晨的安静，不一会儿，群鸟开始歌唱。到了惊蛰，真正的春天才算是来了。草木在立春和雨水时节，还是有所保留地吐绿，一声春雷响起，开始齐刷刷地跳跃着，飞速生长。

这时的桃花，已经开始将自己的妖娆与风情，发挥到了极致。桃花和人一样，遇到了适合自己的时节，就会露出妩媚之气。在所爱的人面前，在所爱的时节里，风情是挡不住的。

草籽，老树，枯藤，开始泛绿。大地醒来，万物复苏。沉睡了整个冬天，也该舒展舒展筋骨了。小动物们更是迫不及待地动了起来，蚂蚁翻身，飞蛾破茧而出。

惊蛰有三候:"一候桃始华,二候仓庚鸣,三候鹰化为鸠。"

前面五天,桃花要开了。桃,果名,花色红,是月始开。中间五天,两个黄鹂鸣翠柳的日子开始了。鸟出而鸣啼,春暖花开之庆也。最后五天,狠厉的鹰变了模样,像是温柔的鸠,鸠即今之布谷。

惊蛰,惊动了许多的鸟儿。有句古言:"惊蛰乌鸦叫"。我在城市里很少能听见乌鸦的叫声,但是这并不妨碍我对乌鸦的相熟。因为在我们湖北的武当山,山腰有一片乌鸦岭。乌鸦在平常处,是一种不祥之鸟,一般人是不会喜欢的,而在武当山却被奉为神鸟。

据说,神鸟会给人带路。身在乌鸦岭时,拿出一些玉米面包之类的食物,乌鸦就会飞过来,落在手心。给乌鸦喂食,我是没有尝试过,也只是听说的。但是,听乌鸦的鸣叫,倒是每年都会去听的。

说来奇怪,平日里难得一见的乌鸦,在武当山的乌鸦岭是数量极多的。每年去武当山,都会坐在山的半腰处,听听乌鸦的声音。在惊蛰这天,想起关于古言语中"惊蛰乌鸦叫",就忆起了一些往事。

中国是一个文化古国,每一座山都有着它特有的文化底蕴。二十四节气中的"惊蛰",更是有着丰富的内涵。中国文化的起源就是农耕文化,惊蛰对于古人来说,是春耕的开始,也因此"惊蛰"是一个很受重视的节气,在农忙上有着相当重要的意义。

唐诗有云:"微雨众卉新,一雷惊蛰始。田家几日闲,耕种从此起。"农谚也说:"过了惊蛰节,春耕不能歇","九尽杨花开,农活一齐来"。

有一年,也是在惊蛰节气前后,还记得那时梨花杏花开满了枝头。行至一处山洼,刚好有乡民在耕种。土地松软,男人驾着牛车在前翻动，女人挎着篮子在后面丢着种子。从公路上望去，耕起的土陇，一行一行。大地，人，牛，那一幅和谐的图画，成了我对那块山洼最深的记忆。

友人抓拍的一张照片，我珍藏至今。照片中，人与大自然，我和土陇，耕牛与男人，女人的头巾，还有古树的苍劲，以及山路的婉绵，仔细看还能看见有几只鸟落在树上。

闻着乡土的气息，我站在春天里，很久很久。是想起了什么，还是在感知什么，那一张照片上我的神情安详，整个照片呈现出的是祥和与生机。我想，惊蛰就应该是这个样子的，满怀希望地耕种，并持久期待。

《月令七十二候集解》："二月节……万物出乎震，震为雷，故曰惊蛰，是蛰虫惊而出走矣。"这时天气转暖，渐有春雷，动物入冬藏伏土中，不饮不食，称为"蛰"，而"惊蛰"即上天以打雷惊醒蛰居动物的日子。

说起春雷，还真的很少听见。今年的古城又是一片艳阳天，阳光在我写字的时候，就洒满了大地。这个惊蛰是明媚的，很久都没有下雨了。都说"春雨贵如油"，多想能在惊蛰时，听一声春雷响起，然后有雨落下的声音。

小时候害怕打雷，尤其是夜晚，雷声一响，就抓紧被子，窝着不动。总觉得小时候春天的雷声多一些，现如今感觉听雷声的次数少了许多。当雷声响起，再来几处闪电，天就像炸开一个窟窿，哗哗地哭着，春雨就来了。

桃花，黄鹂，布谷鸟，把春天叫醒。上学时老师让我们背诵："两个黄鹂鸣翠柳，一行白鹭上青天。留连戏蝶时时舞，自在娇莺恰恰啼。映阶碧草自春色，隔叶黄鹂空好音。几处草莺争暖树，谁家新燕啄春泥。"

"两个黄鹂，一行白鹭，翻飞的蝴蝶，几处草莺，几只新燕。"这样的春天是热闹的,一切都是新的气象。"翠柳,暖树,春色,春泥",带着春天的气息扑面而来。惊蛰时,春天里所有的景象都开始了。

到了惊蛰节气,花事众多。惊蛰时的花信风:"一候桃花,二候棣棠,三候蔷薇。"桃花灼灼,棣棠娆娆,蔷薇蔓蔓。古往今来,有几人会在春天不去看花呢?年年花事有,我们也会择人同往。三五知己,在桃花树下,放肆欢闹一场。五六友人,在棣棠的妖娆中,说着情怀,亦是一段佳年华。熟悉的,陌生的,都在一架蔷薇前,细嗅花香,日月便是在花中了。

中国人,总是诗意地栖居在大地上。古人习惯了在庸常的生活中,发现不同寻常的情趣与美。不仅为后人留下了二十四节气的传统文化,还留下许多诗句。词人欧阳修说:"聚散匆匆,此恨无穷。今年花胜去年红,可惜明年花更好,知与谁同。"

惊蛰,花开满目。只恨不能把春长留,所能够做的也只是珍惜眼前景,珍惜眼前人。在万物都灵动的时分,抓紧时间,春耕,赏花,听鸟鸣,用力生长,然后和世界谈情说爱。

春　分

春分,我们去踏青了。三月的阳光实在温软,让人由内至外都透出一股舒服劲。山路两旁的青草,在阳光里露出的绿意,自然清新。桃花开满树,一只小鸟站立在桃花丛中,叽叽喳喳地叫着,空气中飘着清香。

古城的梅园入口,桃花一树一树地开着。微风过时,花瓣纷纷飘落。树根处的台阶上,一层层洒满花瓣。拾级而上,仿佛自己成了桃花仙子,入了仙境的美妙。阳光从桃花之间的缝隙中,落在睫毛上,眼前的粉色世界,让人想要一直闭着眼睛,只用通过呼吸去感受。

后山上的野花,开出一片片紫色。娇小的身姿,顺着山坡生长着,一株小小的野花是不起眼的,连成了片,便是让人惊艳的。尤其是紫色,容易迷醉的颜色,把山野装扮得无比俏丽。

不得不赞叹,春分时的青草。经过了一个冬天的深藏,刚冒出来,就旺盛地生长着,漫山遍野都是绿,目光触及处,就有了新意。是新意,一个崭新的春天。在午后阳光下,席地而坐,鼻息之间都是清透的芳草香。

春色无边,尤其是在春分时节。惊蛰节气之后,一场细雨,草木都开始旺盛地生长,到了春分,草木已经由最初的萌发,逐渐走向平稳而有力地生长了。该开的花,都已经开了。树干上的绿叶，不再是星星点点，而是爬满了枝干。

春分有三候："一候元鸟至，二候雷乃发声，三候始电。"

从这时候起，燕子要飞回来了。燕子飞回来，人也就该换上春天的衣裳了，不必再捂着冻着。元鸟，燕也。它们是春分而来，秋分而去。再五天，就要听见轰隆隆的雷声了。阴阳相薄为雷，至此四阳渐盛，犹有阴焉，则相薄，乃发声矣。最后五天，雷声一响，闪电也就跟着到了。电，阳光也，四阳盛长。

走在山路上，能够听见植物拔节的声音。鸟儿们更是欢欣雀跃，亮出嗓门对着春天鸣叫。"春分了，春天已经过半。"是鸟儿在提醒人们，要珍惜这短暂的春光。

半山腰的平地处，脚下踏着松软的青草地，天空蓝得透明。一丝杂念都没有，不远处的树梢上，鸟窝正对着天空仰望。手中的风筝，随风而起。对整个春天的祝福，都在那扬手放起的风筝里。

春分，是放风筝最好的季节。因为这时的风平稳，风筝很容易放飞。几只燕子从头顶飞过。每年春分前后，燕子都会从南方返回。天空，草地，小鸟，还有生在其中的我们。春分流动的气韵，原来是和谐与自然，是轻松与快乐，是满心的欢喜。

"给我讲讲春分吧。"

"春分，不就是种地吗？到了春分，乡间就开始忙着春耕。你看她们正在栽着辣椒，四季豆。"

春分前后，是播种的好时节。有早一点种下的种子，已经从薄膜下露出了小芽苗。菜地的阿姨递给我一个小铲刀，让我在蚕豆苗的空隙中寻找菠菜。与泥土的亲密接触，会让人真正享受到纯粹的喜乐。地里挖出的胡萝卜，带着泥土，新鲜得让人想洗一根，生吃。

阿姨告诉我："生活其实很简单，种好自己的田地，过好自己的生活，就是好事。"很多智慧都藏在岁月里，历经了岁月的醇香，种菜的阿姨活得如此通透。是啊，做好自己的工作，经营好自己的生活，就是正事。

春分时节，是耕种的季节。田间地头到处都能见到忙碌的身影。农民们种下这一季的种子，我们应该播种下一点什么呢？

与南方友人说起春分放风筝的事情，他给我讲了一个长长的关于风筝的故事。他告诉我："青少年时做了很多风筝，留下许多美好的回忆。风筝的形状有猫头鹰，蜈蚣，蜻蜓。1984年在北京天安门看放风筝，就买回来一本书照着做，手艺好着呢。"

他说："热爱生活的人，动手能力会很强。其实热爱生活，就会什么都喜欢尝试去做，做做就会了，做多了就精通了。那我就给你讲讲年少时候的快乐，做风筝的事吧。"

"1984年，15岁，当年和弟弟随着父亲去北京出差，盛夏八月在天安门广场，看见漫天飞舞的风筝各式各样，我激动无比，小时候简单的蝌蚪型的风筝，以为就是很好了。那些各式各样的风筝吸引我，然后去书店买了一本风筝制作的书，回到沈阳后，学习制作。

"从骨架结构琢磨，到找竹子，然后用刀削竹子，蜡烛烤竹子，全部按照书上的制作要求自己精心完成。但是没有绢布，只能用比较结实的一种褐色厚一点的纸张，没有胶水就用米糊当粘连剂。

"完成骨架到糊风筝后，用颜料画上图案，我最经典的制作是三个风筝，蜻蜓，蜈蚣，鹰。都要画上图案，飞起来非常逼真。其中，蜻蜓的眼睛和尾巴，都是可以转动的。骨架是可以拆分的，便于收藏。翅膀和尾巴部分都可以分开组装。

"然后就是试飞和吊线，吊线的角度看你是要飞高还是飞远，根据风的大小和风阻角度吊线。后来买的钓鱼线最好，尼龙材料的线最结实。为了方便收放线，线盘也是要做得好用。雄鹰的吊线就一根,这个其实很难的,因为可以盘旋和俯冲,所以只能一根线。

"最好玩的是天女散花,一个特殊的竹子做的机构,当风筝飞高后,单独把它放在线上,接着风力一点点爬上去,放一些纸屑在这个小机构里。等到接着风爬到高空的风筝后,碰撞开关打开后,纸屑就漫天散开来。

"做风筝其实在于左右平衡和上下的比重及配重,要飞得高和稳,很重要在于这个因素。所以骨架要轻,要强度和韧性好,厚薄处左右要一样。火烤的曲度弯度要左右一样,这样风阻会一致。

"当年的企业大院和广场,甚至 1984 年的沈阳,我记忆里没有看见过天上飞翔的动物昆虫类型的风筝,我不敢说是第一个做此类风筝的人,但是也差不多。一本书一个风筝的世界,北京之行值得,童年最美好的回忆。"

"那你做的风筝,后来送给谁了?"

"收藏箱底多年,工作后搬家都送给我的童年伙伴了。"

讲完这些,友人爽朗地笑了几声。春分的韵味在风筝中游动,带着童年最美好的记忆,带着春天的朝气与生机。热爱生活的人,总是充满快乐的,他们会在每一个瞬间享受到生命的饱满与丰盈。

《月令七十二候集解》:"二月中,分者半也,此当九十日之半,故谓之分。"另《春秋繁露·阴阳出入上下篇》说:"春分者,阴阳相半也,故昼夜均而寒暑平。"民间活动,一般算作踏青的正式开始。自古沿袭下来的放风筝,是春分的一道风景线。古时的妇女小孩放风筝,会在风筝上写祝福,希望带来好运。

春分时节,辽阔的大地上,岸柳青青,莺飞草长,小麦拔节,油菜花香,桃红李白。春天走到一半,我们去郊外踏青。

在青草地上,我放飞了一只载满祝福的风筝。

清　明

　　总有一些人，在我们的生命中永远值得纪念。春分之后的清明，是唯一的节气与节日同天。我们用这个景和清明的日子，来纪念那些让我们难于忘怀的人。

　　俗话说："清明断雪，谷雨断霜。"就在春分与清明之间，襄阳古城下过一场春雪。许多人称这场雪叫着"桃花雪"，因为下雪那天，桃花与雪花一起在天空中飞舞。我在清明节的这天回忆起那场桃花雪，总感觉它带着某种思念的味道。

　　也就是说，清明节之后，再也不会有雪花降落了。属于冬天的雪，终于在清明时节，退回到属于它的季节。冬天再漫长，也有结束的一天，它被人类最强烈的情感融化。中国传统节日里，清明是每个中国人祭祖的日子。

　　《论语·学而篇》中曾子曰："慎终追远，民德归厚矣。"古人的这句话蕴含着几层意思，一是告诉我们慎重地办理父母的丧事，虔诚地祭奠祖先。二是让我们把自身的行为，以先贤为榜样，严格要求自己，那么我们的德行自然敦厚了。三是说，如果我们能在做事前想想此事的动机和初衷，并且能够想到这样做的后果，就会少做错事，民风自然就能厚淳，然后就会有"厚德载物"。

　　中国人的智慧，早在几千年前就有了。以先贤为镜，以正自身，我们的品性德行，素养就会提高。一个能够孝顺父母的人，

春天，万物生长

内心也是光明的。清明节,留给我们的除了思念还有思考。

诗人在清明节气写下:"烟雨十里春深,落花轻覆草痕。陌上青青柳色,心中念念故人。"到了清明,春天就已经走向深处了,这时的草木都是脆生生的绿意。柳条在风中摇摆着,甚是动人,尤其是几只鸟儿在柳树枝丫间穿行,心中念念不忘的故人,让我们有了像春日的烟雨,绵长而悠远的回忆。

《月令七十二候集解》里:"万物到了这个节气,都以新鲜洁净的面目出现了,所以唤为清明。"清明,三月节,物至此时皆以洁齐而清明。

清明三候,一候桐始华:清明来到,白桐花开,清芬怡人。春来万物复苏,到清明时节,阳气更盛,各种各样的花竞相开放。

二候田鼠化为鴽:田鼠因烈阳之气渐盛而躲回洞穴,喜爱阳气的鸟儿则开始出来活动了。田鼠为至阴之物,鸟为至阳之物。此语意指阴气潜藏而阳气渐盛。可观春日里的草长莺飞之景象。

三候虹始见:清明时节多雨,故而彩虹出现。在风光明媚的春季,有了雨水的洗涤,有了繁茂的植物绿叶对裸土的封遮和对粉尘的吸收,美丽的彩虹才会出现在雨后的天空。

清明来时,我们去谷城老君山的樱花谷。十里樱花烟雨中,落英缤纷念故人。樱花开在这样的时节,落在这样的时节,一生都带着一种迷人的气质。只是樱花年年花如旧,赏花之人,已经换了容颜。樱花开在这个春天,它纷纷扬扬地,盛大而浓烈地开着。我把清明节的思念,放在樱花中,让它开也有情,落也有情。

在樱花谷中,有一片白色的海棠。一树一树的海棠花,像是在向着人们诉说,诉说那一段段难忘的往事,诉说着一个个英雄的故事。我们生而平凡,但是我们可以选择过一个不平凡的人生。

海棠的清香,沁人心脾。树下的青草,绿得迷眼。踏在青青的芳草上,脚步是复杂的。有着对逝去亲人悼念的沉重哀思,也有着清明时节踏青的欢愉。复杂的情感,原本就是人类最丰厚的生命体验。

清明节有两大节令传统:一是礼敬祖先,慎终追远;二是踏青郊游、亲近自然。清明节兼具自然与人文两大内涵,既是节气又是节日,清明节不仅有祭扫、缅怀、追思的主题,也有踏青郊游、愉悦身心的主题。

《岁时百问》解释说:"万物生长此时,皆清洁明净,故谓之清明。"郊外的草痕上,植物清洁明净。草色是清脆的绿,花色是纯真的粉和纯正的白。天空是湛蓝色的,风也是细微动人的。中国传统节日。清明节的习俗,放风筝,踏青,植树插柳,祭祖扫墓。正是因为此时节,万物清明,是踏青的好时节,故也叫"踏青节"。

清明时节,小麦拔节,稻田里下了秧苗。在一块水田边站立,田间的小秧苗,细细的,阳光倒映在水田,泛起一层层光芒。一根根小秧苗,在春风中,迎着光,细小却坚强。田埂上的种地人,看着那块水田,笑眯眯地趁着空闲,点燃了一根烟。

庄户人家,有人在清明节的阳光下,编织着小小的筐篮。手艺人告诉我:"一个篮子编织出来,需要好几道工艺。先是挑选好的竹子,然后劈成一条条细细的竹条,把这些竹条打磨成圆润光滑,再进行编织。"清明节的阳光,照在手艺人的脸上,带着皱褶,有着热情。

"清明时节雨纷纷,路上行人欲断魂。借问酒家何处寻,牧童遥指杏花村。"清明节是绕不过唐朝诗人杜牧的这首诗。我在老君山樱花盛开的村落,遇见了属于清明的草木,遇见了活在清明中的人,遇见了明天将要长大的秧苗,也想念着故去的亲人。

清明时节的雨水和阳光,都是为了纪念那些不能忘记的人。

春天,万物生长

谷 雨

春天从最初的立春，经过雨水的滋润，和惊蛰的萌动，到了春分的繁茂，再蹚过清明的河流，就到了最后一个节气：谷雨。谷雨后，再过十五天，就该是立夏。谷雨，是春夏交替的口岸。

春天每经过一个节气，绿色便会多一重。谷雨时节，草木已是深绿。有了劲道的绿色，让人愈加踏实。春天最真实的面孔，出现在生活中。刚开始立春时，我们需要费力寻找春的讯息，而到了谷雨，春天就把一个完整的面容，呈现在我们眼前。

暮春，谷雨。柳绿茶青，春燕穿梭，杜鹃啼血，目当吐蕊，樱桃红了。好一派春季的景象，大自然一片生机。这时，整个世界是清新明亮的。谷雨时节的雨，是剔透的。

"谷雨前后，种瓜点豆。"乡村的菜地里，大多是刚栽种下的菜秧。黄瓜，辣椒，茄子，豇豆，一应俱全都是小小的菜苗。

此时，"野有蔓草，零露漙兮。有美一人，清扬婉兮"。芳草地上，绿荫树下，芳林深处，看一切植物，都仿若美人，清丽婉约，翩跹优美，楚楚动人。一草一木皆动人，一寸芳草一寸心。我们与大自然的草木是相通的。

谷雨时节，乡间山道两旁的植物，在春天里吐趣，连带亲近它们的人，也生出了一些温婉的柔情。那丝丝缕缕的情愫，在心间来回徘徊，春天的最后一个节气，便更是想要珍惜。就怕错过了,又是下一个季节。最是深情得人心,对草木,对人事。

"谷雨看花局一新",谷雨节气来时,古城襄阳下了一场雨。雨持续了一个白天,在午后时分,我们去了郊外的紫薇园。谷雨时节的雨,有着它特有的气质。

紫薇园是以园林文化为内涵,里面种植着三百多种植物。入园,路边的花草,就用它们茂盛的姿态欢迎着路人。《采薇》中的野豌豆,沿路都是。紫色的花串,绿色的藤径,狭长的豆荚,在谷雨时节的一场雨中,有了壮士归程,见草色念亲人的传说。

雨中行人稀少,我和几位家人的说话声,伴随着雨声,偶尔穿插着鸟儿飞过留下的鸣叫声。紫薇园的花卉,在谷雨时节,是迷人的。红的、黄的、紫色的、白色的、粉色的,不同色彩,不同姿态,不同的名字,开在目光能够触及的土地上。

浮萍在谷雨时节,开始在水面生长。江面上新生的浮萍,还是幼小的。如钱币大小的浮萍,星星点点散落在江面。岸边一条停泊的木船,有了些年岁的痕迹。鱼虾,船桨,水乡。

看着江面上浮萍随着水波荡漾,凡尘往事浮上心头。人生如寄,多似浮萍。每个人都在自己的一生中挣扎,起落沉浮,皆是未知。有如初生浮萍的升起,也有老去浮萍的沉没。人人如此,历经一场沉浮不定的人生,然后归于静寂。

能够在江面之上,长出一片自己的天地,是快乐的。刚开始看它时,它还很小。没过多久,再次路过看它,它已经是占据了江面的很大一片位置。不担心自己的幼小,只要有生长的能力,终会长出自己的气势。

布谷鸟的叫声,是在催促人们赶紧趁着季节耕种。"清明下种,谷雨下秧。"郊外的田间,乡民们早就把水田灌上了水,只等到种子发芽,长成秧苗,就开始插秧。

《三字经》中"稻粱菽,麦黍稷,此六谷,人所食。"稻谷,小米，豆类，小麦，玉米，高粱，这是我们日常生活中最重要的食物。也因此，布谷鸟会催耕，它是担心过了季节不耕种，将来的收成受到影响。"谷雨生百谷"，最是一年中播种的好时节。

桑树上落着一只戴胜鸟，这时，蚕宝宝将要降生了。当桑叶繁茂，蚕宝宝应时而生。中国古代文明中，桑便是家园的代称。房前屋后，寻一处栽种几棵桑树，就有了生活的保障。蚕吐丝，丝绸以它的轻柔和丝滑，改善着人们的生活。春蚕，桑树，戴胜鸟。

前一段日子去古城的国家湿地公园长寿岛，空地上的桑树已经冒出了许多的芽片。有的叶片已是宽大。老人告诉我，桑树是很容易成活的树木，并且桑叶长起来特别的快，足够蚕宝宝们享用。小时候，到了这个季节，也会养一些蚕宝宝，每天用个纸盒带着，没事了就拿出来看看。

蚕宝宝吃桑叶，特别有趣。一点一点，肉乎乎的嘴巴蠕动着，桑叶便会被它们一点一点地吃光。蚕宝宝会把桑叶吃得干干净净，只剩下一点茎脉。记得上学时，都会带着它们，上课还会在课桌下偷看。那些陈年往事，每每到了季节，就会同着这个季节一起，浮现心头。

《月令七十二候集解》中说，"三月中，自雨水后，土膏脉动，今又雨其谷于水也……盖谷以此时播种，自上而下也"，故此得名。

谷雨有三候："第一候萍始生；第二候鸣鸠拂其羽；第三候为戴胜降于桑。"是说谷雨后降雨量增多，浮萍开始生长，接着布谷鸟便开始提醒人们播种了，然后是桑树上开始见到戴胜鸟。

古人在谷雨时节，有着食香椿，赏牡丹，采茶的风俗。"雨前香椿嫩如丝"，谷雨前的香椿，还是鲜嫩可口的。父亲爱吃香椿，每到香椿发芽，母亲就会买一把新鲜的回来，餐桌上就多了一道香椿炒鸡蛋。

　　不远处的采茶人，正忙着赶时节采摘谷雨茶。古书记载：谷雨前采茶，细如雀舌，曰："雨前茶"。民间此时也是采茶，制茶，交易的好时节。雨前茶和明前茶一样，讲究的是时节。明前茶，是清明时节采摘的，雨前茶是谷雨时节采摘的。

　　明前茶和雨前茶，都是春季最好的茶。因其顺应着时节气候采摘，带着春季节令的精气神。泡一杯新茶，静心润肺，清香沁脾。再叹一声："知己何需有？"人生的境界，便在不言而喻中。

　　雨菲芳草湿，谷雨更一新。再读郑板桥的《七言诗》，就有了真切的感受。"正好清明连谷雨，一杯香茗坐其间。"在谷雨时节，品一杯谷雨茶，听几声布谷声，看几丛浮萍生，也不枉来过春天最后的节气：谷雨。

　　谷雨之后，就该立夏了。

春天，万物生长　　023

春为发生

春　和

春天，万物春和景明。天空湛蓝如洗，鸟鸣声清脆，草木吐翠，花朵倾芳，大自然中的一切都在一片和谐中，向着最美的春光行进。

大地上，苏醒之后的植物茂盛地生长，小动物们更是欢腾。春气是平稳的，春意是温和的，春风是和暖的，春雨是平和的。一个"和"字，把与春季有关的事物，全都装在其中。

古书记载："方春和时，草木群生之物皆有以自乐。"草木群生，自有其乐。在一众草木的心中，春天就应该是和谐快乐的。目光所及，草木兀自生出春的气象来。

齐刷刷地，草木唱出一首春天的歌谣。春情荡漾，风和日丽时，一家老小去郊外踏青，郊游，席地而坐。再用心点，头上插上一枝花簪，顶着娇俏，春的明媚就堆积在眼角眉梢。轻启朱唇吐出一句："春日百般好。"

酌上几杯酒，吟诵几首诗。微风宜人，对着春天饮一杯，一片花瓣刚好从院落的树上落入杯中，就着花香饮下一口，眼前的人儿，布衣翩跹，进进出出。孩子们，追逐着猫狗，桌上的佳肴，色香味俱全。

苏东坡每到花开必置酒,还留下他酒中的春色。"今岁花时深院,尽日东风,轻飏茶烟。但有绿苔芳草,柳絮榆钱。"春色无边,春风微醺,诗茶酒色,俱在一声轻叹中。

"闻道城西,长廊古寺,甲第名园。有国艳带酒,天香染袂,为我留连。"听说城西的名园,有位佳人,能歌善舞。她为我酌酒,以至于我的袖子上都染上她的芳香。酒中自有况味,五味杂陈,在心间荡气回肠。

放风筝,插花簪,酌春酒,挖野菜,春读书。能在春天做的事情太多,每事都有着乐趣。春日的好,不仅是美在表象,还有内在流动的生机和融洽。

春气和祥,景色明亮,草木荣盛。微风细雨,拂动着岸边的垂柳,一挂绿芽,在风中轻舞,江面上的野鸭,游来游去,路上的行人,在春色中是愉悦的。心头的那点烦恼事,也淡了许多。

一顿美味,定是五味调和,才算得上爽口宜人。一首乐曲,定是有着八音的和谐,才能悦耳动听。春天挥动着手中的指挥棒,让万物一起生长,一个春意盎然的季节,就此开始。其间,有高下,长短,急徐,春之乐章,以和为主。

《论语·学而篇》中说道:"礼之用,和为贵。"有了和谐的基调,就有了仁爱与礼节。一个季节,以和为声,它就会集万物之灵气,长出一片繁茂的景象。与人处,和为贵。与自然处,和是基础。

"读书不觉春已深,一寸光阴一寸金。"春和景明,恰是读书好时节。临窗一本闲书,窗外几声鸟鸣,翻开的书本上落下几缕阳光,目光停留在一段文字上。花草鸟虫,风花雪月,聚散离合,悲喜欢欣,尽在字里行间。一卷在手,是心明。

若是在郊外,遇见树荫下的读书人,女子清秀,男子清朗,与春刚好相和。一树的绿叶,不吝啬自己的养分,滋养着树下的人。书中的知识,不保留自己的思想,像细雨润物,给读书人指明前路。

如诗如画的季节,祥和清明。花树下读书,亦是明心静性。几声莺啼,落在书本的间隙,书中人的喜怒哀乐,我们随春的气息,看了一遍别人的生活,思考着自己的人生。

有人品着一壶清茶,手握一卷诗书。在古老的诗词中读亘古的春天,不变的是人们对美的追求,对和谐生活的向往,对祥和美好的祈愿。书为上品,品的是它的内涵,品的是它的底蕴。

所有的植物,都是应和着春天的呼唤,才能生出枝繁叶茂。孔子说:"君子和而不同,小人同而不和。"为了美好生活,共同付出努力的人,都是他笔下的君子。春之声,在于和谐,动听。春之色,在于和谐动人。春之韵,在于和谐美满。

古人言:"家和万事兴。"春和方能景明,人和则万事兴旺。春天里,草木群生,人们在柔和的春风中,缓歌而行。我掩卷沉思,春光透过心间的缝隙,倾泻出和美与安宁。

绿柳新出二月天

　　一抹浅绿，在早春的天空下，显得与众不同。是新绿，柳树悄悄地吐出了自己的心意。向着柳树的方向望去，在一众枯枝中，它有了自己的新衣。是该换装了，已经是雨水时节。

　　那绿，新得让人不嫉妒。柳树在人们心中一直是低调稳健的，就算是自己抢了春天的头筹，依旧是默默无闻。没有名贵的身份，柳树就如一介凡夫俗子，平常得让人容易忽视。我亦是懂得它的，那种沉默中的情怀，是最早明白春天心意的。

　　慧及则稳，柳叶在二月里，悄悄地就拥有了丰厚的春意。不动声色地散发出自己的新绿，只为了装扮春天的美丽。心底无私天地宽，柳叶是个明事理的树木。没有了过多的欲望和争宠，柳树一派朴实作风。

　　越来越喜欢一些朴实的事物，与人处也是喜欢实在点的。人的心境是随着阅历成长的，一个人对生活有着内在追求，对外表的注意就少了许多。

　　门前的这棵柳树，不知道有多大年岁，粗糙的树皮下，我看不见它的年轮。据说树的年轮就是它枝干上的圆圈，每一年吸收雨水和阳光的不同，年轮的粗细大小也是不一。粗又深的年轮，是光照和水分充足的表现。

　　生命的年轮，不也是这样吗？深刻的人，会在自己生命的年轮上刻画出深刻的印痕。

　　一树的新叶,把柳树披挂成了春天的使者。春风刚吹过,它就绿了。每一年的柳叶,都会在最早的春天里最先发芽。浑身披着绿叶的柳树,好像还有点羞涩,安静地呈现出自己的内在功力。

　　春天的气息渐浓,气温在升高。柳叶在吐绿,一切向着春天奔赴而去。我的心情犹如一只放飞的白鸽,翱翔在蓝天。放飞心情,是一个人内心的轻松和广阔。无论身居何处,心中可以有桃花源,可以有广袤的天际,可以有星辰大海,可以有雪山湖泊。

　　精神的愉悦,是春天难以想象的收获。我在春天的枝丫中,看见了春天。我在心灵的沃土中,感受到了生命的流动。血液流动的声音,正如春天般灵动,它有着绿柳吐新的顺畅,有着飞鸟的翅膀。

　　我想我是那个停不了笔的人,只要是生命还在,我就想要用笔墨歌唱。一定是某种命定的因素,让我如此热爱书写四季。春天,正缓缓而来。鸟鸣声,绿柳吐出的新绿,蓝天上的一抹云彩,看见了,春天的影像。

　　我在春天里已经看见了,已经听见了。孩童们正在充满阳光的花园中奔跑,老人们正在木椅上晒着午后的太阳,正值风华的人们,在学习的路上攀登。我在时间中书写。

　　柳叶新出的二月天,每天都有着小惊喜。今天一枝新绿冒出,明天一声鸟鸣啼叫,后天就是一朵花在开放。春天里藏着太多丰富的内涵,只需要我们付出一点真诚,去聆听,去感知,去发现。

　　春意荡漾,绿柳新发,这些细小的事物,把我带回了旧胶片。记忆里,有个男孩曾经为心爱的女孩,编织过一个美丽的头冠。柳条在男孩的手中,就那么轻巧地几下,就成了一顶漂亮的柳冠。他把柳条花冠，戴在了女孩的头上。

　　扮家家的游戏，在儿时是乐趣。从此，那一顶柳冠就系住了小女孩的心。只是后来我听说，男孩考取了外地的学校，女孩留在了自己的城市，从此，柳条一出绿，记忆就会泛滥。

　　这只是一个关于柳条的故事，可是我们都成了故事中的主角。时间中，有些人注定是绕不开记忆的。一生实在太长，记忆是一本写不完的篇章。

　　新生，带着无尽的希望。不知不觉，春意已盎然。先是柳树换上了新衣裳，不久花儿们就会成群结队地来了。第一抹新绿的涌动，春潮就在后面。过不了几多时日，全体的树木都会换上新颜。

　　一个春天的世界，即将呈现在眼前。我想把春风装在心间，把柳条画在纸上，把春天的每一丝信息，都透露给你。去感知，去经历，不辜负这大好的春光。

　　柳树，正在门外，敦厚地站立着，春天已爬上了它的枝头。

鸟鸣声声

就在推窗的一刹那,耳际被一阵阵清脆的鸟鸣声灌满。是的,争先恐后的声音,不依不饶的声音。

楼下的树木上,鸟儿们是什么时候来的,为什么在今天之前,没听见过它们的鸣叫声?我曾经在不久前,还特意侧耳聆听过,想要找寻到那个最早到来的鸟鸣声,也不知道是自己过于粗心,抑或是那时候鸟儿们还没来到树梢。

清脆悦耳的鸟鸣,惊醒了我的双耳。往往那些微小的事物,是带动我们情绪的线索。一声鸟鸣对于大自然不算什么,对于这个清晨的我,却有着惊喜。是的,是惊喜。

我惊喜于能够在阳光明媚的清晨,听见春天的第一声鸟鸣。探出头去,想要寻找鸟儿的踪迹,茂密的树叶,看不见它们的身影。脑海中闪过泰戈尔的诗句:"天空虽无翅膀的痕迹,但是鸟已经飞过。"他还说:"云会变成一只鸟,鸟愿化作一朵云。"

开始认真聆听早春的一阵鸟鸣,据说人类最早的乐器笛子,就是模仿了鸟的声音。我想听听来自大自然最原始的音乐。好的音乐,是流入心田的,是缓缓灵动的,是带着韵律的。

这群早春的鸟儿,没有指挥家的指挥棒,却演奏出了春天的序曲。多么盛大啊,这一场清晨的音乐会,它叫醒了多少人的耳朵,也喜悦了多少人的心灵。身边一定会有人,和我一样,正在倾听这一段辉煌的演奏。

本来清晨就是清新亮丽的,再加上入耳的鸟鸣声,心情像是飞在天空的风筝,又像是走在峡谷潺潺的流水声。"佳物不独来,万物同相携。"一只只鸟儿,携着大自然的万般风情,唱着一曲春之序曲。

立春,拉开了春的序幕,小鸟登台演奏。鸟儿们是不在乎有没有观众的,它放声歌唱,因为它是春天的象征。本色出演,比一些化了妆的戏台,要宁静清澈。站在大自然的幕布前,小鸟儿们的歌喉,就是百里挑一的美妙之声。

《致云雀》中写下:"谁说你是只飞禽?你从天庭,或他的近处,倾泻你整个的心,无须琢磨,便发出丰盛的乐音。"诗人们总是能看见灵魂深处的东西,这也是诗带给我们的精神享受。鸟儿的鸣叫,可以是笔下的爱情,可以是生命的礼赞,可以是内心的独白。

早春,该是多么的好。有一群快乐的小鸟,唱出美妙的歌声,我们只需静下心来聆听,就能与春天的美妙相遇。那年春天,我在襄阳古城的鹿门寺墙壁前,大声诵读孟浩然诗句的情景:"春眠不觉晓,处处闻啼鸟。夜来风雨声,花落知多少。"

那年的春天,花开在鹿门寺的庭院,与"浩然居"里多年前隐居在此的诗人对语。那时,鸟鸣声也是如此悦耳的。清幽的山水密林,鸟儿们的声音,更是清晰可闻。韩愈也曾写下过:"以鸟鸣春,以雷鸣夏,以虫鸣秋,以风鸣冬。"可见,春天的鸟鸣,肩负着使者的责任。

我是那个在细微处寻找喜悦的人,醉心于这段早春的鸟鸣声。天空蓝得像一块幕布,我想要在上面画上一只飞鸟的痕迹。

泰戈尔说:"今天早晨,我坐在窗前,世界就如一个过客,稍息片刻,向我点点点头,便走了。"窗外的鸟儿,还在热闹地谈论着。

不信,你开窗听听。

古城一夜听雨声

　　细细密密地,下了一整天。这是春天的雨,它与众不同。我在经历过许多年的风雨后,才品出了那一点特别。到了夜晚,雨声更是清晰了,窃窃私语,像是与人在倾诉着。白天的雨,是清脆的。

　　春天里,有着写不完的美景。只是一眨眼的工夫,我们便能发现一种新生,就是那么快。春光是好的,但是很难留住。醒在春里,听春声,踏春意,不枉费春来。

　　惊蛰时节,雨水就真的多了起来。虽说春雷是一声炸鸣,但是跟着它来的雨,是绵柔的。一刚一柔的配合,春的景致,就生出了不一样来。细雨如丝,润物无声。春雨的声音轻柔,好像听不见它的降落。

　　春天的雨水来得及时,植物们张开嘴巴欢喜地喝着。一场春雨过后,柳条更绿了,鸟鸣声更响亮,窗前的花朵愈加密集起来。不远处的油菜花,也戴上了黄色的桂冠。齐刷刷地,都活跃了起来。

　　我在春天的夜里,认真地听了一阵雨声。夜是那么静,雨声听得真切。推开窗,雨丝就会飘进来。密集着,有点迫不及待。春雨来时,天空阴沉了大半天。先是前一天起了浓雾,接着又闷了一天,到了后来才突然之间,就开始下了。

在深夜听雨，说不出的滋味。有点清醒，有点沉醉。我把心拿出来做了一个酒杯，用来盛装春天的雨水，想要品尝出它的原汁原味。是的，原汁原味。没有经过渲染的事物，那种最原始的情怀。

雨，在白天的光亮中，看着不是那么匆忙。可是到了华灯初上，借着灯光来看，它密集而急促。仿佛是一个人，想要把自己的全部拿出来给予那个所爱的人。春雨，一定是恋着大地的。

最喜欢那句："青箬笠，绿蓑衣，斜风细雨不须归。"不知道古襄阳的汉江边上会不会坐着一个独钓的人，在这春雨沥沥的夜晚，顺着江水流动，雨丝滑落，放任一腔淡泊。戴着斗笠，穿着蓑衣，听着古城的雨声，一任它到天明。

垂钓的人，在春夜，钓的不是寂寞，也不是孤独，而是情趣。一个有着执着爱好的人，在享受着那份爱好带来的愉悦。我是懂得的，能明白那份幽静中的丰盈。

我在春雨声中拿起毛笔，写下一行："耕读传家久，诗书继世长。"到了春天，正是乡民耕种的好时节，也是读书人耕读的好时日。墨落在纸张上，就看见了漫天落下的春雨，丝丝缕缕，不负年华。

说起雨夜读书，有许多诗人留下了诗句。还是喜欢陆游的《雨夜读书》："一灯如萤雨潺潺，老夫读书蓬户间。但与古人对生面，那恨镜里凋朱颜。"我是那个在古书中捡拾瑰宝的人，每每拿起古书，就像是面对面坐着，听着他们在讲课。

我细细品味着"耕读"，和窗外的雨声。田间地头的乡民，推着爬犁在春天里犁地，室内灯光下的读书人，就是那个耕地的人。一块地翻耕的好坏，直接影响着收成。经过多次翻耕，把土翻弄细碎，种下去的庄稼，才能更好地吸收雨水和阳光。书也是要细细读的。

看着窗外春天的雨丝,它不也是在耕耘着人间大地吗?耐心、细致,竭尽全力地给予。雨过天晴时,窗外的花草,生出了自己的色与香,树叶愈加葱绿,天空越加湛蓝。经过耕读过的心灵,会越来越丰润与饱满。

再想起年少时,一起在屋檐下躲雨的人儿,便添了一份愁绪。春中有着太多的情愫,细品之下,就有了醉饮一杯的想法。那些年,我们逝去的年华中,也有人说过:"一起看春天的雨,一起读最美的诗,一起去最远的地方。"只是后来,人是物非,却记住了那一场春雨。

夜里,听了一阵春雨的絮叨。它告诉了我关于"耕读"的意义,春雨润物的情怀,还有那个年少的故事。它告诉了我雨是会停下的,天是会晴的,时光会流逝的。

忙趁东风放纸鸢

春日的欢乐是很多的，踏青径上，与花语同眠，放牛塘边，赤脚种田，放上纸鸢。大人孩子，各有所乐。在春天里，少不了的游戏就是放风筝。广场上，江畔边，草坪上，一到春风起，就会有美丽的风筝，装扮天空，点缀着我们的生活。

上班路上，要经过古城的广场公园。天气好时，我会选择步行。有时迎着公园里的吹拉弹唱，会心一笑。有时会与广场上的和平鸽静静地待一会儿。此时，广场的上空，飞着好多风筝。

老人们带着孙子，年轻的父母拉着孩子，也有快乐的年轻人，还有如我这样的看客。城市是一个容器，我们都是流动在其中的形态。春天的风筝，在我的生活里，年年都有着关于它的记忆，不断地重复。

早些年广场上有许多摆摊卖风筝的人，他们带来各式各样的风筝供人们挑选。至今我的玻璃柜中还摆放着一只蝴蝶形状的风筝，花色粉俏。记得是花了三十块钱买的，用了许多年。我是念旧物的人，一直保留着对它的喜爱。

年岁大的老人，会在地摊边，一边扎着风筝，一边卖着风筝。竹条在手中，翻来翻去，就成了风筝的骨架，然后选择与之匹配的纸张，糊上去，一只风筝的雏形就形成了。太阳好的时候，倘若没事，我也会蹲在旁边，看着老人做手工。

人民广场一直保留着放风筝的习俗。一到春天，入口的店铺，就会摆出各种各样的风筝，供市民选择。有长长的一条龙，有金鱼模样的，有蝴蝶式样的，许多品种的风筝，有的挂在店铺的墙面上，有的就堆在店铺的地面上，价格从几百，到几十。

步行在广场上，地上是和平鸽在夕阳下与人嬉戏，天空飞着不同的风筝，旁边一群人在跳着扇子舞，还有舞着绸带的人，风筝在半空中，看着人间的生活。地面上的人们，欣赏着风筝在蓝天下的美丽。人与风筝，相互祝福。

下班回家，邻居的父子正在小区空地上，放着风筝。孩子不大，四五岁的样子，年轻的父亲，在后面托着风筝，孩子在前面奔跑，迎着风，风筝就飞了起来。"风筝飞起来了。"循着孩子的童声，盯着半空中的风筝，我们笑了。

古书《询刍录》记载："初，五代汉李邺于宫中作纸鸢，引线乘风为戏。后于鸢首以竹为笛，使风入竹，声如筝鸣，故名风筝。"早春，是一个放风筝的季节。无论是达官贵人，还是平民百姓，都会在放纸鸢的趣味中寻到快乐。

也因此有了清代的诗句，《村居》中："草长莺飞二月天，拂堤杨柳醉春烟。儿童散学归来早，忙趁东风放纸鸢。"儿童，也是处于人生的早春。活泼律动，生机勃勃，正是春天里万物生长的模样。童趣，也应该是我们永久保持的，不掺杂任何的功利之心。

富有朝气，带着希望。"我一直在这里，等风也等你。"我们都是一只飞向天空的风筝，手中的线握在故乡母亲的手中，无论飞多高，走多远，回头望望家的方向，心是踏实的。因为风筝的一头系着希望，一头连着亲情。

"春之风，自下而上，纸鸢因之而起。"据说早春的风是从下而上刮来的，很适合放风筝。阳春三月的风，是送纸鸢飞上天空的助力。春风是平稳的,风筝才会飞得稳当。过了这个时节,风则不稳,风筝容易被吹落。

友人发来图片,正在山中的草地上,晒着太阳。"出来走走吧。"带着风筝,去大自然中走走,然后,把它放飞在春天里。听说,在风筝的翅膀上写下自己的心愿,就会容易实现。

趁着东风甚好。

是燕在春天呢喃

"燕燕于飞,差池其羽",是在阳春三月,人间最美的春天里。楼下的鸟儿们,早早就在欢闹。欢叫声传入耳来,心间的燕子,也跟着翩然起飞。

小时候爱唱一首歌谣,"小燕子,穿花衣,年年春天来这里。"春归秋去的燕子,在年复一年的飞走与回归中,春天少不了它的传说。不知道是不是因为燕子代表着希望和爱,许多人家生了女儿,取名喜欢带着"燕",晓燕、春燕、海燕,这样的名字就在身边,在邻家女儿的叫声中。

古人赏燕,"燕燕于飞,差池其羽",一群燕子在天空中翻飞,时而呢喃,时而追逐,兴奋得像是要去赴一场约会,参差不齐整的尾巴,划过春天,留下一道道美丽的剪影。"燕燕于飞,下上其音"叽叽喳喳的声音,把春天的故事传唱,歌声悠扬,有着呢喃的软语,飞来飞去,亲密无间。

杨柳垂下的光阴里,几只燕子钻进。嘴上衔着春泥,筑巢建窝。想想白居易在钱塘湖边写下的"几处早莺争暖树,谁家新燕啄春泥"。小燕子们其实特别聪慧,它们会选择适合自己的环境垒巢。

乡村的燕子,更是懂得选择一户好人家,在其屋檐下筑巢。据说燕子来到乡村,会在上空飞来飞去,盘旋几圈,然后寻得和祥人家落脚。俗话说："燕子不进愁家。"一个家庭的和睦，必定是少了哀愁的，乐观豁达的性情，才能生出和谐的气象。一个整日里唉声叹气的家庭，怎么能过上幸福美满的生活？

燕子是想告诉人们："无论有着什么样的遭遇，有爱的家庭都会渡过难关。"而不是怨天尤人，唯有一直拥有对美好生活的希望，和对现实生活的热爱，我们的生活才会越过越好。你看燕子，它春来秋去的路途，再远也还是会飞回来。

燕子的美丽，也是春天的一道风景。有着漂亮羽毛的燕子，在空中翻飞时，忽上忽下，落在诗人笔尖的句子，就有了写不尽的优美情怀。春燕来时，多在窗外呢喃细语，只等主人掀开竹帘，就飞进家里。

一只美丽的鸟，落在自家屋梁上，叽叽喳喳与主人说着话，这样的日月光景，也是添了情趣的。如果门前院落，再有老树开出几枝桃花，这样的人家，推门而入，祥和的春景，就在寻常中。

倘若说情怀，燕子让人最佩服的是对于爱情的执着。它们总是成双成对，不离不弃。从春归的筑巢，到秋去的相伴，比翼双飞。我寻了国画中的燕子来欣赏，每一幅画上，都是燕子成双的身影。糟糠也好，迁徙也好，燕子对自己的伴侣，都是自始至终地不放弃。

正是因为燕子对爱情的执着担当，才有了后来对新婚的描写。"新婚燕尔"大概也是一种美好的祝福和期冀。能够一生如燕子双双，也不枉我赠你一场爱与情的主题。雌雄燕子，飞则随飞，巢则共筑。

春燕，是春天的使者，也是爱情的象征，就有了林徽因那首最著名的诗句："你听过春天的声音吗？那是一树一树的花开，是燕在梁间呢喃。"听过春天燕子的声音，就知道春天的来临。

看见春燕的身影，就明白了人世间最美好的感情，是爱，是暖，是希望。

记得《红楼梦》中有个叫春燕的丫头，是宝玉身边的二流丫环，关于它的笔墨并不多，但是春燕的一句话，留在我的心上。她的母亲不讨人喜，可是春燕没有嫌弃，总是温厚地对待母亲。宝玉生日那天，春燕跟着吃了丰盛的饭菜，她留下几个卷酥，说："这个给我妈留着。"

也难怪后来春燕能够落得好结局，却原来秉承孝道的女孩，受着命运的眷顾。作者取名也是有着寓意的，有着忠厚品性的春燕，后来的结局，正说明了人世间的爱与希望，它一直都在。

人美在心灵，燕美在羽毛。是燕在春天呢喃，那个有着漂亮羽毛的小燕子，正穿着花衣，穿梭在人世间的杨柳之间，它把鸟巢筑在了寻常人家的屋梁上，屋檐下。此时，正是阳春三月，"燕燕于飞，颉之颃之。"

听，是燕在春天呢喃。

耕种正当时

在春天，抚摸大地的脉搏，它在跳动着，有活力地跳动着。一些细小的生命，从它跳动着的胸膛里，欢跃地蹦出来。小草摇曳着细细的腰肢，大树抽出浑身的绿芽，万物生发，春天的韵律在大地上流淌。

阳光下，有人在田间地头播种着。扶着犁耙的人，一步一个脚印地向前迈进，身后的黄土，陇起一行行春意。我顺着他的犁耙，去寻觅春天。看见了，春天就在那头牛的耳朵旁，耕地的人，一声吆喝，它就听见了春天的哨音，开始了自己的春耕。

我循着田间的土行，去寻觅春意。小鸟停在电线上叽叽喳喳，花儿们交头接耳，麦苗长势喜人，不远处的村庄偶尔传来几声犬吠，坐在田头的乡民，抽空点燃一支老烟。"春种一粒粟，秋收万颗籽"，这个最好的季节，懂它的是种地人。

荀子说："春耕，夏耘，秋获，冬藏，四者不失时，故五谷不绝。"抢在春季里，耕种下春天的种子，才会有后来的夏秋之收，冬来之藏。春耕开犁，也是春季最重要的事情。春季里最美丽的画面，就是那一头老牛，正在埋头耕地，种地人扶着犁耙。

诗人在《山行》中写下："布谷飞飞劝早耕，春锄扑扑趁初晴。千层石树通行路，一路水田放水声。"早在惊蛰之后，种地人就已经开始了春耕。布谷鸟在惊蛰的清晨叫了两声，春耕的景

春天，万物生长　041

象就正式拉开序幕。后来的日子常有布谷鸟的叫声,原来它是来催耕的。

桃花梨花开满树时,地上的青草也是日日见长。如果再有一场春雨,逢时而降,那该是春天主旋律上的美妙音符。古时耕田,会留下一些民间谚语,比如:"一日春耕十日粮,十日春耕谷满仓。"

好一幅壮丽的春耕画卷,在眼前呈现。还有油菜花开在田间,为大地增添色彩。春来有事忙,日子才充沛。蜜蜂嗡嗡在花间忙碌,蝴蝶翻飞在草丛嬉戏,小动物们欢快地相约,大地上的人们开始了春天的耕耘。

不仅是农民,还有城市里的工人,机器的轰鸣声不绝于耳,流水线上的女工,认真而专注。城市的店铺里,早早就开了门,干净的店面等待着光顾的客人。做早餐的大嫂,围着围裙炸着油条。

俗话说:"春忙不等人,一刻值千金。"家乡的田间地头,早就在抢着时节种地。城市的车水马龙,人们脚步匆匆,为了美好的生活奔赴着。在春天,大自然忙着吐绿,小动物忙着觅食,农民们忙着种地,城市里人们忙着工作。欣欣然,大地上的春天,都在谱写着自己的故事。

春天里,每一寸土地都有着诗情。春天的风是和风,万物都在和谐中生长。黄土地上的信天游,悠扬畅意。江南的小调中,春来发几枝。中原地区的海纳百川,把各地文化包容其间。

"写作之前,多读,读经典,言之有物,言之有人,言之有思。"老师播种下的知识种子,它会在日后成长的过程中,发芽,开花,结果。春天的耕种,是大地上每个人的事情。

中国人有"耕读传家"的传统,其中所包含的深意就是:"耕者,农耕也;读者,学习也;传者,传承也;家者,家庭也。"欧阳修说过:"立身以立学为先,立学以读书为先。"古人把"耕读"连在一起,也是有着耕耘的深意。

耕地,需要深耕。读书,需要精读。"每一篇文章写出来,让人读后有思考,有感悟,有会心一笑,有默然不语,有一样即可。"阅读与写作的每一次付出,都是在耕耘着此时,而此时的耕耘,才能有后来的收获。

农民在春天里,爬犁种地。读书人在春意中,打开书本。这些,都是春天的种子。工人们手中制造出的每一件物品,都是春天的花朵。还有许多普通人,在春天里,耕耘着自己的生活。

春回大地的特点是:苏醒,复活,清新,湿润,生机勃发,绿意盎然,春耕播种。春意渐浓,正是耕种的好时机。我们的每一场收获,都离不开春日里的殷勤耕种。此时,你在播种着什么?

和风暖兮,学而时习之。

春日风物

细听花闹春

深深浅浅地，春就走到了最热闹的时节。刚入春时，最先闹腾的是春的气息，它让人们脱下了厚重的棉衣，轻装与它同行。一点点的春气升起，大地开始醒来。

一股春风拂面，拉开了春的序幕。一阵鸟鸣声声，敲响了春天的钟声。紧接着小草们争先恐后地冒出地面，奔跑着告知人们："春天来了。"一连几天的春雨，缠绵之后，然后柳树开始发芽，演绎春的摇曳生姿。无限春光，散落人间。

不久，花事开始了。早一点的玉兰，开在还有些荒凉的春里，只能让人感觉春天偶尔的环佩叮咚。《玉兰佩》说："摇摇木笔抹轻红，一种琼林趁晓风。晴雪堆花香更烈，寒云拥树色皆空。瑰奇似玉洵堪佩，气味犹兰迥不同。比德扬芬均绝俗，直应无匹此芳蘩。"

孤傲清高的玉兰，拒绝了绿叶的陪衬，最先在春天里吹响了花事的号角。还有些残存的寒意与春雪朵朵，也没能阻挡它的奋发，似羞还羞的一点粉红，涂抹在英姿飒爽上。即便是有了不爱红装爱武装的豪气，也少不了吐气如兰的女子形象。娇羞与豪放，交融在玉兰花开的一生中。

有的白得孤绝，有的粉得温柔，只因为对春天的热爱多了一点，就抢先开出花来迎接它。不想和大家争春，还不如先行一步，把最艰难的路留给自己。这样的品质，是很多花望尘莫及的。

桃花杏雨，接到春天的通知，涂脂抹粉地来参加春天的宴会。从远古走来的桃夭，一落在枝头，便被人们争相宠爱。从文字到摄影，从初蕾到妖娆，无不是人们茶余饭后的话题和喜爱。《桃夭》说："荏苒春晖书夜当，临风灼灼拟新妆。凌晨太液舒菡萏，薄暮沈香睡海棠。迨吉已过之子赋，于归莫慢美人殇。仙津禹浪教轻点，出处都能暖有章。"

小酌一口桃花酒，最是美人上心头。留在记忆里的桃花朵朵，温暖过我们的曾经。几多好事，在桃林深处。你看那人摘下一朵桃花，别在女人发簪上。爱过一场桃花妆，从此心间留影芳。

一起看桃花的人，都刻在了记忆里。每次路过那片桃林，就看见了那个衣裙翩跹的女子穿过桃花的纷艳，立在眼前，人比桃花更好看。那个有情有义的人，年年护着桃花的好，用一世的情给了面带桃花的人。微风吹过，他扶着桃木，想着心事。她踏着桃花意，迎面而来。

一眨眼，千树万树的花都开了。应接不暇，忙不完的花间情事。杏花纷纷扬扬地，落下一场杏花雨。落在孩子脸上的一片杏花，贴出了春天可爱的脸庞。《杏燕曲江》里，"一望炎炎曲水旁，轻扬十里马蹄香。曾依坛侧经时雨，偶出墙头试晓妆。济世有心聊假手，为人托志每留方。烘云绚日多春色，沈醉东风到夕阳。"

常有桃花妖娆，杏花仙气。含蓄的杏花仙子，不急着把自己袒露在外，半掩着琵琶，拨弄着琴弦。弹一曲十里马蹄急，再弹一曲温柔乡里的梦，让人捉摸不定的杏花仙女，牵扯着俗世里的人心。

看杏花总是要绕了许多的路，才能见到最美的杏花雨。它在闹市之外，杏花是挑地方待着，也挑人相处的。心中藏着一颗济世的心，就会注重自己的内外兼修。我看杏花时，有着细细的清浅，有着浓浓的情怀。扑朔迷离中，我们便在杏花村中迷了路，走不出那无止境的温柔。

夕阳西下，到了杏花村的小路口，回头看它，几间房屋，几行杏树。原来是我们无缘身在此山中，故而不愿走出。朦胧婉约，纷纷扬扬的杏花雨，下了一个春季。

桃红李白的春啊，浓妆淡抹总相宜。如果说桃花是招人喜欢的，杏花是一抹浅喜，那么李子树开出的清雅与素净，就是深爱。在世上，招人喜欢很容易，与人相处甚欢是简单的事情，但是能做到让人入了心的，却不容易。

"雅淡从看赋落梅，冰清应属此花魁。温如玉树当风立，寒拟春山带雪来。新柳绿曾同应候，妖桃红亦共登台。恐因际此繁华景，能白尤为不易哉。"不容易呀，清白地活在万象中，本是一件不容易的事情。偏巧李子花开，却又是百花争艳之际。

夸一个人冰清玉洁，算是上乘的人品。再有了玉的品质，这样的人是值得入心的。能够欣赏李子花开的人，定是与众不同的。在一干的热闹花事中，它的淡泊，很容易让人忽略。可是只要是遇见这份素雅的人，就会入了心，从此不再拿它与其他的花相比较。

懂得它的雅淡，明白它的冰清，更欣赏它的融入。即便是柳树新绿，桃红妩媚，也能不落俗套地加入其中，但依然保持着自己的清雅与洁白，而独自在枝头深情地结着自己的果实。能有多少人，不忘初心地保持着自己的风格，而不随波逐流。

我在李子花开的花树下，细品着它的韵味。赏它，不能人多。独自一人，才能品出它的内涵。人一多便俗了，搭配上叽叽喳喳的声音，就怕是扰了李子花开的清净。享受孤独的人最懂得自律，花与人同理。

大地上的花事，已经是热闹至极。梨花，樱桃花，紫荆花，已经是繁花满头。每一朵花有着自己的性格特征，就像是我们每一个人有着自己的气质。气质来自自身的修养，一部分是自带的，一部分是修炼出来的。

或许，我们就是大自然中的某一种花，或者哪一种花都与自己的性格不搭调，但是这不妨碍我们去欣赏它们的特质，就好像芸芸众生，来来往往，不妨碍我们修炼成独特的自己。

阳历三月，细听花在闹春。权且陆陆续续听我慢慢把花事道来，一场春漾才刚刚开始。

含　笑

春日，与含笑相遇，是在南漳县的香水河。顾名思义，香水河以水好山深为名。我们是奔着七彩瀑布去的，有一条瀑布，从山顶奔流而下，在上午九点的阳光下，呈现出七种颜色。

最美的不是瀑布，而是含笑。在景区售票大厅的门口，两边都栽种着含笑。我猜想着，是不是有着含笑迎宾的寓意。含笑，是以香气和姿态制胜的。其香入骨，其姿含蓄。你想，要是有着满腹才情，却低调谦逊，该是多么迷人呀。

远远地，含笑就把香气送入鼻息，我是循着香气，才站在了含笑旁的。山野是旷达的，能存住一缕香气，很不容易。它必须具有浓度，才能在山间保留住，否则一阵清风，气味都是零散的。

难怪南宋才子杨万里写下："只有此花偷不得，无人知处忽然香。"香气到了无法隐藏的地步，应该是淳厚的。古时女子的发髻边，每到阳春三月少不了一朵含笑花。她们借了含笑的香气，把自己的日月过得美了。就是现在，也有人摘了含笑，用纳鞋底的粗线，串成一条花带，戴在项间。

含笑是开在仲春的花，它总是半开着。含笑的花语："含蓄，美丽，庄严，纯洁，高贵。"从来没有一种花，把这么多美好的词语拥有。美丽就算了，它还高贵。含蓄也就好了，它还纯洁。

有哪一种花,能用"庄严"二字,这应该是一种极其高度的评价。

有句话说:"庄严自己,就是尊重别人。"含笑一定是明白这个道理的,它不张扬着把花蕾全部打开,是留给其他的花一处春天的地盘。一个人用尽了好处,那必是不长久的。"花开半时,酒至半酣。"人生最好的状态,在一朵花的身上演绎。

微醺,我给含笑的定义就是这样的。微微浅笑,熏然同往。动人心处,就在那朦胧中的诗意,还有暗香处的诱惑。

一个人活到独立且美的状态,其魅力早就在举手投足间了,无须宣言,懂得的人自然会寻了她去。我在想,倘若含笑是一男子,应该是什么样的呢?

整个香水河,安静,含蓄。竹林,古树,峡谷,瀑布,深处还有原始作坊,古民居。带着含香赠予的花香,心儿一开始就醉在了初见,那后面的故事,就更是活色生香的好了。景好,还需看景的人心情好。

沿路走来,到了"张家屋场"。古民居有着自己特有的厚朴气质,屋前屋后,菜色浓郁,几只鸡跑来跑去。土坯做成的房屋,围出一方天井。坐在屋前的空地上,就着春日暖阳,吃一只主人家土灶炖出的土鸡,炒上几个菜地里刚拔起来的青蔬,那个美呀,不言自喻。

峡谷的水流,踏歌而来。像是伴奏,又像是在低吟浅唱。行至半山腰,遇见张家屋场的老人。七十多岁的老人,精神矍铄,在一平洼处摆上几瓶矿泉水,黄瓜西红柿,方便过路人解决口渴的难题。

我们也停下来休息,趁着这个时段,我和老人攀谈了起来。老人自豪地告诉我们,张家祖屋,是救过红军的老屋。当年红军行军打仗,这个地方的村民,就把受伤的红军,接回自个家中疗伤。老人讲述这些往事时，眼中有深情。

此次，我对香水河有了另一层面的理解。原来这山这水，渊源流淌的是一辈又一辈革命精神的传承。这里的人，也像深山含笑的品质，庄严而高贵，尽管他们如此平凡。

老人说自己坚持每天背着这些食物，到半山腰，并不是家境贫寒，而是为了锻炼身体。山风拂过他的脸，有着峡谷的沟壑，有着瀑布的勇敢，有着原始的淳朴。

曾经看过一个人连续十七天拍摄出的含笑。从惊蛰起的含苞到春分时的零落，含笑开了十七天。据说含笑是不愿意人们看它颓废地落下，而是在花开还好的状态下，随风把花瓣一瓣一瓣地撒落。

这般寻常的一种花，有了玉的质地。满身的幽香，一生的端庄，含蓄宁静的性情，正是经年里的，那抹难忘的往事。

含笑开放的地方，老人在往事中饱含真情。倘若含笑是一男子，它应该是老人年轻时的模样。勇敢的人们，活在大山深处，为着脚下的土地，付出自己微薄的力量。含笑的品质，是高贵。高贵的人生，来自庄严自己。

走出南漳香水河的往事，南方的含笑是被雅士们称为："南方花木之美者，莫若含笑。"据说苏东坡在广州的白云山，看见深山含笑，还写下过含笑的诗句。让很多不识含笑的人，慕名前去寻访。

南方的含笑是那个邻家女孩，拿着一卷诗书的模样。立于含笑旁，两眼清澈。任是岁月无情的流淌，这样的女子，一直都会是长在记忆里，穿着一袭素净的旗袍。

内有芬芳，却不张扬。腹有诗书，气度自有风采。无须逢人都去迎合，开在自己的花期，有着自己的气节，活成别样的自己。"无人知处自然香"，还愁无人发现和赏识？

采　薇

　　春分时节,襄阳古城已经是一身绿装,柳树在江边垂下深情的身姿,路边的草木,尽情释放着自己胸腔里的绿意。一到春天,整个世界都是清新的。尤其是到了春季的中段,草木旺盛,让人应接不暇。

　　这日,与家人一起漫步鱼梁洲。鱼梁洲,听着地名就知道是在水边的一个沙洲。它有着湿地公园的优美,也有着对城市深情的守望。一江之隔,我们时常开车过去,在那里散步。

　　这样的地方,在春日里,是难得的好去处。沿着江边行走,人行道的两旁,长满了一种植物,沿路的坡地也都是它生长的地盘。嫩绿的叶片丛中,开出紫色的花。如果说用一个词语来形容这遍地的绿草紫花,美丽是不够的,我给它用了个词语"遐想"。

　　"阿姨,这是什么植物?"阿姨在我们家被称为百科全书,只要不懂的就会问她。因为她书读得多,地理历史,草木花卉,她都能给我们讲个明白。

　　"这是野豌豆。"野豌豆苗,在微风中轻轻地摇曳。

　　"啊,野豌豆不就是《诗经》中的薇菜吗?"

　　《采薇》中的那句"采薇采薇,薇亦作止",顿时出现在我的脑海中。春天生长的薇菜,原来就是眼前的植物。一大片一大片的野豌豆苗，在坡地上，在路边，绵远不尽。一路走下来，都有着它的身影。江边的人行道是修在坡地与水面之间的，整个坡地全是这种叫着"野豌豆"的薇菜。

古人真是会诗意地生活，就是这么普遍的野菜，竟然有着这么雅致的名字。"采薇，采薇。"我轻声呼喊着它的名字，走进了薇菜丛中。野豌豆苗，长势并不高大，就像是一般的草木，但是它有着柔嫩的叶片，和细细的茎。

说是小家碧玉吧，又少了点香气。当然它与大家闺秀是沾不上边的，生长在郊外的野豌豆，多少带着点刚烈。柔中带刚，该是怎么去形容它呢？一个寻常人家的女子，纤细的外表，在风雨中，坚强地生长。

"采薇采薇，薇亦柔止"，"采薇采薇，薇亦刚止"。从古老的诗经中，我是明白它的特性的。从春天的"采薇采薇，薇亦作止"的句子中，我读到了它在春天生长的气质。"作"，生长也，春天是薇菜从地里长出的季节。

初长的薇菜，是只顾着生长的。春气起，春风一吹，呼啦啦遍地都是。再把自己浅浅的紫花开出，大地上万物在春天蓬勃生长，让人无尽欢喜。

到了夏天，"薇亦柔之"。这时的薇菜，便多了几分柔软的心思。叶儿长得肥大，有了春天的初生，随着季节的生长，就到了拥有内涵的地步。薇菜选择了做一个柔软的植物，有了心思，就有了喜忧。"心亦忧止"，一个植物的忧伤是人们赋予的，人们把自己无法派遣的忧思，寄托在路边的薇菜上。

青春的懵懂，心中的渴望，百般情感缠绕在心间，化作一声轻叹。《诗经》中的行人，日日思念着家乡的亲人，看见了家乡也有的野豌豆，把无尽的念想，写在了字里行间。

直至到了"采薇采薇，薇亦刚之"，过了漫长的夏季，到了秋天，野豌豆的茎也开始变老。无情的时光，它改变了很多，唯有对家人绵长的思念割舍不了。秋来，叶老，性刚。骨子里长出了一股铮铮之气，不再担忧岁月的无情抽离。

大地上行走的人们，用它做成食物，用它寄托忧思。老道的秋，也是经历过了春的初生，夏的成长，才有了秋的成熟。成熟之后的野豌豆，结出长长的豆荚。

我迈步向着坡地走去，把自己淹没在这无边的绿意和清浅的紫光中。细细品味着《诗经》中的《采薇》，一字一句地去想它在当时境遇中的无奈和期盼。有风吹过，野豌豆细小的叶片，在春天里，让人亲近。

漫步其中，无边遐想。采薇的美感，散布在漫天遍野。空气中的清新气息，是它吐露的芳香。美丽的紫色花束，对着天空，清秀中透出灵慧。古老的田野上，穿着布衣的人提着一篮子的薇菜。

我们都是天地间的旅人，走在生命的旷野中。有忧思，有喜乐，有着采掘的勤劳，有着果实累累的季节。只是这一路走来，有几人能理解其个中滋味。大概路边的薇菜，是明白这个道理的。你来，它生长于此。你走，它亦生长于此。

不自觉就对着《采薇》的最后一段着迷，"昔我往矣，杨柳依依。今我来思，雨雪霏霏。"据说这是整个诗三百中最佳的句子，雅人深致。耳熟能详的句子，脱口而出。再去回忆起那时的情景，对照着我们自己的人生，大同小异。

有过"杨柳依依"的往昔，有过"薇之柔止，薇之刚止"的风华，有过"雨雪霏霏"的艰辛，这一生的行程，甘苦自知。对家乡的情感如此真挚，对亲人的挂念如此情深义重。家国情怀，一个"情"字，才是生命的主题。

阿姨告诉我们，野豌豆的苗，茎叶，果实，都是可以食用的。我遐想着自己是那个从诗经中走来的人，穿着一身素净的棉布衣物，手中提着一篮子的薇菜。偶尔，抬起头，吟出几句"采薇，采薇"。

　　鱼梁洲上的风，在春日里送来野豌豆的清香。

紫　藤

"那是什么?"我顺着女伴的声音看过去,山壁上垂下一串串紫色的藤萝。"这种植物叫做紫藤,它代表着无尽的思念。"轻描淡写地,我吐出了这句意味深长的话语。

这时我们行至山路,到处都是美丽的春光。一株紫藤还是抢了视线,因为与众不同。在各种花色中,紫藤的美丽,有着烟雾的迷蒙,有着朝阳的明亮。矛盾综合下的颜色,就生出了神秘而让人神往。

紫藤花开在暮春时节,暮春总是带着点伤感。春将去了,许多的花已经凋零,而此时,紫藤却盛大地开了。它是要拽住春天,留住人们心中对春的怀想。

对于紫藤,最早是在电影《伤逝》中看见的。那是鲁迅先生唯一的一部爱情小说,涓生对子君深切的怀念,透过屏幕,开在那个开满紫藤花的院落。紫藤花与《伤逝》中的爱情,有着某种深刻地契合。

在最初的爱情中,院落的紫藤充满了对爱情的幻想与期待。涓生在春日里,等待着子君的到来。深切的期待,与窗外的紫藤糅合在一起,有着朦胧的美好。每一个人对爱情的初见,都是惊艳与期待。这时,在涓生眼中,子君是完美的。

紫藤花开满的院落,子君与涓生生活在了一起。落实到柴米油盐的爱情，才是最真实的模样。日常，是那么漫长。每一个白天和黑夜的面对，让人眼中彼此不再是光芒万丈，更多的是过于寻常。爱情失去了渴望，也许才是考验它的时刻。

这时的紫藤花，就像是家户人家过日子，开得茂盛，日日可以观赏。它不再是开在心底的期待，而是开在烟火中的米面。涓生的情感，在精神层面与现实面前发生了倾斜。"爱情必须时时更新，生长，创造。"这时的紫藤，开在庸常的院落。

寻常的日子，其实子君过得也挺好的。她穿着粗布做的合身旗袍，在夕阳下喂着几只鸡，那身影映衬着落日的余晖，是一道美丽的风景。只是我们大多时候，忘了去欣赏这些细微事物的美丽，放弃了踏实与平和的日常，而生出一些与它不搭调的情绪。

紫藤再美，也留不住一颗不爱的心。当涓生说出："因为，因为我已经不爱你了！"一个把爱情当作生命的女子，却遭遇到了最致命的幻灭。不能说涓生是无情的，只是子君不懂他，他所追求的是真实地面对自己的内心。

正是这种面对，击碎了开满紫藤花的那个院落。曾经充满爱的小屋，通过对子君的解读，留给涓生的是失望。这也是浪漫主义的爱情，与庸常生活的矛盾。当涓生终于知道，自己所坚持的，只是一种梦幻般的神话，现实生活的冷暖更实际。而此时，所有失去的，都已经失去。

亦如紫藤，在如烟的往事中徘徊。我们怀念的并不是某一种具体的事物，而是与之有关的温度和回忆。紫藤开满院落的时节，如期而至。曾经陪伴在身边的那个人，已经不在。紫藤的花语是："醉人的恋情，依依的思念。"影片中的紫藤，开得如醉如烟，迷蒙着对往事的深切思念。

爱情，并不是生活的全部。紫藤每年如期开在那个爱过的院落，那里有着最迷人的爱情，有着最烟火的生活。可是这一些终究会像紫藤花开,也会有花落。影片《伤逝》,在早期的电影中,能把伤痛拍出唯美,紫藤在影片里有着功不可没。

汪曾祺曾经写下一句话:"紫藤里有风。"我又一次站在紫藤架下时,想起了这句话。紫藤里的风,是从旧年往事中吹来的。

也难怪用紫藤来代表依依的思念,紫藤的花开细碎,还有那缠绕着的藤萝,仿佛是心间不能放下的怀念。我们怀念着过去的时光,那里面写着如风的欢乐,穿过岁月的弄堂,开在一挂木架之上。开着,便开出了深深的怀想。

到了暮春时节,紫藤花是常见的。郊外的种植园,特意为游客搭建了紫藤走廊。人只要走在花下,被梦幻的紫色笼罩,那一刻是迷醉的,最容易勾起相思。紫藤从木架上垂下来,就像是瀑布从山顶飞流而下。

密密麻麻地开在一起,热闹极了。紫色原本就容易引发人的幻想,行至紫藤深处,我们的内心也是一阵一阵地荡漾。那浮起的往事如烟,落在花间,竟然有了爱情与烟火的色彩。

脑海中浮现出,涓生与子君漫步在紫藤花间的景象。影片《伤逝》,留给我的不只是对紫藤的解读,还有许多深刻的意义所在。只是我喜欢着影片中,开满紫藤花的院落,于是主人公是谁,已经不重要了。

就那么单纯去看它,它是极美的。岁月的美,在于它的流逝。在流逝的时间之河,有多少人是我们心中盛开的紫藤花,有多少往事值得我们停下脚步去想想它,还有多少值得我们念念不忘的人事,以及那紫藤里的风,它吹来的、带走的,都是什么。

今年的紫藤,如期盛开。当女伴问我一些问题时,我看着紫藤回答:"一切随缘。"是啊,缘来缘去,都是有定数的。《伤逝》中的子君,用生命爱过一场,留下了一段反思与怀想。

许多的人,事,物,都是那一架紫藤垂下的心事,每个人都

春天,万物生长　　057

是孤独的行者。涓生注定了孤独终生,因为再也没有第二个子君。紫藤花,它年年开在季节的风中,勾起我们心底最深的美感与痛感。

"我们一起去紫藤架下走走吧。"身边的女伴,穿着裙衫,有着紫藤花的容颜。趁着春在,我们去看紫藤花!

舒缓的泡桐花

清明三候,一候桐始华。也就是说到了清明节气,桐花的华丽将是这一季最美丽的风景。泡桐花是极其普通的一种花树,乡村的房前屋后,大多会栽种一些这样的树木。

我在离谷雨只有两天的清明时节,看了一场泡桐花的绚烂歌舞。也许是周末的心情格外轻松,抑或是泡桐花的华丽,让人心境高远,总之,在我仰头看着一树泡桐花开得最烂漫时,心头涌上了一曲浪漫舒缓的曲调。

生活,原本就应该是张弛有度的。日日绷紧的情绪,需要适当的放松。泡桐花开在四月下旬,这时的人们经过了整个春季的忙碌,停下来,观赏一下属于这个季节的泡桐花,应该是很诗意的事情。

泡桐花开得大气,每一朵花都是一个打开的小喇叭,它们倾听着日月的风雨声,歌唱着岁月的烟火与平实。特别容易种植的泡桐花,在乡村的院落,房屋的后面,在粗大而高壮的枝干上,开出满树的花。

林徽因曾写下:"你是一树一树的花开。"就在将近五月时,泡桐花真是一树一树的花开,开出了满满当当的欢乐。我一直认为每一种花,都有着自己的旋律,而泡桐花给我的感觉就是舒缓与浪漫。

在一处院落的屋后，长出两棵不同的泡桐花。其中一棵泡桐树开出紫色的花朵，另一棵却是白色的花朵。紫色与白色相互交映着，像是一群仙女舞动着手中的纱幔，在轻抚尘世的烟火。不远处，家户人家的厨房烟窗，刚好坐落在泡桐树下。

乡村人家的红色瓦片，遮挡着岁月的风雨。一朵泡桐花，落下时静立于它的沧桑上，有着清浅与厚重的结合。重金属的音符中轻轻带过，盯着它看，心间便流淌出浓郁的钢琴曲，偶尔是一曲大提琴的旋律。

泡桐花的花语，就像是它开出的紫色花朵，充满了浪漫的气息。泡桐花说："永恒的守候，期待你的爱。"需要多大的胸襟，才能承载着永恒的守候。正是因为它的朴实与华丽并存，看过了人间烟火，经历过华美的爱情，到了后来，坦然面对着属于自己的一切。

即便是永恒的守候，也要有自己的姿态。路边，山间，乡村，城市，到了清明与谷雨交替之际，随处是盛开的泡桐花。

泡桐花，不是那种娇贵的树木，然而它却能在朴实中演绎出浪漫与诗意。这就是它的高明，泡桐花明白自己的普通，于是就用盛大的花开，铺展出自己的风情。《桐谱》中有记载，"桐"有六种："白花桐，紫花桐，油桐，刺桐，梧桐，贞桐。"

我今天看见的泡桐花，大概就是白花桐和紫花桐了。一群群蜜蜂，在花间嗡嗡响着。在我举起手机拍摄时，耳边灌满了蜜蜂的嗡嗡声。还有头顶长着一撮白毛的鸟儿，穿插在其中，再加上每一朵花都开得那么率性，真是一个热闹。

路过一处村庄，竟然到处都是泡桐花开。记得多年前我们开车去远游，也是这个季节，从车窗看见沿路开着的泡桐花，其中一位友人讲了一段童年趣事。他说："小时候没有什么玩具，就会观察每一种植物。泡桐花开时，蜜蜂特别多，他就会趁着蜜蜂钻进花心采蜜时，把喇叭状的泡桐花口捏住，蜜蜂就只能在泡桐花里嗡嗡。"

我们其实很容易寻找到快乐，童年时的纯真中，每一件小事都会生出乐趣。只是后来随着年岁的增长，心间的负重过多，便很难在简单的事物上，找到让自己开怀的东西了。

紫色的泡桐花，有些已经是落在地面。斜坡上的土地，呈现出春雨后少许的泥泞，紫色的泡桐花停在地面上，已经有些萎靡之状，但是仍然尽力不让自己看上去过于颓废，强打着精神，躺在泥地上，守候着心中的期待。

《本草纲目》中写道："桐华成筒，故谓之桐。"又写下："材轻虚，色白而有绮文，俗谓之白桐。"我惊奇于古人用字的精确，一个"绮"字把白色桐花的神韵，全都写尽。古时的人们，会用桐木做琴，可见其木之可贵，其花之绮丽。

我细细品味着泡桐花的花语，很是与之相匹配。那份浪漫的情怀，是紫色泡桐花在春天写下的信件，是白色泡桐花在春天留下的心曲。"永恒的守候，期待你的爱。"那份诗意的美好，在真实的烟火岁月中，多少有着与众不同的浪漫。

泡桐花用它繁盛的花开，提醒着我们，无论有多少烦琐的世事填充着我们的日月，也别忘了还有一份真挚的欢乐，在光阴深处守候。

再过两天，就是谷雨节气。开在清明的泡桐花，还会开在谷雨时节。因为它的花期有一个多月之久，因此才有了无人能比的永恒守候。一个多月的花期，足够人们用一个季节的心情去爱它。

我站在乡村屋后的两棵泡桐树下，其中一棵泡桐树开出了紫色的花朵，另一棵开出了白色的泡桐花。平凡朴实的泡桐树有些高大，但是它会留下几枝低矮的花枝，供人们触摸与亲吻。

春天，万物生长

我踮起脚尖,闻了闻它的花香。顿时,一股清香,沁人心扉。音乐缓缓响起,是一首浪漫舒缓的歌曲。我的神经与精神,都随之被轻抚,顿时风清月朗。曾经不能放下的心事,也随着泡桐花的一声召唤,逐渐远去。

习家池的琼花

暮春时节,许多的花已经谢落,开始孕育自己的果实。就在人们感叹赏花的遗憾时,习家池的暮春,却是另一番景象,花噗噗地开着。

四月中旬的琼花,宛如仙女一般,静静地绽放在园林。习家池是一座有着两千年历史的古代私家园林,它位于襄阳城南的凤凰山南麓。在这里有着古老的苍松古柏,水流涓涓,亭台掩映。走进这样的园林,每一步都仿佛是在历史中行走。我们的脚步被一条白色的花道吸引着,一簇簇绽放的花朵,开在幽静的小径上。

"这是琼花,隋炀帝修大运河就是为了去扬州看这种花。"关于隋炀帝去看琼花的典故,大多是古时文人留下的逸闻。据说,当年隋炀帝为了去扬州看琼花,因为路途遥远,车马劳顿,特意修建大运河。当然这只是一个富有传奇色彩的传说,而琼花也因此被人记住。

琼花花色洁白,有着美如玉盘的说辞。每一朵琼花,都是由着八朵五瓣白色的小花,簇拥着蝴蝶似的花蕊,中间是白珍珠般的小花。站在花树边,有股淡淡的幽香飘来。我想象着当年迷倒隋炀帝的,也许就是眼前这种自然清丽的姿态。

生来素雅,琼花有着书香的娴雅与文静。我一直在脑海中搜寻着一个词语来描述它，总觉得不合适。琼花是文静中带着灵动，淡雅中透着风情。如玉如月，不是某一个词语能表达出它的神韵。

古城的习家池亦是古时文人的聚集地，东晋时，习郁后裔习凿齿在此临池读书，登亭著史，留下《汉晋春秋》这一千古名作。自古，常有文人墨客来此咏诗作赋。琼花是循着习家池的文化底蕴而来，把自己落根于一处幽静的园林之中。

环园林而行，不多远就会有白色的琼花开在亭台水榭之间。穿越千年沧桑的园林，与琼花相遇，没有惊艳之感，仿若它原本就应该住在这样的地方。园林与琼花的相互融合，让行走在其间的人们，心境沉稳。

素淡雅静的东西，总是带着它特有的让人沉静下来的能力。琼花，也就是"琼华"。古人的"华即花。琼者，美玉也"。由此可见，琼花，是汲取了月色之精华，美玉之灵气，开成了人间仙子。

琼花，也被称为"月下美人"。光是听着这样的别名，就明白了琼花的特质。眼前枝头上的琼花，变成了一轮明月，照在了古时的园林，落在现在我的眼中。美人也就罢了，偏巧琼花却洁白如玉。美人如玉，便有了内涵与风骨。

沿着小路往园林深处走去，就到了亭台水榭的地方。在水榭的旁边，一树琼花开得正旺。绿荫掩映下的亭台水榭，点缀一树的洁白，古朴的建筑物，在厚重处流露出雅静的清欢。我立于水榭亭子边，想起了《红楼梦》中贾府的夜宴，也是临水听曲。有人撑着小舟在一轮明月下，就有了临水对出的诗句。

一生素洁的黛玉，"质本洁来还洁去"，是有着琼花的特质。那时的园林主人，也会在某一个月圆之夜，在水榭之中，与知己对饮，吟诗泼墨。那些诗句化作经年之后的一树琼花，停留在岁月的河流中,保持着自己的洁净与雅致。

漫步习家池,随处可见开在四月的琼花。满园翠绿的古树掩映下,一树树琼花,开得繁茂而得体。我终于在此时想到了一个形容琼花的词语,那就是"得体"。没有任何花适合"得体"这个词语的。一个人为人处事能够做到得体,就是上乘的境界。一种花,开得得体,给人的感觉就是少了浮躁之气之后的沉稳与落落大方。

果真如此,琼花的花语是:"魅力无限。"象征的寓意就是:"大方"。大方得体,这也正是一个人做人的至高境界。而一种花,能够称得上大方得体,是需要有一定的内涵才能得到这样的评语。

琼花开在习家池的各个角落,无论是亭台水榭,还是一汨流水,旁边都会有琼花的身影。行走在古老的园林里,与如美玉般的琼花并行,心中流动着的不只是花香和花色,还有一种宁静与稳妥。

习家池的文化底蕴,衬托着琼花如月般的花姿,千年的风经过时间的弄堂吹过,古人临池读书,泼墨洗砚的情景历历在目。池中鱼儿游动,上有古槐吟春,再有琼花的盎然深意,一座古代的私家园林,是春日寻春的好地方。

虽是暮春时节,亦是春日正好的时日。园林中的草坪上,人们席地而坐。建筑物的飞檐走壁,充满了历史的沧桑和厚重。一株株琼花,就开在这样的园林中,更是具有文人的气息。它的落落大方,让游客驻足与放松。

一汨溪水,环绕着园林。顺着溪水而去,溪边随处都是开着琼花的树木。一架木制水车,与琼花日日相依。原始的木头,与轻盈的白色花朵相处,就有了"聚八仙"的情趣。再仔细研究琼花的花瓣,八朵五瓣大花围绕,花蕊有如珍珠般的小花,既像是

春天,万物生长　065

八个仙女在翩跹起舞,又像是八位仙人,在品茶论道。

"一夜琼花万卷诗",我虽不是诗人,却也在琼花面前起了雅兴。能够终日与琼花相对,是不会生厌的。琼花的得体,让它的气息不至于迷醉,让它的体态不至于招摇。古诗说"烟花三月下扬州",下扬州去看琼花,而今,门前有琼花,何必下扬州。

清波碧翠,琼花开处,蝴蝶翻飞。冰清玉洁的月下美人,在宁静安详的习家池,等待着来听它讲述着历史故事的人。古老的树木,带着年轮的沧桑,表皮粗糙,内在已是生香。琼花开在习家池,它无尽的魅力,散落在空气中,呼吸之间,我们就忘却了凡尘的困扰,而专注于眼前的一树玉树琼花了。

人们把白雪覆盖下的树木景象,称作"玉树琼花",可见琼花的洁白与冰清。"世间仙葩落凡间,此花只应天上有"。此花确实让人心生安宁。人的一生所求,也就是内心的安宁。

习家池的琼花,开在园林的各个角落。

夏天， 万物皆盛

SIJI RENJIAN

夏季节气

立　夏

阳光落在一朵喇叭花上，夏天来了。春生过后，夏长开始。到了立夏，挂在枝头的青果都在长大。刚进入五月，就到了立夏节气。如果四月是柔美的，带着温情的，那么五月就是粗壮的，有着突出的筋骨。

细碎的小花，铺了一地。夏季的风，从海岸线吹来。吹醒了枝头的果实，它们更加欢实地生长。一天比一天胖一圈，果肉多了起来。看着那些正在长大的果实，欢喜心就流淌在夏初。

春夏交替，夏天站在季节的门口和春天挥了挥手，既然留不住春天，那么我们就过好这个夏天吧。春天的盛大花事，已经收场，只留下一些春末开出的花朵。

先民在立夏时节，也有着惜春之感。备下薄酒，就着落花，为春天送别，也有着"饯春"之意。凡是从春天走过的人们，都会留念春日的百般好。季节的变换是顺着天时，不与任何人商量的。

面对新来的长夏，我们有着更多的事情去做。日子是靠人过的，怎么样去过好当下，也是立夏时要思考的问题。火红的石榴花，用一片向阳的红心，和夏天热烈拥抱。热情似火的榴花，爱上了阳刚气十足的夏天,一场纠葛从五月延续下去。

对春天的离去,懊恼着当初没有用心对待,让春光倾泻流逝。与其懊恼,还不如把下一个季节过好。"芳菲歇去何须恨,夏木阴阴正可人"。立夏时节,虽然没有春天的花草那么缤纷,但是夏天有着自己的风致。

立夏日,友人们相约去枣阳的一处农庄。池塘里的鱼儿,欢快地在水中穿行,几只白鹅在水中悠闲地漫步。木瓜已经有拳头大小,桑葚子缀满了枝条。主人用了许多的破旧轮胎,栽种了满园子的金银花。正是花期,金银花在夕阳下,娴静温柔中透出清凉。

与农庄里的老人说立夏,老人讲起古老的风俗,在立夏日要用几种佐料,煮一些茶叶蛋。吃了立夏蛋,整个夏天就平安。老人还告诉了立夏蛋的做法,在清水中放入茴香,桂皮,八角,茶叶,姜末,少许盐,在鸡蛋快熟的时候,用锅铲轻轻敲击外壳,让味道进入,等着鸡蛋变了颜色,然后捞起趁热吃。

傍晚有着凉风从水面而来,几枝垂柳在风中荡来荡去。柳叶已经是很老到的绿,成熟了的柳条,好像是在与夏天说着什么,时而点点头,时而摆摆腰身。厨房里传来大火炒菜的声响,立夏的烟火气,在老人缓缓道来的话语里。

古老的二十四节气,名字都那么美丽。"谷雨,立夏,小满,芒种,寒露",单听这些名字,就让人生出一些想象来。我在脑海中勾勒着立夏的模样,我们习惯了把所有美好的事物,都安在女子的身上。

"立夏",耳畔传来一声声呼唤,是邻家的主人在呼唤着自家的孩子。顺着声音看去,穿着白衬衣的女孩,站在院墙的一架蔷薇下。这个叫"立夏"的女孩,一定是生在多年前的今天,含着蔷薇的香而来。温婉柔美中,带着倔强。

夏天,万物皆盛　　069

其实，我们不用去远方寻找，不用非得怀古，才能找到心中的诗意，只要在日常生活中多点心思，就会看见每一个日子都藏着美丽的精灵。立夏时节，金银花在笑，石榴花抹上了胭脂，蔷薇含羞。

立夏的色彩也是丰富的，樱桃红，豌豆青，蔷薇粉，枇杷黄，槐花浓，放眼望去，树枝上坐着一个个小果，从立夏开始，即将迅速成长。夏天的风，吹来花香，吹熟了果实。菜地里的黄瓜秧，已经结出了幼小的黄瓜，顶着小小的一朵黄花。

说起立夏的色浓，少不了夏季的青苔。位于襄阳南漳的翡翠峡，因为峡谷瀑布成群，溪水潺潺，清幽静怡，峡谷的岩壁上生出厚厚的一层青苔，阳光透过峡谷的缝隙，照射在青苔上，泛出翡翠的绿色光泽，人们便因此叫这条峡谷，翡翠峡。

进入夏天，人们喜欢去峡谷寻幽。峡谷两边的植物，吸引来无数的蝴蝶，翩翩起舞。品种众多的蝴蝶，与人相撞，并不躲闪，而是兀自在峡谷里嬉戏。忽而停在一朵花上，忽而落在行人的肩上。水质清澈见底，鱼儿在水中逆向争着向上游动。

夏日乐趣多，从立夏开始。青梅煮酒，枇杷满树，槐香暗度，新麦飘香，适合去做的事情很多，最好的生活是与自己喜欢的人和事物相处，把夏天的风情赏够。"和羞走，倚门回首，却把青梅嗅"，想来李清照遇见赵明诚，是在有着青梅的日子。

不管后来的日子过得如何，在遇见赵明诚的那个时节，一代才女李清照是幸福与快乐的。从此那些美丽的场景，留在了千年的古词中。荡完秋千的少女，心中藏着四季的美好，把终生托付给了意中人。

此时，枝头青梅尚小，它会在夏季用力生长。这时最好吃的食物，当属西瓜，草莓，桑葚，樱桃。稍微早一点的枇杷，已经黄了。母亲在时，这样的日月，最爱做的一道菜，就是肥肉焖蚕豆。煮得烂熟的蚕豆，入了肉味，清香里有了醇厚，日子在唇齿之间，便生了浓香。

最记得，刚入夏的时节，我会和母亲坐在厨房的小板凳上，剥着一粒粒蚕豆米。光阴里不急不慌，岁月是一条长河，慢慢走过就好。母亲对我的言传身教，就在平常日子，渗透出的爱意中。

《月令七十二候集解》中说："立，建始也，夏，假也，物至此时皆假大也。"这里的"假"，即"大"的意思，是说春天播种的植物已经直立长大了。春秋时代的人们说："夏，大也。故大国曰夏。"

《说文》中"夏，中国人也。"中国有礼仪之大，故称夏；有章服之美，谓之华。中国文化中，大水也称为夏。古城一带的汉水，曾经也叫夏水，汉口则称为夏口。华夏文化的源远流长，亦是如江水般生生不息。

中国文化不仅有"学生"之说，还有"学长"之说。通过学习才会生长，然后强大。立夏，从此时开始，万物生长，学业不能懈怠。

立夏有三候：一候，蝼蝈鸣。此时为初夏时节。青蛙等蛙类动物开始在田间、池畔鸣叫觅食。蝼蝈，蝼蛄也，适宜温暖潮湿的环境中，随着蝼蛄的鸣叫，夏天的味道浓了。

二候，蚯蚓出。由于此时地下温度持续升高，蚯蚓由地下爬到地面呼吸新鲜空气。蚯蚓是地地道道的阴物，生活在潮湿阴暗的土壤中，当阳气极盛的时候，蚯蚓也不耐烦了，出来凑凑热闹。

三候，王瓜生。王瓜是华北特产的药用爬藤植物，在立夏时节快速攀爬生长，于六、七月更会结红色的果实。就是说王瓜（地瓜）这时已经开始长大成熟了，人们可以采摘，并相互馈赠。

立夏节气，各种瓜果进入夏天旺盛的成长期。树木浓郁的绿，又加厚了几分。襄阳古城在下午四点，下起了倾盆大雨。这样的雨，也只有夏天才会有，仿佛是从天上泼下的水，哗啦啦地拉开了夏天的序幕。

雨下得大时，超市门口站满了看雨的人。人们望着天空在立夏时节赠送的雨水，心中添了几分欢喜。也只有夏天才会如此，进超市之前还是艳阳高照，出来时便下起了暴雨。这场雨，最具夏雨的特质，一到人间，就是炸裂般的倾泻，可能是因为过于暴烈，没下多久，雨停下来，天空中出现红色的彩霞。

这时，坐在小轩窗下，泡一壶清茶，读一本闲书，说几句家常话。窗外的绿荫正浓，几树槐花沁入心扉。夏天就推门而入，与诗书撞个满怀。这时日，果实在长大，人们通过学习也在成长。

立夏，立的是希望。如果错过了春天，那么就别再错过夏天。该走的路就勇敢去闯，想笑就大声笑出来，活得肆意洒脱点，不管是春天还是夏天，不辜负就好。

郊外的喇叭花，正在五月里一朵一朵地开放。至此，夏天就开始了。

小　满

　　榴花似火,枇杷满树时,小满节气带着浓浓的喜气,款款而至。每一个节气都有着自己独特的气质,刚刚离我们而去的立夏节气,有少许的清凉,有少许的热情。而到了小满,大自然中许多的植物,结出了果实,日趋饱满。在一半是期盼,一半是欣喜的日子里,小满来得正是时候。

　　二十四节气的名字,都那么清丽。"小满,小满"我在心中轻声唤出它时,嘴角自觉向上弯弯,是忍不住即将成熟的欢喜,一吐出来就唇齿生香。路边的石榴花,开得火红,一树一树的花开,在路边,在庭院……

　　小满时节,桑葚熟了,枇杷黄了,麦粒饱满,稻田的水肥厚。今年的小满节气到来时,我与往年不同。此时,我在离自己城市几百公里之外的山西。从襄阳古城向北,沿路经过的广袤大地上,麦田如画,麦粒已是饱满。离收割还有少许距离,刚好是小满状态。

　　从车窗望去,麦田美丽得如同画卷,金黄色的麦穗,在阳光下,露出憨厚的笑脸。是即将成熟的喜悦吧,心底的欢喜不自禁地流露出来,呈现给世界的,就是一张美丽的答卷。连成片的麦地,在田野上肆意泼洒着自己的热情。

　　一路向北,窗外的景色在眼前滑动。山峰秀美,大地厚实,

夏天,万物皆盛　　073

白云在天空唱歌，我的心儿从出发开始，就有着小小的满足。驻住一家樱桃园的旁边，樱桃像一张张婴儿的小脸蛋，红得清澈。与樱桃园的主人商量，可否采些新鲜的樱桃。

樱桃园的主人，是一个敦厚、言语甚少的人。带着我们去自家的樱桃园。园子里的樱桃树，口感都不一样。"红宝石，红灯，龙观，美早……"每一种樱桃树都有一个让人无限想象和垂涎的名字。主人让我们先尝再摘。

因为是北方，日照时间长，昼夜温差大，樱桃长得又大又甜。那棵叫着"红灯"的樱桃树，举着满头的樱桃，等待着来采摘的人们。一个个红色的小灯笼，挂满了枝干。阳光下闪烁着明亮的红。小满节气来时，北方的樱桃，正是长势最好。

小满见三鲜：樱桃，黄瓜和蒜。路边的田间，乡民们戴着竹笠在挖蒜。这边的人们大面积种植着洋葱，大蒜。据同行的当地人说起，挖洋葱和大蒜，是一件有技巧的活。挖坏了，是要扣除工钱的。我不知道他的话语，是不是带着逗乐的成分。

樱桃红时，黄瓜结出了嫩小的瓜，葡萄架上结出了幼小的葡萄。去窑洞，吃当地特色的午饭。正午的太阳，在五月明晃晃的，窑洞里却一片清幽。掀开竹帘，进入窑洞，顿时所有的暑气，都消失殆尽。

窑洞里，摆着当地产的山楂汁，是让顾客品尝的。窑洞女主人，性情温和，窗台上的几盆小植物，就能清楚她的性格。就像是初夏窑洞的凉意，让人舒适。窑洞女主人，端来手工花卷，我看她时，她温婉宁静。

她告诉我们，在这个地方盛产山楂，人们会把山楂加工成各种食品。山楂糕，山楂片，山楂汁，山楂果。让我们品尝的山楂汁，就是本地的特产。从窑洞出来，路边的山楂树上，挂着簇簇小果。还是小满时节，都在生长中。

《月令七十二候集解》:"四月中,小满者,物致于此小得盈满。"这时麦类等夏熟作物籽粒已开始饱满,但还没有成熟,相当乳熟后期,所以叫小满。

小满三候:"一候苦菜秀,二候靡草死,三候麦秋至。"初候的五天,苦菜开花了。二候的五天,靡草耐不住炎热而纷纷枯死。三候的五天,麦子成熟收获的季节来了,所以叫麦秋。

小满来时,我在山西曲沃的诗经故里。因为诗经中的许多诗句,从这里采集,所以就有了诗经故里的名称。每一个地方,都有着它的韵味,是那种从内在散发出的气息。北方的昼夜温差大,夏日的阳光明亮,但是吹过的风,却是凉快的。尤其是早夏的风,用一丝微凉,吹散了行人脚步里的匆忙。

光线落在黄土地上,房屋呈现出的色彩,有着天然的历史沧桑感。厚重,源于泥土。这里的房子,都是早年留下的泥土垒制而成的。日光与古老的色彩相互融合,蔓延出与季节毫无违和的斑驳。

曲径通幽的木栈道,在一片水草中把我的思绪,引入一条悠长而迷人的诗意。远古的人们,用美丽的句子,记载着自己的生活。田园风光,农事作物,心中的情感,都能用诗意的句子表达。

沿路的山体上,时常会给人惊喜。村里人们,把诗经中的句子,刻在陶罐上,镶嵌在山顶或者半山腰。枯燥的黄土,结合着心底的柔美,这个时节的无限柔情,被揉在其中。于是,眼角眉梢,都带笑。

对生活的小小的满足,大概就是能够在忙碌中,感受出这个时节温柔的善意。"呦呦鹿鸣,食野之苹""泛彼柏舟,依泛其流"这样的句子,在村子里随处可见。一派田园风光,几塘荷叶新出,到处流淌着温和与良善。

新荷出水，阵阵清香。犹如少女般，亭亭玉立，羞怯中透出不经世事的清丽。静立荷塘边，与一枝新荷相对。一时，自己竟然也成了绿意盎然的一枝荷，独立于天地之间。蓝如画布的天空，有几许白色的线条画过。哦，原来是白云正在偷看世间的清荷。

天地之间，大美无言。一片冰清玉洁的心，献给夏日的是最美的风情。不求太多，唯小满足矣。我走在池塘之间的田径上，浅黄色的纱巾在风中，飘动着。夏日的宁静，在细碎的脚步里，慢慢走过。

人间小满，万物皆欢。麦子饱含着对大地的深情，樱桃亮出自己的一颗向阳的红心，葡萄架下，小虫子们在窃窃私语。布谷鸟大声地叫着："布谷，布谷"。插秧的时节，催促着人们趁着好时机，把秧苗栽下。

"白茅纯束，有女如玉。"不远处，穿着白色裙衫的女子，怀抱着一卷经书，行走在方塘间。每一步落下的，是小满时节的韵律。融入光阴的，不仅是对小日子的喜乐，还有流传于世的心境。

竹影倒映在夏日午后的地面上，微风过时，变换着姿态。土房的墙壁上，水墨丹青描绘出的静好，恰如此时光影的嵌入，一派悠然自得，一桩美满生活。荷塘里，有人穿着长长的胶鞋，把多余的杂草打捞。林间，草影轻摇，栈道上的少年，在塘边钓鱼摸虾。几声蛙鸣，唱出了小满时节的欢乐。

无须太多的附属品，带上足够生活的行装，行走在季节的风声里。一半烟火，一半诗心。把所见所想融入笔端，是我此时最大的快乐。一路行来，婉约的诗经里，流淌的是日月。果树上挂着的，是光阴里的欢喜，窑洞里的故事，从古说到今。

一切随心，小满即好。再看行囊，留一半空间给明天，用一半的空间携带着过往。窗外，一树榴花似火，一树青果正小。

芒 种

在一片虫鸣声中，芒种节气来了。郊外的各种小虫子，一齐唱响了夏天，各种各样的声音汇集在一起，把夏天弄得热闹非凡。春天是花草的欢闹，那么夏天就是虫鸟的欢愉。

芒种节气，是在公历六月，正午的热浪袭人。这样热情的时节，人们也是忙碌的。忙着收割，忙着播种。有芒的麦子正式抢收，有芒的稻子正在下苗。

当我沿着古人的脚印去追寻现在的二十四节气，我与古人有着共通和共融。挂在天上的一轮明月，照过古人，照在今日。我在月光中，想着前尘往事，节气的轮回，每年如约而至。而我们心中的等待，是否如约而来。

推开芒种的窗，窗外是一片繁忙。收割机在阳光下，展现着自己的威风。成熟的麦子，麦粒饱满，粒粒入仓。我给孩子们讲一粒麦子的成长故事，从种下到收割，需要经过几个漫长的季节和诸多环节。那一个个挥汗割麦，弯腰插秧的身影，在大地上树立起了伟岸的形象。

"谁知盘中餐，粒粒皆辛苦。"几个汉字，把劳动的艰辛都写在了里面。勤俭节约的民风，值得一代代传承。麦子的芒上，有着对生活的温柔和慈悲，又有着对生命的凛冽与傲骨。我喜欢它直视命运的姿态，对着天空，活得骄傲。

田垄上走过来两个人,男人说话的声音传来:"明日芒种,天气预报说,雨季就要来了。"女人只是默默地跟着,没有搭话。此时正值江南梅子成熟,民间把这一期间的连阴雨天气称之为"梅雨",梅雨从六月开始,即为"入梅"。一般在七月上中旬北移,即为"出梅","出梅"后盛夏开始,进入三伏天。

梅子黄时雨,写出百般情怀。当人们把青梅做成各种美食,就已经拥有大自然的欢喜。青梅煮酒,仲夏已至。与三五好友,谈天论地,浅酌一口,滋味入心。酸辛与甘甜,调和出一壶有着独特风味的青梅酒。

池塘的荷叶,有了气势。满池的荷香,顺着晚风钻进鼻息,沁人心脾。微风,明月,荷香,在芒种节气里,高调地吟诵。到了自己的季节,就应该竭尽全力地绽放,荷叶翻卷出自己的一塘风情万种。

芒种时节,不仅有田间地头的忙碌,也有如诗般的情怀。那年的芒种,评弹响起,芸娘正把茶叶装在香袋里,放置于荷心,第二天早取,然后用泉水泡出一壶日月的香茶。

江南夏时又逢君,正是小扇轻摇的时光。花香浓,歌舞盈盈。多情的人,寻着可心而来,是为了前生的约定。凉亭里,相对无须言语,便是人间最好的光阴了。能够逢上一个懂得的人,历经千山万水的跋涉,也是愿意。

我总是把最浪漫的东西,写在最实际的时节里。芒种,是带着土地醇香的时节,我一如既往地探寻着里面的诗意。树荫,蝉鸣,竹影,生活的模样不是相同的,而是由着我们雕刻出不同的形态。

挽起裤脚插秧,卷起袖子泡茶,都是生活。池塘蛙鸣,孩童戏水,由着自己的快乐流淌。小轩窗里度流年,凉风入窗,心事渐浓,亦是这个时节的美好。百般生活,皆是生活。生活的本身,就是生活。

我不再纠结于任何事物,而是接纳并包容着。在我们放下昨天的一切,今天的脚步就会轻盈。背负太多,累了一生。好的生活,应该是能在田间地头打麦插秧,也能在庭前案几,泡茶抚琴。

无论何种际遇,我都深深地爱着这生活的本身。"苦夏"之说,所谓的苦,也是生活的苦。一个人不吃点生活的苦,是体会不到生命的价值。即便是再苦的日月,也胜过苍白地活着。

"苦夏"的含义中,有着吃苦的意义。吃苦的两个层面,一个是吃点生活的苦,一个是吃点带苦味的食物。到了仲夏,要多吃点带苦味的东西。苦瓜、莲子、生菜、乌梅、山楂,这些都是夏季养生的好食材。

芒种时节,有句古话"杏子黄,麦上场",果子们忙着把自己最成熟的一面呈现给世人,人们在忙着打麦插秧,抽空吃一口新鲜的杏儿桃儿,便是汗水流淌,也是满脸笑意融融。

芒种字面的意思是:"有芒的麦子快收,有芒的稻子可种。"中国古代将芒种分为三候:"一候螳螂生;二候䴗始鸣;三候反舌无声。"

在这一节气中,螳螂在上一年深秋产的卵因感受到阴气初生而破壳生出小螳螂;喜阴的伯劳鸟开始在枝头出现,并且感阴而鸣;与此相反,能够学习其他鸟鸣叫的反舌鸟,却因感应到了阴气的出现而停止了鸣叫。

我在芒种时节,去郊外转了一圈。月亮在傍晚五点就挂上了天际,日月同辉的景象,在夏季常见。沿着池塘走,满耳都是虫儿的声音。布谷鸟在远处一声声叫着,一只不知名的鸟从草丛飞起,池塘里的荷叶有翻卷的,有铺陈开的。

这个时节,是热闹的。在最忙碌的时候,我们不能忘了礼节。"君子以非礼无履",万物都是按照有效的次序生长,人们也应该按照礼节有秩序的生活。在优秀的中国传统文化中,古人既写下了收割,也写下了播种,还留下了做人的礼节。

此时,我已与昨日之我告别,脚步轻盈。有收有种,心从自在。

夏　至

凌霄花开得繁茂，荷花初始绽放，茉莉日夜散香，花影晃动，夏至而至。古人在地上立一支竹竿，发现每年的这一天，白天最长，太阳的影子最短，就记录下："日长之至，日影短至。至者，极也，故曰夏至。"

日久天长，是人们对爱最完美的期待，爱到极致，渴望着长久拥有。夏天也是有爱的，他的心里装着大地，于是竭尽全力，把自己的日光和雨水给予大地。

夏至节气来时，襄阳古城正是梅雨季，一场又一场的雨水，连绵好久。空气是湿润的，城市路面是干净的，郊外的植物是清新的。阳气致盛的时节，万物需要雨水，这场雨后，绿荫更浓。

夏至的雨，有写不尽的思情。雨落，人静。原本宁静的村庄，愈加静谧。就连平日里摇着尾巴的小狗，也安静了许多。远山的峰顶，云雾缭绕。这时，坐在屋檐下，听雨敲打着树叶的声音，清脆迷人。

桌上桃子，李子，西瓜，梅子，色彩艳丽。取一粒梅子入口，酸甜有度。心中浮动着："梅子黄时雨，细细落山前。竹下闲坐久，一一数青莲。"这样的时节，是属于生活的。

瓜果飘香，花影不断，竹林清幽，莲花满塘，去屋后的菜地走一遍，喜悦便尽收囊中。有新结出的黄瓜，带着稚嫩的毛刺。

有半青半红的番茄，透出可爱。茄子辣椒，争相献媚，玉米开出的花，有着长长的胡须。

这样的生活，是普通人的享受。你我亦是寻常，过着这样的小生活，乐在其中。何求太多，吾心自足。采摘几个瓜果，听竹风吹过，看门前塘中新荷，等炊烟升起，与家人亲，这样的小日月，是满足的。

我在夏至时节，去远山溪行。南漳香水河的雨还在持续下着，山路上的云雾，一直蔓延到车窗。深呼吸，顿觉清明。久居城里，胸腔自有郁结，面对高山溪流，心胸豁然明亮。人活一世，也就是过好一天一季。

雨中夏至，别有韵致。朦胧中有清丽，清新中有迷情，走在雨中山谷，身心皆是舒缓。暂且不说风景的宜人，单是空气，就足以让人留念。夏至，长雨季节，空气中的灰尘被拂去，留下一股沁人心脾的凉意，和一阵阵夏日特有的香气。

香水河是由各种形态的瀑布而闻名，因喜亲水，远近的溪流峡谷，都是夏日爱去的地方。看瀑布，是每年必来香水河。今年不同，是夏至，雨中看瀑。日月情深，在于山水与人情。景是同一个景，看景的心情和一起看景的人，年年不同。

站在一瀑倾泻的水声中，想起多年的际遇，有高有低，有回声，有激流。这一世的情缘，在大自然的博大和雄伟面前，渺小如烟。瀑布的顺势而流，无论高低，都心致一处。那就是向前，不退缩。无论前路有多艰险，也要勇往直前。即便是低入谷底，亦是坦然。而我们的内心，却总是不能平静。在浮世中，修得从容心，才能过得舒畅。

会生活的人，在夏至时节留下："晨起，卧醒花影，远山溪行；午后，小啖荔枝，蒲扇轻盈；暮落，残云收暑，月到天心。"夏至的风物与情趣，被短短的几行小字，写得通透。一天的光阴实在是太容易流逝,我们渴望着日久天长,就像是欢迎着夏至的到来。

花影,溪行,都在眼前足下。荔枝和蒲扇,是夏至时节必备之物。说起荔枝,有许多典故被众人所知,正是因为稀罕与娇俏,才容易被人惦记。小时候在书本中读到"一骑红尘妃子笑,无人知是荔枝来",是不知其真容的。后来生活好了,荔枝也从南方运来,放置在了超市的柜台上。放一颗荔枝在口中,甜蜜的汁液奔腾而来。

到了夏至,古时女子就会互赠折扇脂粉之类的物品。没有空调和电扇的日子,蒲扇摇出了多少童年的梦乡。折扇风雅,蒲扇亲民。也有人会在折扇上泼墨题字,那便又多了一层深意。

古时女子在夏至节赠扇和脂粉,也是消暑之意。扇子总是带来凉风,脂粉是为了去除痱子。想起孩童时,每到盛夏,洗完澡都会被母亲涂上一层痱子粉。白天晒出的红色斑点,在白色痱子粉的清凉之意中消退。

夏至,古时还有晒书的习俗。"书卷多情似故人,晨昏忧乐每相亲。眼前直下三千字,胸次全无一点尘。"爱读书人,多是惜书之人。到了盛夏,除了读书习字,还会把书抱到伏天的太阳下晒晒,除去湿气,祛除虫蛀。

夏至来时,新麦上市。做一碗"夏至面",尝一尝新麦的味道。曾经的麦香,留在生命里。忘不了阳光下辛勤劳动的人们,忘不了父母养育的艰辛,忘不了岁月悠长的味道。

民以食为天,在夏至的前几天,大街小巷的摊位上,就已经摆出了粽子。端午节已近,艾蒿的香气,弥漫在巷弄里。被包裹得有模有样的粽子,给人们送来了节日的问候。

夏至有三候:一候鹿角解,夏至日阴气生而阳气始衰,所以阳性的鹿角便开始脱落。二候蜩始鸣,雄性的蝉在夏至后因感阴气之生便鼓翼而鸣。三候半夏生，半夏是一种喜阴的药草，因在仲夏的沼泽地或水田中出生所以得名。

"林深见鹿，梦深见你。"夏至光阴里，怎么能少了美好的事物呢？自古以来鹿都是神圣美好的象征，《诗经·小雅》中的"呦呦鹿鸣，食野之苹。我有嘉宾，鼓瑟吹笙。"是写在夏至时节的诗句，鹿鸣是和之声，鼓瑟吹笙，都是对美好生活的向往。

夏天是离不开蝉鸣的，蝉儿在泥土中生长几年或者十几年，为了夏天中两个月的鼓翼蝉鸣，终其一生的修行，也是禅意所在。有人说蝉鸣过于炫耀，有人说生命就应该如此奔放。人在世上，每个人都有自己的看法，究其深意，全在自心。心若清净，便寻得百花盛放的喜悦。心若厌倦，便厌了万物不清。

少女时代，特别喜欢"半夏时光"。光是看着这四个字，就有美感。想那仲夏长出的植物，还具有能够治愈的功能，怎么也不能把药性的苦味与它的美丽字眼相互连接。半夏，应该是风情摇曳的时光，长裙，拖鞋，日光，凉风，还有那个阳光的女孩，被叫着"半夏"。

夏花绚烂，夏至而至。年长的香水河故人，在送别时说："下雪时再来，用柴火炖肉，温一壶小酒，听瀑，赏雪，会友。"听的人心驰神往，说的人真诚有加。夏至的山水故人，就这样留在了这个夏天。雨中听瀑，这将成为我对夏至最美丽的回忆。

夏至的雨，还在继续。天晴之后，便开始了夏天最热的时节。凌霄花开在枝头，笑颜满面。一塘荷香，迷人眼，醉人心。茉莉送来的清香，夹杂着粽香，新麦香。夏至的声响里，是人间的吟唱。有人骑着摩托车，在山路上奔赴。我们回到了古城，夏至开始。盛夏的光阴里，梦深处，是真情和厚意。

爱在当夏，日久天长。

小　暑

　　我仔细品味着每个节气的不同，沿着古老的二十四节气，日子饱满并丰盛。在这种不间断的观察与融入中，我的内心世界发生着变化。只有把自己融入时间之中，我们才真正拥有了它。

　　先民用二十四节气，来定格一年中农作物的耕种，施肥，灌溉，收割。中国文化的起源，就是农耕文化。先民们把生产与生活，融入时间之中，以观察物候的变化与迁徙，来寻找事物循环的规律，安身立命。

　　公历七月上旬，一股潮热，满身瓜香，小暑踩着瓜果，滚动而至。夏至之后的十五天，是瓜果最为丰盛的时节。到了小暑，该熟的全都熟了，还有一些挂着的葡萄，柿子，也正在快速生长。

　　有人在朋友圈贴出："这几天，园子里真是瓜果飘香。干活回来第一件事，便是去我的园子看望它们。此时此刻它们争先恐后的成长录，那可是别开生面雅趣朵朵呢。它们的颜值今年特别的好，没有虫鸟叮咬的痕迹，也没有病恹恹的残缺。一个个长相秀丽干净娉婷。"

　　配图是一把新鲜的豇豆，一堆清新可人的豆角，还有许多刚摘下来带着毛刺的黄瓜。在小暑的清晨，遇到一段这样的文字，泥土的芳香扑面而来。那些活泛的食物,冒着热腾腾的气息,与生活齐头并进。

小暑瓜果,有着众多。我们去田间地头摘西瓜,去果园摘红心李子。这个时节,满目绿荫,满园果香。茄子、辣椒、西红柿、黄瓜,一脚踏入菜地,伸手就是满满当当。辛苦播种的人,在此时收获。

写字当口,微信叮咚响了。友人发过来店铺角落的一株瓜秧,说了句:"你的瓜秧马上要结瓜了。"不知是谁把一粒瓜种丢在了橱窗前的土里,也不知道从什么时候开始,瓜秧就爬上了墙面,已经有了自己的声势。

他是凌晨四点半就开始换墙体广告,刚好看见了这株瓜秧,满是喜悦。一个勤劳的人,内心是稳定的,会发现身边的每一处美好事物。这是一种能力,生活于生活的细微处,从其中发现生活的真实。

认真工作的人,浑身散发出七月的光芒。小暑的热浪,没有阻止前行的步伐,而是愈加让用心生活的人们荣耀和火热。

城市还是乡村,生活都不会辜负每一个诚挚生活的人。小暑来时,我愈加喜欢上这人间的寻常。哪里有那么多的空中琉璃,更多的是这人间寻常的脚步落在大地上的踏实。

小暑时节,天气是潮热的。从早到晚,浑身黏糊糊的,真正开始热了。风是温热的,没有一点清凉劲。空气中总是泛起一些如烟往事般的潮湿与暧昧,小暑的热,是不刻意的,它并不是一年中最热的时节,它把清风留给夏至,把炙热留给大暑。

一群群蜻蜓,在身边飞来飞去,它们是不避人的。忽高忽低的蜻蜓,煽动着薄如蝉翼的翅膀,妖娆地舞出一些看不懂的台步。我总觉得蜻蜓在飞动中,带着迷惑人心的翩跹。

一只蜻蜓落在荷花上,此时荷香满塘,荷叶如盖。蜻蜓和荷花无缝隙的对接，生出一幅让人遐想的美感。一个真情亲吻，一个迎面拥抱，人世间的万物，都在情中。

一莲一心思，一叶一境地。荷花开在小暑，是盛大而热烈的。一半是雅，一半是俗，这就是最好的状态。

街头小贩，用板车拉着一车的莲蓬贩卖。他们会把莲蓬按照个头大小来区分开，然后价格也不同。女人们一头扎进莲蓬堆里，是没有空手而归的，多少都会买几个。那些莲蓬着实可爱，清凉之意藏在一片苦心里，也是我们在忙碌的生活里，给予自己的诗意。

我在小暑时节的公路边，看见了开花的芝麻。芝麻秆挺直着腰身，向上而生。杆子上一节一节的花开，从低到高。"芝麻开花节节高"，这是人们对美好生活的祝福。每个人都希望自己的生活，像芝麻开花一样。芝麻开出的花，是清丽的。一个如此俗物，开出的花色，却与众不同。

浅色的芝麻花，站在小暑里。俗话说："万贯家财不如一技傍身。"能够自己结籽的芝麻，生就富裕。从芝麻荚里蹦出的往事，一粒一粒都是珍贵。生命中所经历过的，都是芝麻秆上的每一粒芝麻，日后会流出丰富馨香的油汁。

一只七星瓢虫，爬在红薯藤子上。小暑来时，各种昆虫也来了。七星瓢虫背着七彩的壳，儿时我们叫它："花大姐"。把小瓢虫放在手心，它的岁月是静好的。小小的虫子，是大自然不可缺少的。我们不仅拥有静态的植物，还拥有动态的动物，人类如此富有。

气候温热，小蛇也出洞了。记得前几日去山间小路，各种杂草丛生，已有半膝之高。前方，一条小蛇快速爬过，惊得同行的女伴蹦起来叫着。动物与人类，共享着这个世界。

下雨前，小蚂蚁密集地排着队，从地面爬向窗台。路边的山石上,站着一只白色的细脚鸟。是一只鸬鹚,应该待在水中的鸬鹚,站在路边,成了一道独特的风景。我们把车停下,开车人说:"不要把它惊到。"

鸬鹚慢悠悠地,迈着方步。小暑的温热,在它一身洁白的羽毛上,没有落下一丝潮热,它活在自己清凉的世界。有风来,鸬鹚跃起,向着前方飞去。起身飞动的动作,优雅而美丽。

我国古代将小暑分为三候:"一候温风至;二候蟋蟀居宇;三候鹰始鸷。"

小暑时节大地上便不再有一丝凉风,而是所有的风中都带着热浪。《诗经·七月》中描述蟋蟀的字句有"七月在野,八月在宇,九月在户,十月蟋蟀入我床下"。小暑节气的时候,由于炎热,蟋蟀离开了田野,到庭院的墙角下以避暑热;在这一节气中,老鹰因地面气温太高而在清凉的高空中活动。

小暑,可闲可忙。"暑",上下是日,中间是土。土地上的人们上下都有日光照耀,生活在其中的人,都被太阳爱着。

大　暑

　　骤然之间，就是大暑了。夏天愈加深，只是今年，没有往年的酷热。漫长的雨季，让整个夏季的气候，都处于清凉之中。大暑，夏天的最后一个节气，在连绵的雨中，秋的气息悄然而至。

　　此时，是三伏天。属于大暑节气的时令物品，按照节令都在生活中。蜻蜓、西瓜、莲蓬、蝉鸣，这些与酷夏并行的事物，一样没缺席。大暑，将拉下夏天的帷幕。在这样一个意味深长的节气，我开始怀念这个夏天。

　　《月令七十二候集解》："六月中，……暑，热也，就热之中分为大小，月初为小，月中为大，今则热气犹大也。"

　　大，极致。暑，蒸煮。大暑在季节中，是最热的时候。万物达到极致，就不会长久。夏，也是如此，到了酷热难耐，就该结束。世上的事物有着自己的规律，大地上的人们循着规律，生活着。

　　往年的大暑，应该是摇着小扇捕流萤的最好时节。有书记载："夏夜最美。"夏天的夜晚是浪漫的。萤火虫闪烁，星星在天幕上眨着眼睛，晚风拂过白天的热浪，留下一地的瓜香。稻田里的蛙鸣声声，坐在一棵老树荫下乘凉。

　　大暑里，夏天极致地热闹。瓜果大上市，蝉鸣和蟋蟀不知停歇，白天的太阳散发出灼人的热浪，荷叶满塘，月光甚美。明亮的，愈加明亮。响亮的，愈加响亮。多年以后，总会想起漫天的星辰，和披着星光的人。

池塘里的一枝莲花，开在酷阳下，悲喜不惊，自在幽远。尽管头顶上是炙烤，内心却能保持着清净。大暑的严酷，并没有影响它的心情。我们能在世上，任何境遇下，做到这份内心坦然，是一生所需的修行。

行走在大暑的路上，树木的绿，明显地在老去。向日葵含着饱满的果实，低下了头。越是饱满，越懂得内敛。一个内心丰盈的人，其外在的行为便少了轻浮之气。当我们更注重内心的成长，生命便开始趋向成熟和饱满。

大暑，夏天最热的天气，这时心浮气躁，难寻安宁。在日常的琐碎中，有时候会被各种压力包围，而此时，最需要的是拥有一颗清净心，对生活和颜悦色。我们时常会把最坏的脾气，对着最亲近的人。

孔子说："色难"。能够做到对人对事，都心平气和，和颜悦色，是一件难事。我们需要修身养性。不急不躁，不悲不喜，是大暑节气里的修炼。活在这个繁杂的人世间，太多时候有身不由己的苦衷，有难于言说的难处。面对繁杂，更需要简单。

夏到了深处，有着苦夏之说。苦夏，是让我们在最热的节气里，多吃点带苦味的食物。苦瓜，苦菜，蒲公英，苦丁茶，这些与夏天有关的食物，都适合食用。苦夏，另一层意思是说，在夏天最热的时候，人们的生活也会很辛苦。

冯翼才在散文《苦夏》中写下："苦夏不是无尽头的暑热折磨，而是我们顶着毒日头，默默又坚忍地苦斗本身。"苦涩和艰辛，素来都是生活。再难熬的夏天，我们也要走过去。再难耐的日子，我们也要过下去。

总会有一些清凉，会治愈我们无处可说的艰辛。总有一些人和事物，让我们在苦涩难耐中，生出前行的力量。总有一些不灭的梦想，支撑起无数难熬的时光。

此时，一年最热的时候，也是喜热作物生长速度最快的时期。高原地带的格桑花，开在大暑节气。中原地带的荷塘，绿叶如盖。南方的雨巷里，油纸伞下的人，脚步有了风韵。大暑节气来时，南方北方，在今年都是阴雨绵绵的天气。

生活中这样那样的难处，都会在时间里慢慢消融。无论是晴阳，还是阴雨，都努力过好。任何事物到了极致，都该是物极必反。度过了最坏的光阴，以后就是好时光。

我国古代将大暑分为三候："一候腐草为萤；二候土润溽暑；三候大雨时行。"世上萤火虫约有两千多种，分水生与陆生两种，陆生的萤火虫产卵于枯草上，大暑时，萤火虫卵化而出，所以古人认为萤火虫是腐草变成的；第二候是说天气开始变得闷热，土地也很潮湿；第三候是说时常有大的雷雨会出现，这大雨使暑湿减弱，天气开始向立秋过渡。

蟋蟀在夏夜，不停地叫着。蜻蜓，在雨中低飞。过了大暑，就该立秋了。

夏天，万物皆盛　　091

夏为长赢

首夏清和

　　自从立夏敲响了夏的钟声,大地上的人们就走进了夏的怀抱。刚入夏,还保留着春的绿意,但是又比春绿多了一点老道。夏天的草木,散发出的绿意更深了一层。就像是少年成长为了青年,虽心思依旧单纯,却有了内在的力度。

　　观察季节的变化,入了心的喜欢。喜欢一个人,应该是不急躁的,缓慢而从容地牵手,过着朴素的日子。所有发自内心的喜欢,都是自然流淌。对于季节,我亦如此。

　　与四季相恋,日日有惊喜。日子仿佛不再枯燥,在夏日看一片云彩,也会心生诗意。读到"首夏",是在白居易的诗句中。立夏宜读史书,古人按照节气和心境的对应,读一些书籍。"春宜读子,夏宜读史,秋宜读经,冬宜读集",到了夏日,心绪容易烦躁,读些史书,让自己内心清明。

　　夏日是好,好在我们生活其中。再好的日子,少了人的烟火气息,亦不美丽。心有所爱,才能把日月过得美满。立夏之后,就该是小满了。我爱着当下的光阴,这时日里盛装着的一切,都爱。

　　就算是目之所及,皆是回忆,我也是爱着回忆里飘出的忧愁和浓香。就算是心之所想，皆是过往，我也是把过往化作此时的动力，勇往直前。过去的，无法留住的人和事物，就让它随着首夏的风，飘散。未来的，还没有发生的事情，又有什么可担忧？

《论语》中说："君子不忧不惧。"司马牛接着问："一个人不忧不惧，就能叫着君子吗？"孔子回答："内省不疚，夫何忧何惧？"一个人能把当下的光阴过好，回首过往没有愧疚，这样的人还有什么可担心的。

能够做到内省，原本就不是一件容易的事情，能够在审视自己的时候，没有愧疚和后悔之意，那该是活得清明。一个内心坦荡的人，走的是一条光明大道，那么无论岁月赠予什么，内心都会坦然而淡定。

"清和"，这样的境界，涵盖着太多的深意。能在夏日的燥热中，活出清明与祥和，这般心境，日月便也就不忧不惧了。我们所焦虑的，大多是欲望太厚。

一些无能为力的事情，当机立断，不与烂事纠缠，经营好当下的生活。生命里无缘的人，就让他去吧。放下与舍弃，才能面对新的选择。离开烦躁和欲念，修得一处清幽，安放心灵。

与其哀叹春光易逝，芳菲易尽，还不如欣赏眼前夏日的草木荫荫。倘若内心坦荡，昂首走在人间路上，前路虽是未知，但脚步却已坚定。夏日的炙热，正是我们追寻梦想，所必备的态度。无问结果，做好当下，这才是孔子口中的"君子不忧不惧"。

五月，是正好的时节。阳光不燥，气候宜人。心中的诗意和远方，从未远离。首夏，应该有一场远行。我是那种一直在路上的人，心灵和脚步，都不想停留。远方的风景，用脚步丈量。

清和明丽的首夏，太多有趣的事情，在与我们同行。同行是什么，同行就是陪伴，就是爱着。正是爱着那些美好的事物，才让它们日日陪伴着自己，并与之同行。我们先要爱上身边的事物,才能爱上季节,爱上自己的生活。

岁月盛大且漫长,总要有点内在的精神,来支撑着一生的辛劳。人可以不写诗,但是要有诗心。也就是说,我们要在枯燥与乏味中,看见那些光芒与火花。

山间的草木,翠色生烟。不远处的群山,在首夏的一场雨中,升起了烟雾缭绕。雨后初晴,路边的植物,频频微笑。小野花,生得有趣。

城市的女孩子们,穿着漂亮的裙装。大型商超里,各种美味的蛋糕,做出了不同的口味和图案。偶尔一场雨,说下就下。人们大多眉眼含笑,深情以待。不再纠结于过去的得失,不再担忧未来。我们活在首夏,就尽享它的美好,才是好的生活。

手头的唐诗宋词,厚厚的一大本。"首夏"随着唐诗而来,诗有点长,我只记住了前两句。"孟夏百物滋,动植一时好"。抬眼看窗外的植物,正是郁郁葱葱,几只小鸟一直叽叽喳喳。

草木清明,内心安宁,人物俱好。

慢品夏天

　　立夏之后的几日，夏天的气息愈加盛发。雨后初晴的天空，纯粹的蓝，让人神往，夏天已经不可抵挡在向前走着。不知道为什么，四季中总认为夏天是最长的。

　　从现在开始，我们已经走在夏天的路上。路边的风景，每一处都流淌着夏天的气息。深呼吸，绿意葱茏的草木，散发出的清香，在空气中环绕。

　　夏天最美丽的事物，当属各种各样的果实。树上挂着的青桃小杏，路边摆着金黄色诱人的枇杷，接地气又亲民的西瓜，瓜果飘香的季节，我们的唇间，被酸甜填满。初品夏天，如同幸福的滋味，一半是汗水的苦咸，一半是喜悦的甘甜。

　　那些花儿，也不示弱。倘若说，春天的桃红梨白，杏粉樱浓是花开的美丽。那么夏天的月季，蔷薇，玫瑰，把夏天开得甚是迷人。月季最为普遍，也好栽种。母亲的阳台上，每到夏天就会开出几朵月季花来。

　　现在忆起母亲，她的一生也是那么爱花。虽然那时并不富裕，但是母亲的日子里总是会在每一季都有花开。太阳花，月季，指甲草，茉莉，仙人掌，鸡冠花，这些最为普通的花草，让母亲的日月充满了花香。

　　很多时候我们并不需要拥有一座花园，才算是拥有了花香。

有时候，一朵花开在当季，就美了一个季节。每年五月，母亲的月季就会开出几朵花。红色的，单一的红色。就是那少许的红色月季，直至多年以后，一直开在我的梦里。

每每念起母亲，还会泪目。又到了一年的月季盛开，我在花中寻找着母亲的身影。郊外不知道谁家，在墙边栽种了好几种月季。立夏之后，路过那里，几种颜色的月季，组合成了五月最美丽的风情。

主人是个细心的人，把墙边的月季牵出了画意。墙是水泥的，主人就用一个个的钉子，把它们固定在墙面上，远远望去，每一株月季，像是排列出了一个字，组合在一起，便是一句诗。当然了，字和诗，这些都是我的想象，月季只是随着夏季，被主人无心且有心地栽种着。

我站在别人的墙外，看着眼前的月季，浅黄的，深红的，粉红的，连成了旧年里的光阴。想起母亲的月季，五月的夏天，就多了思念的味道。

夏天来了，鸟儿们愈加欢实。夏日的表象是喧闹的，花开鸟鸣不弱于春天。春天鸟儿们唤醒着春的希望，到了夏天，鸟儿们开始歌颂勤劳的美德。立夏之后，麦子开始变黄，到了端午节前后开始收割。

燕子，麻雀，布谷鸟，青蛙，蝉儿，把夏天整得热闹极了。单是一个蝉鸣，就有着夏天说不完的故事。大自然的神奇，就在于万物有灵。爱，始于万物，鸟儿对夏天的爱意，通过歌声来表达。植物对夏天的爱意，用色彩来渲染。人们，为了表达爱意，相互关心。

在蝉儿发出夏天的声音时，我也想放声歌唱。水面的浮萍，铺满了池塘。几声蛙鸣，此起彼伏。夏天应该是欢快的，我们没有理由不快乐。

立夏之后，夏天就开始了自己的节奏。拿着接力棒的那一刻，夏天就开始起跑。一路风情，一路歌声。如果说春景是一幅画，那么夏景就是一首歌。

　　蜻蜓立上荷叶，荷花次第开放。浮萍初上，心事满满。瓜果实在，日月减长。每一个夏季，都有着跃动的音符，想要谱出一曲调子，信手拈来。一碗酸梅汤，一杯青梅酒，一口丝滑的冰淇淋，夏天的味道，悠长而浪漫。

　　儿时的夏天里，乐趣多多。我和小伙伴们玩跳房子，翻绳子，跳皮筋。调皮的男孩，打弹珠，滚铁圈，玩弹弓。太多的童年记忆，散发出夏日的芬芳。每一个细小的回忆，都会在心间泛起一朵浪花，无声地蔓延开去。

　　一把蒲扇，一张凉床，在飞着萤火虫的夏夜，一摇就摇走一个夏天。躺在树荫下的凉床上，穿着背心短裤，睡得香甜。小时候的蚊子，并不让人讨厌。而今一只夜蚊子在耳边飞过，就会生出厌烦之心。却原来，心中有了计较，就失去对事物的美好感受。孩童时的纯真，拿小虫子做朋友。

　　读书，喝茶，听风，看雨，这些夏日常做的事情，都需要慢下心来，安静地品尝。老北京的大碗茶，更是具有夏日里的情深。有讲究的人，用着讲究的方式品茶，也有路人端起茶摊上的大碗茶一饮而尽。都是生活，那股清凉的茶香，把人的心田滋养。

　　乡邻之间，陌生人之间，被看不见的情分牵系在了一起。我们在夏日的大碗茶里，喝出了家的味道。那年去北京，专门在弄堂的树荫下，品尝了一口正宗的大碗茶。

　　夏天很长，滋味很多。树木的清新，泉水的清澈，雨后的清新，入口的清凉，还有乡情的清香，以及内心的清净，且慢慢来品。

夏天，万物皆盛

最爱夏日黄昏,天空随便扯一把颜料,涂抹在天际,人们看见了各种图案。红似火,霞光落在江面,白云在天空画出一笔水墨丹青。傍晚,路过长虹大桥,看着江面上泛起的波光,天边的云彩,画出了一幅自己定义的图案。

我醉在夏日的风中,闻到了瓜果的香气,听见了悦耳的鸟鸣,看见了花朵的笑颜,品出了浓郁的深情。值得去爱,每一个季节。夏天来时,我们尽可能让自己融入其中,去感受并享受。

这时收音机里,有人在唱被风吹过的夏天。夏天那么长,我们慢慢品。夏的滋味,一如花开,一如微笑,一如我的思念。

此间夏色

　　一个人在生活里挣扎久了,很容易忘记去发现色彩的斑斓。在一地鸡毛的生活中,忽略了世界的美丽。那些属于我们的美丽色彩,它无时不在。

　　夏天拥有最浪漫的色彩。红色的西瓜,橘色的汽水,金黄色的晚霞,蓝色的天空和大海,粉色的荷花,清白的栀子与茉莉,还有多姿多彩的夜生活,以及透明的风。

　　细数夏日色彩,洋洋洒洒之间,夏日如此绚烂,更多了一份热爱生活的理由。我回头望去,夏日斑斓的记忆里,各种各样的颜色,在生活里汹涌。

　　先是西瓜上市,敲响了夏天的钟声。圆的事物,总是讨喜的。我们中国人万事都讲究个圆满,所以圆形的事物,是圆满如意的象征。圆桌,满月,团年宴。西瓜熟了,听见西瓜熟透了炸裂的声响,那一时,心也是甜的。

　　年少时,会挑出瓜瓤里黑色的瓜子,放在一个容器里,一点点积攒着,等着夏天过去,让母亲用它来做西瓜子。母亲就会把那些晒干的瓜子,用八角,桂皮,以及其他的调料一起煮,时辰到了,起锅,再放盐在锅里炒干。然后我们就会坐在小板凳上,一粒一粒磕着。

　　街头的甜品店,榨出一杯红红的西瓜汁,路过的人总是免不了多看几眼,或者买上一杯,入口甘甜,有着土地的芳香,有着大自然的风情。

这一切的美好,都源于夏日圆圆的西瓜,瓜皮上的纹路,也是喜人的。吃西瓜的人,抹着嘴上的汁液,咂吧几口,口舌生津。

我总觉得,夏天的气息里有着冰凉的橘子水味道。超市的货架上,橘子汽水站在最好的位置。橘色的汽水,把整个夏日跳跃的色彩,呈现。

想起电视剧中,男女主角透过货架,一见钟情的场景。货架上橘子汽水之间的空隙,恰好就让彼此看见。明知道是导演的一出好戏,却依然相信这世间,有着美好的相遇。

夏天的青春气息,在一瓶橘子汽水中传递。男孩冒着酷暑,去路边摊为女孩买来冰冻的橘子汽水,橘黄色的情感,在夏天蔓延。爱情,从来都是在于细微的关怀,而并非昂贵的价格标码。

日子里,是有爱的。尤其是与相爱的人,做任何事情,都是欢喜。站在路边的少年们举起一杯橘黄色的汽水,向着天空,说出毕业季的难舍,说着对未来的憧憬。我永远记得,我曾和他们一样,年轻过。

在夏日,最入眼的美景,便是蓝天白云,大海沙滩。只要是抬头,蓝色的天空上,白云就会向着人们招手。生活不缺少美感,在我们忙于赶路时,抬头看看天空,那里有治愈我们的蓝色幕布和星辰漫天。

去海边,打湿的裙摆上,写满了欢乐。欢乐是什么,就是内心觉得愉悦,是一种感觉。我们能够感受到的快乐,来自内心。沙滩上深深浅浅的脚印,是人世间难行的航道。当海水漫过,一切都会平静如初。

我们不正是如此,在经历过命运的冲击,再复杂的印记,都会消失在宁静中。年轻时,踏浪而行。老去时,坐听观潮。蓝天下的心事，都散落在了碧蓝的海水中。心无波澜，平静走过。

夏天的蓝色，是净化心灵的颜色。它的纯粹和无私，它的辽阔和博大，时时在提醒我们，"为人处事，心底无私天地宽。"那就从天空中扯下一块蓝色，擦拭自己心底的污垢。从此，坦荡于人间。

我想，能够代表夏日的风物，荷花是少不了的。倘若不去看荷，这个夏天注定会有遗憾。遗憾是生命中一个重要的词语。每个人的生命中都会有遗憾，只是我们尽量让它少一点。

夏荷穿着粉色的裙装，在属于它的季节里，盛大而端庄地绽放。满塘的荷叶，青蛙在上面跳来跳去。蜻蜓穿行，偶尔立在荷花的尖上。一幅和谐的图片，在大自然中铺展。

赏其貌，观其心。这些与夏日有关的自修课中，内观是必不可少的。日日以莲心纯净为照，清净心底的杂念丛生，遗憾自然就少了。

我在夏日里，徘徊在荷塘深处。也想化作莲花仙子，臂挽粉纱，心有莲子，处处慈悲。从容接受年华老去，对世界伸出好奇与探寻的触角，是终生所要保持的。

栀子，茉莉，是开在夏日里的清丽。一生清白，是挑战。其香，能醉人。其色，是清白。在夏日的夜晚，轻嗅其香，会感觉到整个夏日都充满了迷人的芳香。这样浓郁的香氛，却来自一个无色的外表。

在清白处，散发出自然的浓香，这是我们要像植物学习的。我们时常小有成绩，就沾沾自喜，往自己脸上贴金，最后弄得一张唱戏的脸谱，竟看不出自己本来的模样。何必呢，人生本是一出戏，浓妆艳抹有它的好处，淡白清丽，有着它的风骨。

"贤贤易色；事父母，能竭尽其力；事君，能致其身；与朋友交，言而有信。虽曰未学，吾必谓之学矣。"也就是说，君子

夏天，万物皆盛

看重的是内在品德，而非外在的容貌。

轻轻浅浅的鹅黄色，是小鸭子身上的绒毛。深深重重的松绿色，是草坪上孩子的嬉戏。我在夏日的色彩中，探寻着生命的奥秘。有初生的轻音符，有成长的重音符。

这个夏天，遇见一个喜欢穿鹅黄色长裙的女孩。她日日提着一个保温桶去看望病中的男友，女孩说："穿着明亮的颜色，是为了照亮病房。"那一刻，我看见了美好，它是鹅黄色的，有着温暖的光。重新认识一种色彩，需要历经世事。

公园里松绿色的草坪，是夏日游人最喜欢的地方。带上地布和零食，在傍晚清凉的风中，等待着第一颗星星的出现。天边的弯月，早早地挂在天空。日月同辉下，草坪的青草味道，有着人间说不尽的深情。

绿草茵茵，绿荫满窗，这些夏日特有的景色，点缀着人们的生活。有人拿着一把摇扇，在绿荫下乘凉。有人正举着棋子，头上落下一米绿色的阳光。阳光穿过夏日的绿荫，与人间的万物交好。

夏日透明的风，拂过夜晚，夏夜就格外温柔。路边喝着啤酒，吃着烤串的人们，享受着生活。可以肆无忌惮地说话，不用小心翼翼选择词语，这样的相处，才算是真正的朋友。凡是需要处心积虑考虑的关系，都是累人的。

最好的关系，是自然相处，无须掩饰。爱着他的优点，包容着她的缺点，我们的生命中，需要几个这样的人。

我在夏夜最热闹的人间走过，看见绚烂的灯火，听见了美妙的话语，闻着烟火气息，感受着七彩生活。这世间，爱与被爱是最重要的事情了。

此间夏色，我们彼此爱着，我们用力爱过。

烟雨初夏

刚入夏，襄阳古城就迎来了一个小雨季。连续下了两天的雨，空中浮动着烟雨雾气，让城市的高楼，有了若隐若现的美感。熟悉的事物，一旦披上了朦胧的外衣，便显得有了温柔的美。

细雨一直缠绕，勾起许多往事。中国人对美的感受，真是很深刻的。比如把一段流年的记忆，用"往事如烟"来说，就铺展开一幅水墨丹青，往事中的人与事物，在其中沉浮。我亦是一个用美来抵抗岁月流逝的人，对此感同身受。

初夏的美，有着多种多样。烟雨中的初夏，别具一格。热闹的夏天，鸟叫、蛙声、蝉鸣，在夏日的舞台上尽情上演。却忽然，一蓑烟雨来，万物都静了下来。其实，并不是那些声音忽然消失，而是我们的内心在烟雨中，沉静了许多。

有阵阵凉意穿过窗棂而来，我的心被牵扯到了很远的地方。看见了那个戴着斗笠撒网的老人，在湖南郴州小东江的江面上，划着他的小船。那年五月，正是小东江雾起最美丽的时节，我们觅着那一网情深而去。

是看了照片上，穿着红色偏开襟的女子，挽起了发髻，在江面上撒开一张大网，网呈现出完美的弧形。寻她而去，在五月的烟雨里。初夏，是一汪清泉，树木清澈得让人入迷。尤其是雨中的葱绿,直入心底。心间蔓延出的情感,在初夏的烟雨中,弥漫成一首难忘的小曲。

行走在江边的栈道上,树木散发出的清幽,远处看不清的江面,偶尔出现的小船,在多年后一直沉淀在我的记忆深处。我坐在襄阳古城的室内,想起了那段如烟的流年。曾经的年华在逐渐远去,庆幸能够有这么多的回忆。

每到五月,小东江都会迎来旅游旺季。喜爱摄影的人,扛着各种长短镜头,在江边等待着红衣女子出现的时刻。女子乘一叶小舟,轻缓而来。不急不忙,从容地撒起她的网。岸边的镜头中,一张张美丽的照片,把美写成了永恒。

那年的初夏,小东江的江面仿若童话世界。穿着传统服饰的女子,长裙翩跹,有撑着油纸伞的姑娘,兀自走在栈道上。雨雾中,人们幸福而满足,欢乐而安详。和我一样,乘兴而去的人有许多,大家都是为了寻觅生活的美,有着共通。

我站在窗口,看着马路上的车流。人们在细雨中,反而多了从容。也许是一股清凉之意,让人觉得舒适。比起夏日的艳阳,有雨的初夏,更值得慢慢地走。这一场连绵几天的雨,终究会散去。

想把初夏的烟雨留住,于是文字里就多了一层情愫。太多的往事如夏日的烟雨,缓缓地铺展。除了小东江的那一张迷人的网,还有烟雨中的凤凰古城。去凤凰古城是又一年,与女友结伴而行。

人说烟雨凤凰最美,我们赶去的时候,刚好是雨季。也是初夏,雨水淋湿了衣衫,贴在身上,还有些薄凉。去凤凰古城,是早年读了沈从文的《边城》,他笔下的青山碧水,烟雨深处。

初夏的烟雨凤凰,有着水的柔情,有着山的陡峭,很难用某一种具定的说法来形容。一万个人眼中都有着一万个不同的凤凰古城。而我眼中的凤凰古城，是复杂的，就像是初夏的烟雨，看不透。吊脚楼的阳台上，藤制的摇椅，适合读书写字。

江面上的号子声频频传来，凤凰古城的美是喧嚣热闹中的静美。小东江的美，则完全是隐者的静谧和祥和。襄阳古城的美，是具有深厚文化底蕴的厚重与宁静。不同的地方，带着独有的风情，把一个初夏的清晨，临摹得满是诗情。

我时常怀念起那些行走的日子，在不同的地方遇见的不同风景。不同的风土人情，它在当时并不显得有多重要，但在多年后忆起，才能闻到它的浓香。就像是一些事情，在当时的经历中，可能会觉得特别痛苦，经年之后，再品尝，又是一番滋味。

初夏，是一蓑烟雨的优美诗。我们顺着时间的顺序，开始阅读。漫步凤凰古城，最吸引人的是那里的酒吧文化。每一间酒吧，都是一个人的梦想。年轻时我曾多次想开一间书吧，临窗有水，夏日有荫，室内的人，有一颗诗心。

华灯初上，烟雨深处，迷蒙的美感，在灯火间摇曳。美，能够抵抗岁月的流逝，要学会鉴赏美的事物。任凭岁月流逝，我们都是那个曾有心怀梦想的年轻人。

雨还在继续下着，初夏的气息，稍微有了迷离。我想起襄阳古城的汉江，江边的垂钓人那份悠闲自得的心境，是生活所赠予的。"一蓑烟雨任平生，也无风雨也无晴。"心境的悠然，生活在日常，便也有了自乐。

无论是远方的雨雾，还是近处的烟雨。我们生活在自己的心中，心之所向，就是方向。此时，我看见了小东江的撒网人，坐在了凤凰古城的酒吧间，与襄阳古城的垂钓人一起看了江景，听了雨打江面的声音。

也想在来年，做个隐者。把自己隐于山水间，隐于大自然的雨雾中。寻一座千年的古镇，种一季的蔬菜瓜果。郊外的菜地里，乡民用铁锹刨出了新鲜的土地，西红柿已经结出了小小的灯笼，辣椒垂下了青青的脸庞。初夏的气息，渐浓。

  窗外，细雨蒙蒙。室内，我正用一笔清浅的文字，与你相逢。每一个作家笔下的家乡，都带着自己的特色。萧红笔下的呼兰河，张爱玲的上海故事。多想有一天我也能写出襄阳古城的美，能让你为它而来。

  烟雨初夏，有着往事，有着故事，有着传奇，有着每个人不同的脚印。我们继续往前走，雨过天晴是一种美，烟雨迷离是另一种美。

夏　遇

入夏，小满。路边的石榴花开得招摇，让人无法忽视。山楂树上的小果，在枝头摇曳。风吹铃响，岁月如常。我们在讨论着，沙漠中的驼铃声，说起草原上的敖包。

在自己的生活里，过好每一个平凡的日常。晋地的核桃，已经长成形，我们行走在这一片黄土地上。路过一处村庄，有家院门大开，从路边看去，里面的人正在忙碌着。我循着烟火气息而去，是为了更接近这片土地。

这户人家，门头很高，上面挂着"福德康宁"，院落敞亮。外面是当地的特色土墙，透露出一股浑然天成的景象。"大叔，我可以进来吗？"院落里，轮椅上坐着一位大娘，大叔正在忙着翻弄地面上刚收的麦子。

我们内心总是渴望着一些摸不到的东西，其实最美的生活是凡常。院落打扫得干净，院中种着一棵核桃树，叶子青绿，果实已在。一只狗，温顺的在树下，见陌生人进去，慵懒地轻叫两声。微凉的风，穿庭而过，光阴落下，院落一片祥和。

和大叔说明来意，想参观一下他的院落。大叔热情地让我进屋。指着自己的主屋说："我们的主房是窑洞。"转身让一位个子不高的女人，带我去窑洞看看。进入窑洞，扑面而来的烟火气，带着寻常人家的味道。

我在窑洞里坐下,窑洞整洁。床铺是洗得干净的棉布床单,被子叠得整整齐齐,桌子上的纱笼下,罩着一些饭菜。我们轻声交谈起来,她告诉我这两间窑洞是自己和公婆一人一间,旁边修建的新房,是给儿子娶媳妇用的。

庭院里,坐轮椅的大娘,指着眼前这个憨厚的女人,一个劲对着我说:"这是我儿媳妇,好着呢。勤快心肠好,不仅要做农活,还悉心照顾我。"大叔也跟着附和,感觉是要把一件宝物,展现给外人看。

我在院落里,感受到祥和的气息在流动。看了看那个女人,她的脸上带着憨厚的笑容。夏日时光,我在这户人家的窑洞里,院落里。大叔莫名冒出一句话:"姑娘,你还没吃晚饭吧,我去给你做点吃的。"

才是下午五点的光景,光线强烈。夏日的日照很长,到晚上七八点才会天黑。此时,并不是寻常人家吃晚饭的时间,是大叔想要表达自己的心意。普通人会把喜欢,揉进一日三餐。我和大叔一样,所以特别能理解这份心意。

大娘还在絮叨,"我们家的日子过得好,就是落下的这点病,有些缺憾。"我们都是平凡人,过着平凡的日月。能够如这户人家一样,把日子打理得井然有序,也是美的。核桃树下的狗,看着我们亲密交谈,也摇起了尾巴。光落在院落里,升腾起爱与安详。

所谓人间至美,不过凡常之间。把爱与温情掺进寻常日月,便生出大美的气象。离开时,回头再次打量着这间普通的院落,窑洞的门窗,有着岁月的痕迹,大叔的热情,大娘的满足,女主人的敦厚,在院落里闪着光,把日子照射得如路边的石榴花一样。

在日月里生活,有人过得有情趣,有人过得寡淡,每个人的心境不同,日子就不同。唯一不变的,是生活中的爱意。在我们爱上凡常,我们就拥有了生活。

不仅仅只有诗和远方，才是浪漫，凡常生活也是人间至美。看着光阴缓缓而去，触摸着寻常生活的脉搏，感知着人间的真谛。一个普通人家，能生出大美气象，是源于他们之间的相亲相爱和勤劳朴实。

　　我们总是不断寻找，想要找到一份完全满意的生活。很多时候达不到自己的目标，就会生出失望。其实，能够把凡常生活过好，就是对生活交上了一份完美的答卷。太多时候，我们并不知道去找出凡常生活的趣味和美好。

　　黄土地呈现出一派厚重，我们皆是凡尘中的泥土，在不断塑造中，拥有属于自己的生活。有时生活会是篱笆墙上的一株绿色植物，有时会是灶台前喷香的饭菜。

　　活在凡常间，我们拥有很多。四季的变换，繁星点点，落霞满天。人与人之间的相互关爱，一粥一饭的品尝，为爱奔波。孩子的纯真，老人的慈爱，院落的一条小狗，鸡鸭成群，燕子在屋檐下筑巢，麻雀站在电线杆上。

　　有人会取了荷叶上的露珠泡茶，有人会在小轩窗下，画一枝梅花。有人在父慈子孝的家庭氛围里展颜，有人在行色匆匆的路上。每一寸光阴里，都透出凡常的美丽。

　　轻触光阴，路边的石榴花兀自开得有声有色。黄土地上的核桃树，无处不见。夏日凉风扬起岁月的尘土，每一粒都有着自己的厚重。我们最终归于尘土，可是我们在大美的人间走过，历经凡常的美好。

　　心有抱怨的人，是看不见人间至美的。而那些善于发现凡常生活中美好事物的人，活得都那么有情趣。

　　所谓人间大美，不过是在寻常而平凡的生活，与光阴和解。

夏天，万物皆盛

山中的夏

从城市驱车,沿着绵延一百多公里的山路,我与大自然的亲密接触,开始在小暑之后的一个最隐秘的深山。

进山的公路,很多弯道。到大目的地,已经是下午五点。我们居住在保康黄龙观村的一个景区,在汽车开到几乎少见人家时,才是接近了这个隐蔽在深山里的中国民俗文化村。

地处襄阳保康的黄龙观,顾名思义是一处道观,后来修建成了彭祖养生馆,有一栋三层楼房,方便游客居住。我们是开展国学夏令营,选址来到了这里。

大山深处,原本就给人一种神秘感,再加上云雾缭绕,就有了入得仙境的感受。年少时在电视上看见的仙境,也大抵就是这个样子。就是少了拿着拂尘的道长,而今的平易近人,是多了一层烟火。

因为居住在半山腰,离山顶还有一段距离。趁着晨起,带着夏令营的孩子们,沿着台阶,一路向上。行至半山腰,还能看见山峰上青翠浓郁的树木。环绕在山腰的云雾,仿佛是古时少女臂上的轻纱,环绕出温柔与亲密。

脚下的台阶,因为山间常年湿润的空气,是潮湿的。沿路的台阶两旁,长满了青苔。有聪慧的女孩子,用手取了一粒露珠,递给我看。"老师,快看,我接住了一滴露珠。"露珠在她纤细的指尖上晃动着，女孩专注的神情，沉浸在与露珠相遇的喜悦中。

大自然的魅力，就在于它能让我们在其中寻找到自己想要的东西。循着山路向上，有稀稀落落的鸟鸣声。很是奇怪，为什么在城市里听鸟鸣声是清脆的，而在空旷的山间，鸟鸣声竟然如此稀薄。

半山中的山峰和绿植还清晰可见，到了山顶也就是七点钟的光景，眼前的云海，是一片朦胧，看不见任何事物，只剩下白茫茫一片云雾。那个接露珠的女孩，名字叫维多利亚。我一直纳闷为什么取个这样的名字。

交谈中维多利亚告诉我，"妈妈在怀我的时候，去了一趟维多利亚港，妈妈眼中的维多利亚港是美丽的，宽阔的，她希望生下来的我，像维多利港一样，有着美丽的外表和宽阔的心胸。"

孩子的眼睛是清澈的，心灵是纯美的，山间树叶上的一滴露珠，台阶上的青苔，开着的野花，阵阵云雾，落入他们的眼中，都会带来一片惊呼声。我们的孩子是多么需要和大自然亲近的机会呀！

我的行李中带了两本书，一本是梭罗的《瓦尔登湖》，一本是法布尔的《昆虫记》，这两本与自然科学有关联的书，也是我读过很多遍，依然喜欢阅读的书籍。在大自然中，探寻着生命中的秘境，其中少不了植物，昆虫和山川河流，以及风云雷电。

那就让我把山中的盛夏风物，落于笔下。在课余时间，我会独自循着周边漫步。路边的狗尾草和一些杂草生长得繁茂。比起城市里路边偶尔冒出的青草，它们强壮而有力地生长在山间。

也许是空气的湿度比较大，植物们欢快而不受影响地生长着。黄龙观居住的几户乡民，开辟了一些地，用来种植一些果树和蔬菜。葡萄在架子上疯狂地歌唱，垂下来的葡萄，已经有模有样了，只等待稍微晚点就成熟起来。

那些葡萄散漫地结着果实，伸手就能摘到，或者抬头它们就可以落在唇边。这里的植物是不受限制的，尽其所能燃烧着自己。葡萄外包着一层薄薄的白霜，看似羞怯，却又那么任性。

随心慢性，路边的枣树，在小暑时节，已经是挂满了青枣。青枣在我来时，就有了气象。山区的枣树，真的是枣子比树叶还多，当然了具体的数量或者不是这样的，但是眼睛所能看见的，全是青青的枣子。

枣树也是负重前行，它背着满树的枣子，弯腰微笑。就像是一个有着年岁的人，对子孙后代的宠爱，任其在自己的肩膀上成长。小时候的枣树，也是这样的。没到枣子红时，就会在树下捡一些被鸟儿啄下来的红枣。小鸟是聪明的，那些被它们啄过的枣，比一般的枣子要甜许多。

等到枣子熟了，调皮的男孩们就会爬上树去，坐在树丫上吃个饱。然后，再把口袋装得满满当当才溜下树来。大人们会拿着一个长长的竹竿，使劲敲打着枣子，枣树下铺着被单之类的物件，不一会儿就会接着一堆枣子。

山中的夏，是惬意的，是安静的，是属于昆虫，鸟类和植物的，它更是属于生活在这片土地上的人们。我独自行走在山路上，总有种贸然之味。就像是一个没有打招呼的闯入者，生怕惊吓了山中的植物和昆虫。

小暑时节，在城市是属于浓情与热烈的，而在山区，却没有丝毫的炎热之气。空气中飘浮着清新而湿润的薄雾，呼吸间是顺畅的。我居住的这间房间，推开窗外面就是挂着水珠的树木，它们守着岁月不知道有了多少年。

房间的被子是厚的，在刚入住时还担心会不会太热了，没想到整晚都在被窝里待着。山中的夜晚，安静得让人生出遐想。

来山中度夏，邂逅一些与平日不同的事物。我在山中的几日，寻找着自己笔下的与平日里不同的夏天。黄龙观的夏天，是潮湿的。在我们享受着空气清新的同时，我们也感受着没有日照的困惑。当天洗净的衣物，需要几天时间才会晾干的。每一件事物都有着它的两面性。

我在山中日月里开始思考一些问题，有些没有答案，有些露出真相。我更多开始想象，能如这山中的植物和昆虫一样，活在属于自己的世界，该是很惬意的吧。但是后来我发现，植物和昆虫，没有我这样多的想法，也该是多无趣呀。

释然于山中的夏天。每一种活法，都有着它存在的意义。植物和昆虫，人类和天气。维多利亚拿走了《昆虫记》，对我说："老师，红蚂蚁会跳舞。"

在大自然和孩子的童真面前，我的书写是那么浅显。

夏正浓

在小满节气之后,夏天真正意义,浓烈了起来。气温在逐步升高,树木的绿又老了一分。夜晚的蚊虫多了起来。田间的蛙鸣声响亮,仿佛一切都打开了,尽情地欢度着夏天。

大自然在季节中,有着明显的变化。我们在时间中,由青葱到年华老去。仿佛年少时的夏天,还在眼前,不知不觉就人到中年。怀着一颗赤子之心,淌过岁月的河流,我们在夏天里,茂密地生长。

田间的麦子熟了,呈现出一大片的金黄色。沉甸甸的麦穗,与收割的人们共舞。一粒麦子从种子到收割,需要漫长的时间,这个过程,我们叫它生命。经过冬天的孕育,经过春天的初发,经过夏天的生长,在小满时节,终于完成了自己的使命。

我们亦是如此,漫长的一生,要经历许多。我站在麦田边,看着收割机隆隆地忙碌,内心奔腾着一股豪气。大自然的植物,用自己所有的热情,走完一生的路程。

朋友之间,感叹着时间匆匆。还记得自己当年在夏天,挽起裤脚在田边捉鱼摸虾的情景,一晃就到了喜欢回忆的年龄。在我们越来越喜欢回忆过去时,我们在老去。年少的夏天,快乐的没有时间去想什么,那时夏天的每一寸光阴都被乐趣填满。

在年华老去时,回头看看,夏天一直按着季节的变化规律,正常到来。改变的是我们的心态，起初最简单的游戏就能满足夏日追寻快乐的心，而今拥有太多，却怎么也快乐不起来。原来，心越简单，快乐越容易得到。

夏日浓时，栀子花开了。开在这个时节的栀子花，清香宜人。少了春日闹哄哄的花开热闹，独自开在夏天，用它清浅的心情，轻松地征服了路人的心。栀子花开的季节，人们内心充满了浪漫的情怀。

在栀子花前驻足，想着它的今生前世。今生做了光阴里一朵洁白的栀子花，开在属于自己的日月里，用一抹清香熏染着指尖年华，时间与爱，都在其中。爱过的人，走过的路，经历过的事情，在这一丝醉人的清香里，远去又回来。

能保持一生洁净，才是值得我们所欣赏的。栀子花美得含蓄而浓郁，把我对夏日所有美好的想象，都盛开在日月里。爱穿白衬衣的少年，像一朵又一朵白色的栀子花，开在岁月里。

深深呼吸，沁人心脾。唯有发自骨子的香，才有着迷人之处。外表的冠冕堂皇，是不能抵抗岁月的衰老。真正的美人，有着如玉的内在芬芳。每一步都走得稳妥与踏实，每一寸光阴都留下实实在在的东西。

阳台上的仙人掌开出了明亮的黄色花朵。碗口大的花朵，开在炎热的夏天，为心情带来了惊喜。偏偏它还喜欢开在艳阳之下，把明黄透露得那么彻底。这株仙人掌，是从山间房屋的屋顶上，摘下几片带回来的。我把它栽种在了属于自己的夏天。

昨日再次路过那户人家，房顶上的仙人掌，开得如火如荼。很远就能看见那些黄色的花朵，点缀着家户人家的生活。屋顶不高，是一处厨房。仙人掌被主人任意地放置着，不管不顾，它却在夏日正浓时，开出了自己的明亮与艳丽。

有人问道："花儿为什么这么美？"我轻轻写下一句："德不

孤,必有邻。"友人回复:"花如其人。"

枇杷果在小满时节,才真的好吃。路边的枇杷树上,挂满了熟透了的枇杷。我问女主人:"能不能摘一串新鲜的枇杷解暑?"女主人做着自己的事情,头也不抬地说:"尽管摘,在我们乡下不稀罕,家家户户都有枇杷树。"

正午的光,透过似琵琶的叶片,落在手中的枇杷上,夏日的气息那么浓烈。剥开一粒枇杷,入口清甜,没有一丝的酸味。记得枇杷还没完全熟时,我也摘过,那时是先酸后甜。而此时,经过了时节的淬炼,枇杷已经褪去了身上的酸涩,留下生命的甘甜。

光阴里总有着一些不经意的惊喜,让我们对日月生情。它们细微而美好,轻轻潜入,滋润着我们的内心。有时停下匆忙的脚步,去路边的草木下,品味四季,我们的心底,会流淌出自然的喜悦。

学会在繁杂的生活中,去发现它内在的美丽和可爱。枯燥的生活,就会生出许多的乐趣。我们活在这个世界,会遇到坎坷与挫折,也会相逢美好和喜悦。

岁月的善待,在每一滴光阴里。不能匆忙而过,忘了品味。麦地里的收割机正在忙着抢收,栀子花在夜晚和白天,释放出清雅的香氛,仙人掌不择环境,开在每一处角落里。枇杷挂在树上,触手可及。

无论我们正在经历着好与不好,只要把自己放置在苍茫的大自然中,看世事如尘烟般浮动,品味生命的过程,就是我们一生最大的收获。

有人感慨:"浩瀚的宇宙中,我们渺小得如一粒尘埃,自己的那点得意和不如意,能算得上什么。"我们要用一颗谦卑与敬畏之心,在时间长河里行走,即便是低入尘埃,依然是宏大生活的一分子。我为这一点点的存在感，而无比骄傲，因为这个世界，我们来过。

能感知四季的变化，和四季中的美好所在；能活在这个绚烂又斑驳的世界，感受生命最真实的状态；能与家人闲坐，能与友人长谈，能与所爱之人做喜欢的事情，能在自己的日月里开出自己的花；这一切，足够美好。

我们拥有着太多，只是容易被忽略。放下那一小部分的不快乐，投身到生命的长河，感知大自然无尽的能量，感受生命中的喜怒哀乐。

拥有与放下，忧愁与快乐，它都在日月的丛林里，茂密地生长。一树厚荫，一窗诗意，一帘幽梦，一片情深。

此时，小满已过，芒种未至，夏正浓。

夏日风物

林下清泉

　　到了夏天，最爱去的地方，是林间泉水边。一汪清泉从石缝中流过，发出清脆悦耳的声响。有环佩叮咚的韵味，有细音入耳的美妙，说不出的惬意。

　　我时常会在夏日，去林间寻幽。寻一处有水流的峡谷，或行走其间，或浅坐观赏。入得夏来，耳际边总是会想起那些泉水流过的声音。夏日的炎热，易带来心情的烦躁。去听泉音，是去除内心浮躁的一种方式。

　　山间的植物，与世无争。林间的泉水，流得自在。把自己置身其中，心境顿时明朗。不再纠结于内心的欲望，不再困扰于尘世的纷杂。生活总是会有磕磕绊绊，抚平心绪，然后回到生活中，继续用力。

　　夏日，寻一段闲暇时光，与三五好友，去林间听泉音。有人带了简易的茶炉，直接打来山泉，烧开煮茶。铺开一张地垫，席地而坐，茶水冒出汩汩的声响，偶尔说几句话。无须应付，全凭自心。

　　溪流边，清泉如镜，洗去一身的疲惫。抬头看时，晨曦落在树梢，清音环绕。林间小憩，给自己一段空间，让心中只装下眼前的山水。深山人家的主人，热情好客，宰鸡烧饭，炊烟升起时，烦忧早就消失。

每到夏日，总是爱往水边跑。刚好居住的襄阳古城，有山有水。会在休息日，去山间消磨时间。有些时间，就是用来取悦自己的。居于山间的日月，时短时长。而在溪水边呆坐，更是心头所好。

清泉流石，静心养神。有日光从树叶的缝隙中倾泻，水光泛起点点斑斓。心驰神往的，不是眼前的美景，而是内心的充足与丰富。把一颗心安置在泉水之间，静静地把自己融入大自然。那一刻，内心的宁静，胜过无数拥有。

溪水缓缓流过，轻轻叩击着心灵。郁结于心的烦扰，随着流水而去。何必过于计较，学会宽容与慈悲。就像眼前的一股清泉，遇山登山，遇石避石，高处时不自鸣得意，低谷时不自暴自弃。泰然自若，走着自己的路。

一群好友，带上简易的锅灶，寻一处有水有树的浅滩。支起锅台，有人在水边洗着青菜，有人在灶台前忙着煮炒。午后，在阴凉处歇息。待到太阳落时，便是最好的时刻。晚风轻抚，水声轻轻荡漾，山间的暑气并不是很重，到了傍晚自然凉快。

有人支起了钓鱼竿，可能从开始到结束，都不会钓着一条鱼。有人赤脚走在水中的石头上，欢快地拍照，脚面上偶尔流来几片树叶。其中的乐趣，早就不是收获一条鱼了。而是享受大自然的宁静，倾听大自然的声音。

也会独自去林间泉边，静坐几时。看蝴蝶在山间草丛翻飞；看蜻蜓停在水上，忽高忽低；看鱼儿在水中游来游去，好不自在；眯上眼睛，任凭夏风拂过脸庞；几声鸟鸣，点缀其中。真有了山中半日，人间一年的感受。

年少时读王维的"明月松间照，清泉石上流。"也只是想象

夏天，万物皆盛

着一种表象的月下清泉，那时还没有人生阅历，看见的就是生活的表层。多年后再读这句诗，才明白了诗人的心性高洁。如皓月当空，如泉水清澈。

近日，入夏。林下清泉，时常萦绕。于是提笔记起，那些属于夏日的溪水日月。青苔长在石头上，树木葱绿，野花开在山路边，溪水不停地流淌。遇一清潭，吟诵两句："桃花潭水深千尺，不及汪伦送我情。"

再想想自己拥有的各种情分，不正如眼前的清泉，源源不断地，滋养着我们的生命。水是万物之源，情是人之根本。情如泉水，细而绵长。

有人送来泉水一桶，我拿它煮茶。放在写字的手边，偶尔浅品几口。茶入口中，甘苦各半，品尝的不仅是岁月的滋味，还有着人在林间的心境。"茶"，人在草木间。清泉煮茶，日月就多了一份回味，心境就添了从容与旷达。

再遇到难事，想起林间清泉，尊卑有度，不屈不挠地向前行。勇敢向前，不停止的脚步，才是走过困难的最好方式。山谷沟壑，不气馁。平地坦途，不自大。沿着自己的路线，走好自己的路。

林间清泉，有着自己的节奏。你听，它正在弹奏着一曲云水清音。

枇杷熟时

枇杷挂满树梢,已是初夏。这样的时节,果蔬都还在生长中,枇杷的成熟,弥补了这个时节的欠缺。枇杷花开在春天,果实成熟在初夏,这漫长的时节,孕育出的果子,饱含着太多的滋味。

经过了寒冬的风雪,经历了春天的暖阳,在夏天来时,缓缓地露出了自己的真容。枇杷因其叶子大而长,厚而有茸毛,呈长椭圆形,状如琵琶而得名。古人给树木取名,都是认真的。每一棵树木的名字,都有着自己的特征和含义。

枇杷熟了的初夏,我在去五朵山的路上。公路的两边,有家户人家的院落,都会栽种一棵或者两棵枇杷树。招惹得路人,看着垂涎。公路边的小商店,门上两棵枇杷树,厚厚的枇杷果,挂在路边,店主坐在枇杷树下,守着自己的生意。

一树浓荫里,挂着金黄色的枇杷。远远望去,那金黄色的小果,在椭圆形的树叶掩映下,犹如琵琶半遮面。真是佩服古人,能够把诗意运用到所有的事物上。在我的目光触及枇杷时,它不躲闪,也不隐藏,就那么半羞半露,让人忍不住去向往。

最迷人的姿态,大概就是这半羞半露。仿佛是古时的女子,莲步轻摇,衣袖翩跹,却只是闻得环佩叮当,想要见到,还待得时日。枇杷果的生长周期如此之长,大概是在考验所见之人的耐心。

夏天,万物皆盛

我把心思放在枇杷树上，看着稳稳当当坐在树叶后的枇杷果，想象着女子的诗行。弹着琵琶的女子，有着说不尽的辛酸和道不完的心事。这一趟山水赴来，哪里才是安放自己的地方，唯有在一曲调子中，把身世缓缓道来。

枇杷果，是简单的。它并没有像我这样深深浅浅的心思，是人们把生活中的感受，寄物抒情，抒发的是自己的情感。在心间反复咀嚼着那句"大珠小珠落玉盘"，落在人间的精灵，化作美好的食物，赠予人们无尽的爱意。

国画中，许多大师的作品都少不了枇杷。我在那年跟随着国画老师学习时，年迈的国画老师，第一个教我的是画梅花。第二个便让我学习画枇杷。他说："花，果，鸟，虫，这些大自然中的风物，是人们最幸运的拥有。"

画枇杷看着容易，但是要画出它的神态与韵味，那不是几日之功，是需要厚重的积累和沉淀，能让笔下的枇杷，生出垂涎欲滴的姿态，不知道要经过多少年的打磨。枇杷的圆通与豁达，还有它金黄的颜色，是国画老师融入其中的教学理念。

我在画了无数次的枇杷之后，深深地理解了一个画了一辈子国画的老人用意。此时，站在枇杷树下，看着满树金黄色的枇杷，不也正是老师所希望的结果吗？希望自己的学生，如满树金黄色的枇杷，在人生的路上，圆通豁达，收获满满。

果实无情，岁月有情。在山路边的台子上，山居老人坐在初夏的午后，微闭着双眼，安闲度日。我们说话声吵醒了老人，老人站起来，蹲在台阶上跟我们搭讪。这时，老人头上的枇杷，露出可爱又诱人的色相。

枇杷树不高，枇杷果结在触手可及的地方。"大叔，能不能给我摘一串新鲜的枇杷尝尝。"同行的女伴拉了拉我，不让我讨要。老人爽朗地笑了，伸手摘下枝条，枝条上长着大约五六个枇杷。

枇杷在初夏，有些熟了，还有些是青的。山中老人选了最黄的枇杷，摘下送给我。迫不及待地，剥开枇杷皮，露出枇杷肉，入口酸甜。先是满口的微酸，再仔细品味，到入腹时，就是一股甘甜。

　　枇杷的味道，也是人生的味道吧。经过了寒冬花开的淬炼，再历经春意勃发的生长，最后结出醇香甘甜的果实。埋头一股劲把那几个枇杷吃掉，抬头与老人道谢时，看见老人一脸慈爱的笑容，看着我们。

　　顿时，一股温情弥漫在心间。果实只是一个载体，它承载着人世间的情义。陌生人之间的相互信任与友好，在枇杷成熟时，更多了一层味道，那是悠远而绵长的情义。中国人的善意与友好，在每一个点滴中呈现。

　　一路上，我的心充满了甜蜜。并不是几个枇杷留下的，而是赠我枇杷的老人给予的。想起了岁月里的人事，有着熟悉的，陌生的，这些人们，用着满心的爱与善，滋养着我们的心灵。从而，让我们在光阴深处，拥有无数的回甘。

　　枇杷熟时，夏风吹过。我的脚步愈加轻盈而坚定。人生之路，即便是充满艰辛与坎坷，我亦是心怀美好，继续前行。我知道，美好的事情，会时时发生。只是我们要敞开心扉，去拥抱。

　　琵琶声里，除了说不尽的往事，还有着绵绵的情义。我再读诗行，竟然眼眶潮热。我们都是在生活中行走的人，能够在光阴里，用一层金黄色的光芒照耀自己的前路，那么何愁前路未知，路就在脚下。

　　沿路上，山里人家的屋前，有着好多枇杷树。枇杷，在时光里，开花结果，醇香了同一天空下居住的人们。城市商超的货架上，也摆上了诱人的枇杷。

　　大自然与人类，原本就是共融的。我们要心怀感恩。

夏天，万物皆盛　　123

无尽夏

都说夏天是一个适合有故事的季节，因为色彩缤纷，因为人本多情。草木亦是如此，到了夏季，愈发深情。有的落花成果，有的开在盛夏。

"今年的绣球开得特别明亮。"

"它叫无尽夏。"

几年前，走在我前面的，是一对年轻的情侣。正在讨论着路边的一丛花开，这也是我第一次听见"无尽夏"，该有多么诗意的心，才能把一种花取出这么诗意的名字。自从遇见了"无尽夏"，每到夏天来临，眉眼唇间，便会不自觉地冒出这个花名。

无尽，光是念着这样的两个字，就想象到了绵延千里的事物。数不尽的美好在里面，说不尽的希望在其中，还有许多不能解开的疑惑和迷茫都被涵盖。

"无尽夏，真的能开一个夏天？"

"是啊，它会春风里开花，夏雨里开花，秋月里开花。"

年轻，就该如此浪漫，连说话的腔调里都沾满了温柔的花香。这种叫着无尽夏的绣球花，在某一个初夏的日子，闯进了我的心底。从此，我记住了这个开完整个夏天的花种。

在我居住的城市，路边随处可见，一到夏季，就是绣球的世界。每一种花草，都会被季节恩宠，毫不例外，绣球被夏季宠到无止境。于是绣球花开,就有了无尽夏。"漠漠花开无尽夏",说的就是绣球花。

无尽而慵懒的夏天,有一种花开,守候着它。仿佛一场未做完的梦,仿佛一场无边际的爱恋。花与夏的缠绵,写下了"无尽夏"。我附身仔细观察绣球花,一朵花开看着并不迷人,还有些单调,可是一丛丛地开,就花多势众,有了气象。

开在夏天的花,还有许多。茉莉,月季,夹竹桃,这些花都没有绣球那么抢眼。单是从花色来说,绣球就占尽了美丽的色彩。粉的,蓝的,绿的,红的,白的,还有一些相互参半的颜色,品种众多的绣球花,无尽夏是最优秀的一个品种。

不仅是色彩上占了优势,还有它的花期长,花量大,也是其他的花卉不能相比的。没有几种花能够开在三个季节,大概正是因了它的特别,才有了这么一个充满想象的名字。

古人给花草取名字,是有着深意和广义的。"无尽夏",带着无尽的希望,无尽的温柔,无尽的美,开在人间。它倾情给予人们的,是众多的美好。让人们在忙碌的生活中,能够看见一丛花的美丽,从而放慢脚步,细细品味每一段时光。

年少的光阴里,校园的外墙有一株绣球,每到夏季都开得旺盛。男孩在拍完毕业照后,递给女孩一个纸条,"我在绣球前等你。"少年的情感那么纯真,女孩有着自己的理想,要考上自己理想的学校,对自己的未来有着明确的方向。一颗少年等待的心,空落落的,在夏天的毕业季里,充满了无尽的哀愁。

分别在人生的十字路口,他们各奔前程,再无音讯。不怪女孩狠心,不愿男孩多情,只因为绣球在那年的夏天开得过于美丽。尝过酸甜,我们才知道夏天的滋味。有过美好,有过忧伤,我们一路成长。

多年后,相遇无言,那时的少年心,早就留在那丛绣球花里。后来的日子，就是与生活息息相关的事物，尘封起的那段绣球之恋，成了男孩心头的无尽夏。漫过岁月的足迹，开在了现在的夏天，只是心境已不是当年。

表面的云淡风轻，看不透深藏在心底的无尽思量。他曾无数次想过女孩失约的原因，替着心中的她百般解释。或许是她没有看到那句留言，或许是忘了时间。年少的情感，来得汹涌，却也那么胆怯，不敢问，不多言。

只是每到夏天绣球花开，他就会看见一个美丽的女孩打着一把小洋伞，穿着蓝色的长裙，从心间走过。渐渐远去的背影里，有着倔强，有着无尽的温柔，还有着无尽的美。

我们和爱，并未远离。有的放在了心底，有的融入了岁月，有的写在了日记本里。用一份宁静清澈的情感，滋养着我们的日月。心怀无尽希望，心有无尽美好，心生无尽温柔，这就是年少的那段情愫，赠予自己的。

爱，原来那么简单。一丛花开，一片云彩，一池湖水，一个眼眸，都能生成。无尽夏，让人想起无尽的你。你留下的气息，留下的美丽，留下的伤感，刻成了花茎如满月的无尽夏，开在了岁月深处，让人相信。

从晚春到夏秋，花期绵延无尽。该是有多么热爱一个季节，才能忍受着岁月的单调与枯寂，把自己开成一朵无尽夏花。低调的蓝色优雅，把尘世间的一切，都化成了无尽的爱。爱，是无尽忍耐。无尽夏，做到了。

无尽夏，有着一颗禅意的心。它知道时光还早，夏日还长，沉住气，慢慢开。有多少人能够稳妥于自己的选择，稍微遇到点困难，我们就想着退缩和放弃。要是能像无尽夏一样，始终保持希望，始终充满爱意，那么世事也就不那么艰难了。

据说绣球花是会变色的，它会随着土壤的酸碱度来改变自己的颜色。酸性强时就开出蓝色的花,碱性强就开出红色的花。中性的土壤,就开出蓝色和粉色相间的花。包容与柔情,在一朵花间呈现。

夏天美好的事物太多,冰镇柠檬水,甜滋滋的西瓜,海边的风,梦幻般的雪糕,以及那时少年的心绪和后来年长的心事。都是一份无比美丽的送达,岁月待我们不薄,可以享用的夏天,有着无尽的美好可取。

写着这样的文字,心间开出了一片无尽夏,真想把日子写成诗。空气中细碎的花香,夏日的甜蜜,树叶间流下的阳光,以及那些可以忆起的往事,都让这个夏天格外美。

无尽夏的花语:"期待团聚和美满的婚姻,无尽的希望和忠贞永恒。"

半夏木槿

盛夏六月，绿草茵茵，湖边的柳树垂下多情的柳丝。年轻的母亲带着孩子，在养着天鹅的紫贞公园人工湖边支起三脚架，观察着天鹅的动态，抓拍一些好的片子。

公园的椅子上，坐着一些闲散的人们。石块铺成的小路，两边是开得无比风骚的射干。我被眼前的景象感染着，一株开满花朵的木槿，闯进眼帘。

六月的花开，本就不多，熟悉的更是不多。这是一个与果实有关的季节，花开就成了惊喜。走进一看，一株株木槿树，在公园里的上午时分，静静地开着。

那么安静，仿佛是穿着布衣的人，站在篱笆墙旁。手中藤萝，盛装着半个夏天。木槿开花，给我的第一感觉，就是朴素无华。它是静默的，一点没有喧嚣的意思。哪怕是枝头开出无数花朵，远观或者近看，给予人一种洗尽铅华的静美。

木槿花开在盛夏，应该是隆重而热烈的性情。可是它偏要按照自己的性格，开着自己温婉的花朵。我仔细观察着木槿，每一朵花，都像是一个朴素的人，在光阴里，轻轻地编织着自己的故事。

一朵花，开到朴素无华，是舒服的状态。一个人，不再活在别人的期望中，是轻松的状态。木槿，是懂得的。它的花期长，从半夏开到深秋，能有这样长的花期，没有一颗从容淡泊的内心，是很难适应各种变化的。

夏至时节，木槿开得最是繁荣。木槿花开出的颜色，是柔和的。从看见到走进，然后被吸引，木槿没有披上琉璃的外衣，而是以一种岁月静好的姿态，传递出美的内敛与简朴。让接近它的人，能够放心安心。

植物的品性不同，与它相处的人是能感受到的。就像是每一座城市，都有着自己内在的风情。一朵花，就是一座城。它们开时，城市的灯火就亮了，人间烟火的气息就浓了。只是有的花，是适合远观，有的花是适合近距离相处。

木槿，就是后者。在木槿花前，没有一丝的局促和不安。它的含蓄与温和，在每一朵花开里。朝开暮落，木槿开在属于自己的时光。于清晨开放，第二天枯萎凋落。每一朵木槿花，都是新的。

《大学》中说过："苟日新，日日新，又日新。"每一天都有一个新的发现与改变，从而不断地完善自我。"日新之美"，也是我们不断修身的过程，从而让自己在各个层面都呈现出一种新气象，去除不好的习性，以修正自身。

木槿是聪慧的，一枝上有数朵花开，而且不同步。一朵凋零一朵盛开，还有一朵正怒放。我看见的木槿，地面上落着一层凋零的花朵，枝头开着无数展颜的花，还有一些待放的花苞，在枝干尖。

木槿花的花语："坚韧，永恒的美丽，温柔的坚持。"当然是永恒的美丽，在自己还没有开得荼蘼时凋零，使得人们记忆中永远是它的美。

就像是一个念旧重情的人，在自己的篱笆墙外，栽种了许多的木槿，等待着旧人归来，而旧人的容颜一直是离去时的样子。

夏天，万物皆盛

曾经的时光里,是温婉。那人会在木槿花开的半夏,细数星辰。

星辰大海,有些人连离别都悄无声息。朝开暮落,是思念的延续,一朵接着一朵。从半夏,到深秋,不变的是期盼和多情,生而不息。

一个人的美,不在招摇与惹眼,而在铅华洗尽后的淡定从容。我逐渐喜欢那些风雨中走过,却活得灿若千阳的人。他们深深热爱着生活的本质,他们在季节里深情地活着。

"若有坚韧,何处不生长。"看过了人心易变,看清了世事坎坷,依然用心中所爱,把光阴活得通透明了,正是木槿花的日新之美。一个能够时刻自愈自己,并修正自己的人,生命是繁茂的。

"木槿繁盛渐开花,蝉鸣声声喊夏至。"这一时,我站在夏至时节的木槿花前,想着一朵花的朝开暮落,想着人的一生际遇,想着世事的起落浮沉,内心是安宁的。褪去繁华,洗净铅华,活成一朵素颜的花。

木槿花,一层一层的花瓣中,藏着对岁月无比的真诚。它知道,一天就是一生。生活永远是,也仅仅是,我们现在经历的这一刻。

公园的行人,脚步轻缓。用相机拍照的母女,面对人工湖中的天鹅,满脸笑意。休息椅上的人们,或静坐,或细语。此时,木槿花开在自己的世界,我正好路过它的花期。

生活,在夏至里。柳条随风,草地茵茵,木槿花开。

睡莲入夏

小满刚过,池塘的睡莲就开出了姿色。有的含苞,有的绽放。在晋南,路过一片莲池,刚好是晚餐的时间,停车入园,赏一池莲开。

园子中有几处池塘,每一处的莲花都不一样,品种众多。我在一塘睡莲前驻足,目光与脚步被深深吸引。五月底,晋南的气温,正午时偏高,到了傍晚,很快就会涌来一阵阵凉意。

傍晚的风,带着丝丝凉爽,眼前的睡莲静静地躺在池塘中。有皎洁如月的白睡莲,有鹅黄的黄睡莲,有粉色袭人的红睡莲,颜色不同,花开的姿态也是不同的。

那般安静,静得让人惊讶。池塘边就是繁华与热闹,烤鸭在炭火上冒出香味。葡萄架下的走廊里,人声鼎沸。走廊的木桌上,有人在大声说话,有人在窃窃私语。夏日的傍晚,属于啤酒和烧烤。

就在这样热闹闹的环境中,睡莲静静地开在人们的目光里。吃一口美食,看一眼睡莲,一时不知道身在何处,仿若入了仙境,不在人间。虽是出门在外,却少了离家的惆怅,反而把夏日添了味道。

我是晋南的过客,路过一池的睡莲。它不知道我从哪里来,我不知道它会开在我行走的路上。皆是缘,让我们相遇。我在时光里惊艳它的静美，它在光阴里等待着我的到来。蹲下来，与它近距离相对。

脑海中想着莫奈画笔下的睡莲，这个大胡子画家曾经说过："我会成为画家，多是拜花所赐。"他的生命，因睡莲而不朽。他一定不知道，多年以后，在遥远的国度，有一个女子站在一塘睡莲前，想起他和他的画。

莫奈的《睡莲》和梵·高的《向日葵》，都是我喜欢的画作。有灵魂的画，是能直入心底的。缓缓流淌出的生命力，经久不息。我想用笔墨临摹出睡莲的美，却觉得文字于我，在睡莲面前，竟然有了怯意。

不是担心写不出华丽的句子，而是害怕文字的清浅打破了睡莲的沉静。年少时，读《爱莲说》，那句"出淤泥而不染，濯清涟而不妖"，已经把莲花的高洁品质，深刻于心中。莲，有君子之风的定义。

睡莲，得一睡字，是因为它在夜晚合上，白天开放。一个缓慢地渐次绽开的过程，让生命的美丽得以更加完美地译释。慢，让人有时间去品味。有人拍过莲花开放，早晨八点含苞，到中午半开，午后绽放，傍晚收拢，一朵花开需要整整一天的时间。

有"睡美人"之称的睡莲，是配得上美人的。在古代"美人"二字是比喻君子，是品德美好的人。可指男子，也可指女子，男子相貌俊逸，才德出众，女子容貌美丽，品德高尚。孟子曾写下"充实善信，使之不虚，是为美人。"

一朵朵睡莲，开在绿意丛丛的荷叶之间。绿衣拂面，莲支亭立，怡美安详，与世无争。尽管身边就是繁华，它依然安静地开在自己的世界。那一处返璞归真的莲花世界，是无数人可望而不可及的。

"看呀，好多金鱼在睡莲间。"旁边有人指着池塘里的金鱼，在小声议论。一群金鱼，在荷叶间穿梭，欢快地游来游去。耳边响起了古代民歌："江南可采莲，莲叶何田田。鱼戏莲叶间，鱼戏莲叶东，鱼戏莲叶西，鱼戏莲叶南，鱼戏莲叶北。"

欢快的夏天，鱼儿游动起来格外有劲。再加上荷叶的清香和莲花的初放，夏日的光影里，晃动着许多的因素。爱极了这样的日月，停留在一塘莲花前，浮想联翩。看见了划着小舟的采莲女，在湖中唱着歌谣。

"莲，花之君子者也。"君子之风，在于德。孔子说："人不知而不愠，不亦君子乎？"莲花开在夏日，不求得任何人的观赏和理解，只是做好了自己该做的本分，无形中修成了自己的君子之风。

从淤泥的黑暗中，向着光明，从容花开。一朵莲开在时间的无涯中，有着自己的特质和品行。白睡莲，在夕阳的光晕里，清雅尽显。黄睡莲在傍晚的凉风中，柔美更添。红睡莲在日落时，情深万种。

波光潋滟的梦中，睡莲晓起朝日，夜低入水。开出一片自己的梦，把时光晕染，不再外求于形，只求得内心的安宁。睡莲，把一方宁静赠予给看它的人。我明白终将会与它别离，但是这一段相处的光阴，却是属于它和我的对语。

少年的伙伴中，名字中带"莲"的不在少数。采莲，玉莲，雪莲，凤莲……大概大人们多是希望自己的孩子，如莲般有着美丽的容颜，有着清雅的品质，有着高尚的美德。每一份美好的希望，都寄托在对子女的爱中。

莲花入得夏来，一开就是一方天地。近年来爱种睡莲的人越来越多，有的人家会在门口的一口大缸中，养上几支睡莲，待到夏日来临，看着它独自成趣。

"想你，在那个夏日的午后。想你从林深处缓缓走来，是我含笑的出水的莲。"在爱上你的那一刻起,你就开成了心底的莲花,圣洁,不容亵渎。爱不是肤浅的言语,而是陪伴着的每一个寻常夏日。

　　眼前的睡莲,贪念着人间烟火,来到人世间一趟,为人间添上一份别样的色彩。我亦是,奔赴着千山万水而来,是为了寻找心中绮丽的梦。

　　清晨当睡莲睁开眼睛,与世界一起醒来,它就感知到了时间与空间,认认真真地开着。天边的最后一抹光晕淡去,它就收起自己的花瓣,为了明天,积蓄力量。开也淡定,合也从容。一生在开合之间,愿我们如莲淡然。

　　心无杂念,一颗莲心不染。爱与不爱,都释然。得到与失去,皆坦然。睡莲,一开一合全是自然,乐趣尽在其中。人也该当如此保持初心不改,坚持自己所爱,活出一个属于自己的世界。

　　睡莲入夏,不与百花争艳,仿如隐士,绝世独立,开在小满时节,自在清凉。

六月的狗尾草

　　我在六月的路上，搜寻着可以看见的风物。这时日，向日葵迎着太阳的光，在转动着它那颗硕大的头颅。稻田里的秧苗欢快地生长，绿油油的，像是一块块绿色的地毯，铺在六月的天空下。

　　六月风情，一半是日光，一半是果香。天空在晴朗的日子，像是渗透了蓝色，每一张有着天空的照片，无须修饰，都美得那么明亮。内在的天真，六月风物，蓝色是纯净清明。

　　每一个果子上，都抹着日光。六月里，最不缺少的就是果香。西瓜上市，桃子满街，李子，杨梅，荔枝，各种风物粉墨登场。图上了油彩的脸庞，在六月的舞台上尽显风姿。

　　延伸至前方的公路，在车窗前画出一条长长的线条，拉着我奔跑。田野里的电线杆上，小鸟排列出五线谱，远远望去，田野，村庄，小鸟，构成了一幅和谐的图案。

　　屋顶上的青瓦，是近年来加盖上去的。乡村，愈加美丽。我是那个一路寻找的人，寻找着路边的风景，寻找着季节的风物，寻找着自己的内心。

　　玉米长出了胡须，有粉红，有浅黄，站在六月里，站成了一个个直立的身影。再想起，灶台下的柴火堆中，刨出的玉米香。啃一口，满嘴都是记忆里最含香的那一部分。炊烟再起，我们把

夏天，万物皆盛

自己安放在泥土的气息中。

梅子黄时雨，六月是梅子熟的季节。这时的雨水也格外多，梅雨这么诗意的名字，写在六月的书页里。有雨的时候，撑着七彩的雨伞，在山间的路边，采了一把带着水珠的狗尾草。

肥美，用这个词语来形容六月的狗尾巴草，再恰当不过了。一根，两根，三根，狗尾草在手中晃动着它的身姿，摇曳出风情万种的姿态。就像是一个女子，在心爱的男人面前，自然流露出的妩媚与风情。

一只小蚂蚁，在狗尾草上栖居，轻松舒适。这种常见的植物，遍地都是。我在年少时，是注重那些华丽而鲜美的花束，极少去喜欢这种常见的狗尾草。少年时的目光中，总是期待着一些与世情不符的幻象。

年岁渐长，阅历逐渐丰富。再也不会迷失在华美与琉璃处，逐渐对身边的事物有了好感。对狗尾巴草改变态度，源于一个美丽的故事。

有人讲了一个与爱情有关的故事："有一个漂亮的小女孩过生日，很多男孩都送她花，各种各样的，都很美。有一个穷人家的孩子，送来一束狗尾草，当时女孩很生气，认为不被重视，把他赶了出去。平静后，她想知道原因。男孩告诉她，狗尾巴草象征着不被了解的爱，但却可以为她默默付出。"

从此，我对这种寻常可见的狗尾草，有了足够的好感。一个能够如此深情的物种，对大地的深情也在于它的默默付出。于是，我看见了随处可见的狗尾草，用自己的爱，装扮着大地，让大地更加富饶。

夏日雨中的狗尾草，带着水珠，显得愈加动人。打动我们的，是对生活的深情。我们每一个平凡的人，不正像是这块大地上的狗尾草，在日月里，迎着风雨扎根。

村子里，有人种了红心李和桃子，热情地让我们品尝。家户人家的男女主人，看上去老实本分。讲起年轻时的往事，从一无所有，到现在盖起高楼。女主人说到动情处，讲了一段与狗尾草有关的往事。

女主人说："当年，我和他家都很贫穷。经过人介绍，我们认识了。那时的爱情是很简易的，只要彼此有好感，就会谈成。认识到结婚的时间很短，先一年秋天认识的，第二年秋天准备结婚。在第二年的夏天，也是这个时节，他约了我去看电影。

那时的电影是露天的，我们要走很远的山路，才能到达放电影的地点。路上，月光一路清凉。路边的狗尾草，在月光下生长。不善于浪漫的他，在月光下，拔了三根狗尾草，编成了麻花辫的形状，根据手指的大小，然后打了圈，戴在了我的手指上。从那天开始，我就决定跟他一生。你别看他老实木讷，婚后可会心疼人了。"

每个人的青春，都有着不会缺席的浪漫。讲起过去，女主人绘声绘色，男主人只是跟着憨厚地笑着。他们的房前屋后，遍地都是狗尾草。我想月光下的狗尾草一定特别美丽吧。我在六月的雨中，也采集了一把狗尾草，带回了家，插在陶罐里。它是那么生机勃勃，肥美丰厚。

所有与爱有关的日子，都值得我们记住。李子园的夫妻，通过勤劳过上了美满的生活。他们洋溢着的笑容，还有那股对陌生人的热情，我看见了幸福的模样，就像是挂在他们屋后的红心李。

告别了他们，继续向前。六月也在继续向前流动。卖西瓜的老农，站在雨中也不用伞，任凭着夏日的雨水把身子淋湿。八角钱一斤的西瓜，香甜可口，实惠又实诚。

六月的风情，不是笔尖下的文字，也不是果园的果香，而是这些与大自然一起在大地上生活的人们。他们对生活的朴实情感，最是动人心。一路走来，我们被爱着。傍晚，我对着书桌前的狗尾草敲出一行文字："我们时常能感受到幸福，因为我们总是被各种爱包围着。"

莎士比亚在《十四行诗》中写下："我可以不可以把你比喻成夏天？虽然你比夏天更可爱更温和。"六月是夏天中一个美丽的月份。夏日漫长，有人陪伴，便觉清凉。这大概就是诗人的内心对世界说出最温柔的情话。

"夏雨后路面散发出的气息，也博人绮思。"这是一个叫做木心的作家说的。也许是路面的潮湿，触动了内心的柔软。也许是六月狗尾草的爱情，让麻木的神经有了回音。

这一路收集的六月里，向日葵在阳光下乐观向上，稻田的秧苗欢快地歌唱，桃子、李子、西瓜跳着华尔兹。

六月里的狗尾草，正在弹着一曲小调。是浪漫，是温情，是一曲舒缓而有情调的小夜曲。六月风物，还有许多，如蝉鸣、蛙声、荷塘，以及山中的乌蔹莓。

秋天， 万物成熟

SIJI RENJIAN

秋季节气

立 秋

忽然就来了，秋在一个猝不及防的凉风里，住落到了人间。"这么盛大的季节，也不通告一声？"秋委屈地说："你们看啦，地面上早落的树叶，不就是我的信件吗？"

是因为自己的粗糙，而忽略了拆开那立秋的通报。再仔细看它，它正微笑着把风变成了秋风，把月变成了秋月。酷热的夏，还舍不得走，拖着秋老虎的尾巴，在人间肆掠。

立秋这天，白天还是热，正午的阳光里藏着火热的心情。可是一到傍晚，就不一样了。吹在身上的风，不再温热，而是带着凉意。把白天黏糊糊的汗液吹干，摸着皮肤是光滑的。

秋，是盛大的。从古至今，它都是诗人笔下的宠儿。这是一个诗词最多的季节，大概是因为它真的很容易让人动情吧。

熬过了秋，就是冬天。真快呀，怎么就到了秋天。还在怀念春姑娘的少女情怀，还想在长夏里寻找着浪漫迷人，时间不等人，秋天它在该来的时候，就来了。

立秋了，再也没有理由推卸责任。立秋，是一个分水岭，是夏秋之交替。古人很重视立秋，认为立秋是一年中重要的时刻，也是四季过半的标志。

孩子大了，就该自己成家立业。到了秋天的年岁，就应该是承担起生活担子的人。这是一个成熟的标志，也是人生的重要转折点。从生到熟，我们用了漫长的等待和耕耘。

暑去秋来，农作物迎来秋收，五谷丰登的日子就在眼前。紫色的葡萄，带着迷人的微笑，充满了诱惑。玉米长得比人还高，西瓜红出了自己的特色，柿子在院落里活蹦乱跳。

到了夏末。是果树疯狂生长的时节。长到了极致，立秋之后即将走向衰落。太长的枝条，会被果农去掉，以便来年结出更优质的果子。"这是一个满招损，谦受益的时节。注意修身。"果农们修整树木，我们更要学会修正自己。

北国的秋最好，银杏渐黄，红叶满树。天空蓝得纯粹，真正是万里无云，秋高气爽。枣子，柿子，葡萄，亲密来临。乡村院落的墙内墙外，随处可见，它们渐渐成熟。这些果实，让人们一点点感受到收获的喜悦。

"北国有佳人，遗世而独立。一顾倾人城，再顾倾人国。"我时常会沉浸在这样的意境里，北国之美，不仅是景色了，还有佳人之美。父亲问我："去北京什么时间最佳？""当然是秋天了，北京的秋天是最美丽的。"香山红叶，是不能错过的北国之秋。

西北的友人告诉我，立秋时，地里的半夏，还有细叶远志，长势甚好。就连中草药的名字，都取得这么诗意，北国的情怀里，春夏秋冬，都有着自己独特的深意。

相比起北国，南国的秋天就会迟缓一些。南国的温婉细腻，是用来让人细细品味的。比起北国的辛辣和大胆，南国有着犹如琵琶半遮面的含蓄。他们会写："南国有佳人，华若桃李。"由此可见，在各处人们的心中，故乡都是美景，所遇皆是佳人。

普陀山的凉雾，徽派里的篁岭晒秋，钱塘江的秋潮，神秘的神农架，古老的农耕文化元阳梯田。南方的秋里，写满了讲不完

秋天，万物成熟

的故事。一步一景，都是文化。

最难忘，是秋天去篁岭看晒秋。红的辣椒，黄的玉米，整个山村都溢出丰收的喜乐。住在半山坡上的酒店，闻着醉人的粮食香，雅趣与俗情共在。

有闲情，倚窗而坐，点一杯茶水，就那么看着窗外。有凉风穿窗而过，惊觉，秋天来了。人间的喜悦，多来自田地。收获的季节，让人心安。玉米的金黄，辣椒的艳红，把大地上的人们，熏染出微醉的表情。

立秋有三候："初侯凉风至"，立秋后，小北风给人们带来了丝丝凉意。"二侯白露降"，由于白天日照仍很强烈，夜晚的凉风刮来形成一定的昼夜温差，空气中的水蒸气清晨室外植物上凝结成了一颗颗晶莹的露珠。"三侯寒蝉鸣"，这时候的蝉，食物充足，温度适宜，在微风吹动的树枝上得意地鸣叫着，好像告诉人们炎热的夏天过去了。

说文解字："秋，禾穀熟也。"秋，从禾从活，其意义就是百谷成熟的季节。甲骨文造字，秋更像是一只蟋蟀，也就是说秋天是蟋蟀鸣叫的清冷季节。

蟋蟀，也就是常说的"蛐蛐"。古人很早就有了斗蛐蛐的玩法，一直沿袭到今天。有些地区，在立秋抓蛐蛐，还是一种风俗。玉米地里，蛐蛐们正叫得欢实，人们会寻找了个头大的，好斗的蛐蛐，捉来放在一个瓷罐里，拿着出去与他人的蛐蛐比试。

蟋蟀声声里，秋天就在了。有一种花，开得正浓。它有个好听的名字，朝颜。其实也就是我们常说的喇叭花。喇叭花爬满篱笆，朝颜花开在心上。知道这个名字，是从《源氏物语》。那个被喜欢的女子，叫朝颜。

从此，喇叭花开出了不一样的情调。虽然很普通，但是它却美出了自己的高度。喇叭花开时，蜜蜂嗡嗡响。小时候会悄悄地，等着蜜蜂钻进花蕊，然后一把把喇叭花的花口收拢，小蜜蜂就会在里面嗡嗡，毫无办法飞出。

无论是斗蛐蛐，还是逮蜜蜂，都是时光里的乐子。能够有一颗喜乐之心，随处都会寻到乐趣。朝颜凝露时，秋意渐浓。蟋蟀声中，听秋意。

自古逢秋多悲凉，不是叹秋意，而是叹自己。人生一世，草木一秋。叹光阴易逝，叹命运坎坷。一声叹息，一地鸡毛。生活就是这样，有喜乐，就有悲凉。

秋心是愁，愁的不是日月，而是日月中我们的所失和所得。春花秋月，花是繁盛的好，月是简清的明。到了此时，还活不明白，那就愁上加愁了。活得通透的人，早把秋天与心境分得清楚。外在的东西怎么也扰乱不了内心的世界。

何不把秋重新理解，生为春，熟为秋，熟是轻盈。你看那天高云淡，你听那凉风习习，你闻那稻田清香，还有与伙伴们去登高望远。

欢乐总比忧愁多。一枕新凉一扇风，往事过境，放下随缘。与秋同游，让心思简静清明。秋夜里的月光，正照在人世间每一个人的身上。

秋来，要防秋燥。煮点冰糖雪梨水，熬点银耳羹，或者就泡上一壶清茶。食物能调节心情，更能调节身体。季节之秋，有着它的特点。而我们，身体健康，心情愉悦，工作顺利，才是人生好秋之境界。

立秋时节，念你秋安。

处　暑

　　这是一个冷热交替的时节，白天的热情不减，夜晚的凉风已至。到了处暑节气，凉爽的天气多了起来，是真正意义上的入秋。

　　立秋，只是轻轻地敲了一下秋天的门。处暑，则是一脚跨入了秋天。在处暑节气来临时，我居住的古城，已经是秋意渐浓。微雨细飞，梧桐叶落地。

　　一场秋雨一层秋，处暑是随着雨丝来的。秋天的雨，温柔缠绵却清冷，它的心思是复杂的。四季中秋天的雨，带给人们的思绪，要比其他季节浓郁。思念，在一线雨丝中泛起。

　　处暑，沿着它的线路，悄然入境。在我们感觉到凉意，惊觉已是处暑。"处"是终止，即是出暑。一出一入，出是出暑，入是入秋。旧的辉煌已去，新的冷静开始。

　　万物炙热，终归清凉。许多事情皆是如此，再热烈的情感，到后来都是平淡而安静地相处。再炙热的夏天，都会被秋凉代替。对事物的狂热，最后都会归于平静。

　　处暑，正是这样的当口。它与夏天做了一个深情地告别，与秋天做了一个温柔的拥抱。这个时节，温热减退，凉意渐起。气温开始向低处走，人们感觉舒适了许多。

　　秋色，布满田野。谷黄高粱红，树叶开始枯黄，枫叶开始透红。如果问我:"秋天什么最好看?"我一定会回答:"色彩和你。"赞美吧,在秋天的色彩里。

秋风像一支画笔,肆意地把秋天泼洒成了一幅图画。生机盎然的春已经是过去很久的事情,热烈风情的夏,也挥挥手渐行渐远,肃穆萧瑟的冬,还在后面。此时,秋天的宁静祥和,便是人间最美的景象。

青涩已过,成熟起来。处暑,就是这个冷热变换中的仪式感。它在告诉我们,出暑了忘记过去,入秋了抓紧开启。告别过去的成绩,冷静地开始新的启程。

处暑时,风凉,月明,旷野。凭栏闻秋,细思量。孔子说:"三十而立,四十而不惑,五十而知天命,六十而耳顺,七十而从心所欲不逾矩。"这大概是到了知天命的时节,明白了自己的使命,然后积蓄着安静的力量。

处暑离立秋只有十五天,还算是新秋。诗人写:"四时俱可喜,最好新秋时。"新秋,是一个全面俱佳的时期。经过前面两个季节的历练,有了厚重的力度,但是却依然保持着热情的状态。

晨间,风穿过窗户,不免起身披了薄衣。突然之间,秋天的感觉深了。有雾起,城市被薄雾笼罩,声色也显得深沉。明晃晃的日头,被凉风携裹,炙热减半,温和多了。入秋后的阳光,更让人容易接近。

闲余时,端坐一隅,一壶一杯一人饮,也是难得的清净。真的到了人生之秋,愈加清净起来。心是静的,人是静的,仿佛什么都值得期待。

枝头石榴红了,秋蝉的声音小了,落叶厚了。这样的时节,忙碌的人们更加忙碌。城市的每个角落,都有为生活打拼的人,他们那么可爱。

秋天,万物成熟

秋虫的声音，有点像是在吟诵。断断续续，却意境悠远。处暑在南北方是有差异的。南方的"秋老虎"发威，北方"秋燥"来袭，中原地区，是冷热交替。

《月令七十二候集解》："七月中，处，止也，暑气至此而止矣。"处暑的"处"是指"终止"，处暑的意义是"夏天暑热正式终止"。

处暑分为三候："一候鹰乃祭鸟；二候天地始肃；三候禾乃登。"此节气中老鹰开始大量捕猎鸟类；天地间万物开始凋零；"禾乃登"的"禾"指的是黍、稷、稻、粱类农作物的总称，"登"即成熟的意思。

该成熟了，已是入秋。褪去一些浮躁的东西，沉静下来，把余生过好。谷子成熟是感知季节，人的成熟则来自对生命的感悟。在时间里，终归平静。心境清凉而热情不减，是对待生活最好的状态。静下来，且听秋韵。唯心静，才能长久。

正是"离离暑云散，袅袅凉风起"。

白　露

秋风老时，白露来了。时日在有序地行进，该来的都会来。要遇见的，终归是躲不开，该结束的，也终将远去。

自从入秋，日子里就带着一些轻微的愁意。莫名其妙，毫无理由，那股清愁就从秋天的角落里爬出来。每个日子，都披上了一层感伤。是一片落叶，飘落在肩头的无奈。或者是一轮明月，在江面上印染出的光里，藏着不可言说的思念。

我细细品味着文人们笔下的秋，文字与四时是对应的。感秋，发自内心。到了白露，秋愈发深了。这是秋天的第三个节气，有着典型的秋天特征。

在白露时节，早晚的凉风穿过弄堂，日子便一层一层凉快起来。古城的暑气并没褪尽，正午的气温依旧高居不下。但是早晚是清凉的，趁着夜风，去汉江边走走，江面上的一层月光，披着微凉。

白露时节，最美就属秋水明月。白露来时，中秋节也近了。月亮，挂在高楼的顶上。远远看去，仿佛一伸手就能够触碰到。看似那么近，却又那么远。

虚实之间，白色的月光，使人欲罢不能地陷入感怀。复杂的情感，总是游走在清白与朦胧之间。白是天上的月，经年里它都照着人间的悲欢离合，心思皎洁。正是因为明白世事与季节的变迁,它的心底是澄净的。

我们一介凡夫俗子,终日里在生活的染缸中,终是不能脱俗的。喜怒哀乐,都那么明显。也许正是这样的与生活纠缠不清,才有所情趣。

修行是在生活中,修得对岁月的清明与内心的柔软。白露里的情事,是对人间万物怀有感情。

白露节气,是隐忍的。到了仲秋,一年的光阴就所剩无几。就像是一个人,走到了人生的秋季,肩上扛着各种责任,不再轻易流出自己的情绪,更多的是担当。

经不起折腾的中年啊,没有尽人意的。每个人都在生活的水中,被浸润。有了故事的人,也就多了沉稳与包容。隐忍,是对世事的接纳。

露,是人间的水。我曾仔细观察着露珠,在树叶上的动态。它的内心一定是隐忍与包容的,才会显出如此的晶莹剔透。圆通了,豁达了,学会了与这个世界温柔相处。

白露时节,露珠遍路。只要是用点心,去乡间走走,清凉的露珠就会打湿裤脚。白露时节,在清晨的山中漫步,一路下来,裙摆是湿的。

露珠爬上双脚,晨光落在路边的草丛中。"白露含秋,滴落三千年的离愁。"这时的风携裹着薄凉,光是温软的,露珠是圆润的。

一个人的内心不能缺少诗意,对季节的变化,对事物的观察,要有诗心。即便是生活一地鸡毛,我们依然要在其间发现它美丽的瞬间。

就像是露珠一样,尽管短暂,依旧散发出自己特有的气质,来装扮人间。人间的水,是有形,也是无形的。它滋养着万物生长,它容纳着丑陋,接受着美好。

据《月令七十二候集解》对"白露"的诠释:"水土湿气凝而为露,秋属金,金色白,白者露之色,而气始寒也"。"白露"代表着暑热的结束,万物随寒气增长,逐渐萧落、成熟,而在季节转化过程中,丰收的秋季带给了人们与健康有关的食物以及民俗。

古人是非常智慧的,他们将一年分为二十四个节气,这是古代劳动人民农事劳动的重要参考依据。我们知道每个节气之间相差十五天,而每一个节气又分别有三候。在白露节气的时候也有三候,即"一候鸿雁来;二候玄鸟归;三候群鸟养羞"。

白露节气到了,鸿雁就要开始飞往南方去过冬。而五天以后燕子等候鸟也要南飞去避寒,十天以后百鸟开始贮存干果粮食以备过冬的时节,可见白露实际上是天气转凉的象征。

万物顺应时节之变,自有它们的本领。鸟儿是人类的朋友,在白露的三候中,都是与鸟有关。鸟儿们开始做御冬的准备。大地上的人们,也是一样。颗粒归仓,玉米,稻子遍地金黄。

白露时节,苹果熟了,山楂红了,柿子挂满枝头,石榴咧嘴笑了。秋深月圆时,思念重了。故乡的明月和炊烟里,有着不息的希望。正是这份力量,人才有勇气在阴晴不定的世事中,在坎坷的征途上找到支撑。

来路与归途,在这段距离中,我们是时间的旅人。途径一场又一场的变迁,途经一次又一次的选择。没有一种人生是相同的,我们各自在自己的路上,共同感知着节气的变化。

犹如一枝枯荷,就算是时光老去,依然有着自己的风致。白露时节,满塘残荷,亦是一道风景。是岁月的老去,留下的筋骨里,流露出一股神韵。这时的荷塘,绿意散去,荷香不再,剩下的就是与自己的独处。

人在逐渐老去的光阴里,才慢慢学会了与自己相处。唯有如

秋天,万物成熟

此，方显生命的平静。月下秋景，很静。就连蝉儿也开始噤声，不是不想表达，而是明白了，逝年如水，转眼就是深秋。

明月依旧在，不见故人来。很多世事的变迁，是我们始料不及的，待到想要去挽留与珍惜，时过境迁，已经不是旧时。而眼前的人，才是更应该珍惜的。

光阴也是如此啊，与其在过去的伤感中徘徊，不如把此时的拥有当作幸福。人间的美，美在深情。

白露时节，去寻找郊外的一株小雏菊，它开在秋天的路边。那小小的黄色花朵，是为了让我们记住一些，忘记一些。清晨的露珠，没有忘记它的存在。

此时，寒蝉在唱着秋之挽歌，残荷在诉说着岁月的过往，野菊花在田野上追忆故人。幽美而伤感的情怀，是因为在季节的行进中，没有人能够告知，前路是什么境遇。

总有忧思，在秋日。所幸，我们还有期待。我还好，希望你也是。此时，"露似珍珠月似弓。"

秋　分

满树柿子红时，迎来了秋分节气。秋分是二十四节气中的第十六个节气。到了秋分，九十天的秋天就过了一半。寒流来袭，添衣加被。

春生夏长，秋收冬藏。世间万物，始于春，盛于夏，成于秋。秋天是一个成熟的季节，这也是检验一年收获的时节。这时，也是检验我们有多少内涵，去迎接冬天的归隐。

春分时，万物都在生发，生机蓬勃，前途有着无限的可能性。到了秋分，已经经历了时日的淬炼与磨砺，明白了内敛，学会了告别，懂得了低调与深隐。

其实，秋分是有深度的美丽。古人用二十四节气雕刻时光，世世代代的人们都在时间之中。从大自然的角度来讲，秋分的本质在于收养。收，是修身。养，是修心。

大自然中，野草枯黄，树叶飘零，稻穗发香，果实满仓。丰收的喜悦挂在老百姓的脸上，一步一景，都让人喜乐。辛苦的结果，终有所获。是该笑了，皱褶也是舒缓的。

秋分正是在这样的意境中把秋天推向了高峰，此时的秋意最浓。信步在郊外，满目秋色。城市的秋凉，早就换了衣装。收起夏季的衣物，拿出御寒的冬衣，一层一层添加，直至冬日来临。

人们开始从秋分时节，适应寒冷。此时的冷，比起处暑，白

秋天，万物成熟

露时期，又深刻了一些。有点入骨的凉。到了秋分，开始昼短夜长。阳光少了，人们的情绪受影响，有了悲秋之情怀。能接受零落之美，是秋之成熟。

其实，秋天并不止于零落苍凉之美感，还有丰润圆通之内涵。秋分时节，菊黄蟹肥，大地披上金色的外衣，劳动果实满仓，树梢上的色彩鲜艳，伸出手就能有果子入口。

"今夕何夕？秋色平分起。"迎着山顶的秋风，俯瞰大地的丰盈，我们是幸福的。能够拥有如此盛大的秋天，即便是与秋风平分秋声，与秋色平分美丽，与秋果平分甘甜，又有何不可？此时，秋意正浓，其中的美意不亚于春色。

秋分这一天，阴阳平衡，白昼和夜晚的长度相等。之后夜晚将逐渐长于白天。直至次年的春分，白昼再逐渐长于夜晚。二十四节气中，立春，立夏，立秋，立冬，体现了季节的变换。"立"是表明季节的开始；春分，秋分，夏至，冬至，是反映太阳高度变化的转折点。"分"是半的意思，表明昼夜的等长；"至"，是表明达到极限，夏至是白天时间最长，冬至是夜晚时间最长。

二十四节气，是智慧的先民们，留给后人们一笔宝贵的财富。其中还有大暑，小暑，大寒，小寒，非常直观地体现了温度的变化。谷雨，雨水，小雪，大雪则反映了降水的现象。小满，芒种反映了物候变化，农作物的成熟情况。惊蛰，白露，处暑，霜降，清明，寒露这一个个美丽的名字，都有着它的深意。

秋分分为三候："一候雷始收声；二候蛰虫坯户；三候水始涸"。古人认为雷是因为阳气盛而发声，秋分后阴气开始旺盛，所以不再打雷了。第二候中的"坯"字是细土的意思，就是说由于天气变冷，蛰居的小虫开始藏入穴中，并且用细土将洞口封起来以防寒气侵入。"水始涸"是说此时降雨量开始减少，由于天气干燥，水汽蒸发快，所以湖泊与河流中的水量变少，一些沼泽及水洼处便处于干涸之中。

秋天过半，离冬天就不远了。此时，人们在储备过冬的衣食。小动物也在修穴洞，雷声消失，降雨开始减少，空气干燥。万物都在收藏，为迎接严寒的冬天做准备。秋似人之中年，悲欢离合，成了常态。

行道迟迟，终有一别。有些分别，就真的成了永别。有些丧失，是再也难于弥补的失去。而此时，我们唯有习惯与接受，从容面对生命中的变故。

所幸，失去的并不是全部。秋分中，依然有着让人充满激情的空间。生命不息，奋斗不止。此时的成熟，更有利于我们提高生命的质量。

知道时日不多，愈加奋发。明白了人生短暂，愈加珍惜身边的人和事物。清楚了相逢与别离的必然，坦然面对世事的变迁。

秋分是秋天的分水岭，人生之秋，更应该活得恰如其分。"万事只求半称心。"珍惜拥有的，放下失去的。往后余生，活得通透豁达，乐观睿智。

"朝闻道，夕可死矣。"能够明白一些道理，就算是没有白白活过。懂得了与人处，不把好事占尽。与事处，不求完美，尽心就行。与光阴处，不为难自己，多一份慈悲与爱心。

再看秋色时，便学会了把秋天分一半给别人。做事就有了分寸，人到中年，谨言慎行。能做到"君子慎独"，那就是修身修心之最高境界。人这一生，也就是做好自己。

在秋分的时节，探寻着时光的秘密。古人用二十四节气雕刻时光，人无往而不在天道循环中。秋分的自然本质是收养，收起名利心，养出清净心，方为正道。

秋天已经过半，真怕自己空空如也。面对即将到来的寒冬，拿什么抵御人间的寒凉，值得思考。人生下半场，我们有什么

秋天，万物成熟　　153

可以归隐。唯有修身，修心。

红灯笼一样的柿子，在秋分时节格外迷人。菊花开时，蟹肥人美。就着一垄秋色，我们在星辰大海，清点着行囊。无论冬天多么寒冷，依然保持内心的温度。

秋分的天空下，大地上的人们忙着丰收。我们学会了接受分别与丧失的部分，也有了时时生出喜乐的能力。时节过半，万事不强求。

寒　露

甘蔗甜时，寒露来了。古老的二十四节气，有着它自己的秘密。在与大自然的风物相对应的时间里，先人们用美丽的字眼，记录下了秋天的倒数第二个节气，寒露。

秋天在最初的阶段是凉的，到了最后的时节，薄凉就成了深寒。随着季节的深入，气温越来越低。被子由轻薄换成了厚实的。

换被子的手停在半空中，脑海里浮现出儿时母亲缝制的棉花被。这时，大地上的棉花炸开了花，正是收棉花的季节。那一朵朵白云缀枝头的美丽，在后来变成人间最柔软的物件。

儿时，被子是用白色的底线缝制而成的。每到寒气加重的时节，母亲就会拿着针线装被子，拆洗上一个时节用的被子，然后装一床适合此时的被褥。

被面一般都是代表着富贵吉祥的牡丹花，有的是绿底红花，有的是红底红花配绿叶，一床好看的被面，会用许多年。

母亲是极认真的一个人，做起针线活来更是讲究。装被子，一定要把四个角叠得美观整齐，才开始在上面飞针走线。认识牡丹，就是从母亲手中的棉花被开始的。

棉布的被面，上面花团锦簇，大朵大朵盛开的牡丹花，热烈而奔放。仿佛是要告诉俗世的人们，在寒冷中依然会有热情的事物存在。

在被面与包单之间，躺着松软的被套。那时，地里的棉花炸开得正旺。母亲会选择不同斤两的被子，来适应不同的寒冷程度。时节的冷暖，被母亲用斤两划分得清清楚楚。

晚上躺在透出植物清香的棉被里，室外的萧索与寒意，被隔在了一床棉花之外。一到寒露时节，看着地里的棉花，我就会想起母亲认真装被子的样子。

我们与棉花有关的记忆，都透出暖与爱的本意。那一块棉花地里，是我们心中永远采摘不完的乡情。寒露时，一朵朵棉花，正在田野上，唱出一首童年的歌谣。

有农谚道"寒露不摘棉，霜打莫怨天。"这说明了寒露是采摘棉花的大忙时节。棉花怕霜，白露是最佳采摘的时机。

"今日寒露。"我在寒露节气中，换上了厚一点的被褥，想起母亲手中的那床棉花被，已经很多年没有再盖棉花被了。就在前两年，也是深秋时节，去南漳漫云村采风。

那是一个古村落，保留着最原始的风貌。屋子都是上百年的老屋，窗户是木头的。晚上留宿，房主阿婆，铺好一床棉花被，依旧是旧时的装订。土布在岁月的深处，带着它特有的厚重。

那一夜，窗外的山风，时而作响。身上的棉花被，透露出它亲切的泥土气息，我睡得格外安稳。后来我时常会忆起漫云村的老屋和那床棉花被。

又是一年寒露到，时间有序，我顺着时间的河流，从童年走到中年。那些与寒露有关的事物，是一抹艳丽的红牡丹。

寒露时的柿子，红得那么诱人。柿子是很便宜的，公路边上有农户人家把自家树上的柿子摘下来，摆着售卖。我们每人带回几个柿子，放在自家的餐桌上，美丽得无与伦比。

寒露时，去山里。大山赐予人类许多的福果，都在此时香甜。八月炸，野生猕猴桃，板栗，随处可见。秋天是一个丰收的季节，它真的是很丰富和有内涵。

此时，寒露，是看红叶的时候。想要去看香山红叶，亦是一件再简单不过的事情。距离已经不是问题，重要的是我们要有一颗赏秋的心。

赏秋，秋天是最值得观赏的季节。"看万山红遍，层林尽染。"霜叶红于二月天，实现了秋天美丽的心愿。

树叶漂亮的时节，银杏飘香，红叶漫山。一切与美好相关联的事物，都在眼前。相爱的人们，共赴人间美景。有的是一家人，有的是三五好友，相约在秋日盛景中。

古人把寒露分为三候："一候鸿雁来宾；二候雀入大水为蛤；三候菊有黄华。"此节气中鸿雁排成一字或人字形的队列大举南迁；深秋天寒，雀鸟都不见了，古人看到海边突然出现很多蛤蜊，并且贝壳的条纹及颜色与雀鸟很相似，所以便以为是雀鸟变成的；第三候的"菊始黄华"是说在此时菊花已普遍开放。

高粱红了，菊花开了。这时的菊花是醒目的。草木皆因阳气而开花，而唯独菊花是因阴气而开花的。它的与众不同，在于品质高洁，傲霜。

唐朝诗人元稹写下："秋丛绕舍似陶家，遍绕篱边日渐斜。不是花中偏爱菊，此花开尽更无花。"在菊花绽放的日子，诗人绕着自己的房前屋后走一圈，看见篱笆墙边开着的菊花成片，便觉得自己住在了陶渊明笔下的桃花源了。

再细品菊花的气质，愈发地爱上了。其实菊花开尽还有梅花，兰花开放，可是在诗人眼中，独爱菊之美德，竟然眼底心中再无其他。就像是一个人喜欢另一个人，满眼就只有她一人，至于其余的别人，都与自己不相干的。

在寒露里，登高是一项必不可少的事情。站在高山之巅，看

秋天，万物成熟

层林尽染，一群大雁向南方飞去，心头想起思念的人，一首信天游在漫山遍野回响。

  这时，寒气加重。家乡的父母，会把叮嘱绑在大雁的脚上，让它带去远方。身边的人，会不时地为你掖一下被角。把夏季的衣物全部收起，拿出毛衫棉衣。

  至此，秋意已深。离冬天不远了。晨起，露珠挂在路边的草丛上，园子里的冬瓜结出了白色的薄霜。晶莹的露珠，是冰凉的，带着清冷的诗意。

  把一腔心事，写在菊花上，有大雁路过，把它捎向南方。中原地区，襄阳古城的寒露，柿子红了，甘蔗甜了，银杏黄了，红叶装扮着山坡。我们相邀着，一起去登高。

  路边的白云朵朵，站在棉花枝头，想起母亲脸上的笑容。

霜　降

　　秋天的最后一个节气，按时到来。霜降节气的到来，也是告知人们，秋天将要结束。一切与秋天有关的事物，都将顺延进入下一个季节，冬天越来越近。

　　此时，暮秋。天地之间冒出萧肃之气，树木上的叶片经过一个季节，该凋零的已经随风落下。郊野草木枯黄，百花凋零之势。但是不缺乏迎霜而出的色彩，枫叶愈加红了，映照出生活的一片美意。

　　秋塘枯荷，立于郊外，自成风景。柿子挂在房前屋后，在光秃秃的枝干上，画着自己的红妆。一层霜来，气温低了。家户人家的院落里，一筐棉花支在椅子架上，几口人围在一起，剥着棉花。一朵朵白色的云朵，落在手中。

　　甘蔗在霜降时节，从田间走向街头巷尾。桂花的余香里，依然书写着对秋天的深情。鸿雁传书的季节，收到远方来信。一行大雁飞过，留下漂亮的队形。据说大雁独自飞翔时，是不发出声音的，只有在成行的飞行中，才会有我们常常听见的雁鸣。

　　秋将止，冬将至。事物在时间中，总是变化的。有新的事物发生，就有旧事物的告别。清早和暮落，再也听不见虫儿的声响，它们静悄悄地蛰伏在洞穴。它们对季节的敏感，和适应季节变化的方式，是值得让人思考的。

俗话说："好柿成双，喜从天降。"十月的末端，霜降至。好事接着一桩又一桩。历尽千辛万苦，终有好事连连的时刻。

霜降时节，清晨的草木被薄薄的白色笼盖。远远望去，仿佛是一道月光洒落人间。其实是霜降，一层霜来一层寒深。

拢了拢肩上的披肩，寒气被隔离在柔软之外。是心的柔软，抵抗了岁月的清寒吧。过最简单的生活，不再对岁月有所诉求，更多的是想要把眼前的日子过好。

爱着身边的人与事，明白了生命的短暂和无常，脚下的路途就会清晰。曾经，成了过去光阴里的一个节点。到了人生之秋末，活得明白起来。

"人们终其一生追求的是什么？"与友人轻谈，灯火可亲，路人皆在。"内心的安宁。"也许每个人的答案都是不一样的。于我，也就是，内心的安宁。

秋将尽时，事物呈现出内在的丰富。枫叶染红了深秋，银杏染黄大地。日月中的喜怒哀乐，早就换了方向。原来的奢华琉璃，都是过往云烟。放在眼前的一粥一饭，透出生活最真实的气息。

不问归期，相逢与告别，都是常态。来的来了，走的走了，拥有的就好好珍惜，失去的就慢慢放下。生活的变数太多，但是依然在向前。

唯一让我们遗憾的，不是生活与季节的变换，而是我们在当下生活中，没有认真对待。所有的变故，不过是一个新的开始。对过往，我们问心无愧，就是给予生活最好的答案。

黄叶落地，菊花开得艳丽，在那份明艳中，看见了咬紧牙关的倔强与坚强。岁月催开了心花的怒放，它是支离破碎后的重建，它是历经风霜后的明亮。

母亲说过："打霜之后的甘蔗最甜。"苦与甜，都在生活中。

在岁月里走过的母亲,知道苦与甜的真正含义。乡间院落里,老人在秋天里,露出满脸褶皱的笑容。

院落里,棉花散发出清香,还有几只鸡在跑来跑去。对陌生人的善意,是生命中的一抹暖色。柿子挂在枝头,羞红了脸庞。

不遗憾。秋天去了,还有冬天。失去的,远离的,都是定数。重要的是我们拥有着此时,此景,此情。霜降,天冷,温暖却在。你我之间的一个善意,就是温暖这个世界的星光点点。

沉下来,善待一切。不再要求,更多的是想着付出。明亮的事物,在生活中闪烁。人间暖意,是心底盛开的花朵。它的颜色,是手中棉花的白色,是落叶满地的黄色,是枝头柿子的红色。

陪你走过秋天的最后时光,在霜降里一起看风景如画。彼此的陪伴是世间最长情的告白,身边的人在,岁月就在。有人在的日子,就是好日子。

"把生活过好。"霜降时节,收到季节发来的消息。天寒,霜降,请君保重。保重,一个意味深长的祝福词语,蕴含着无数句说不出的担忧与期许。

《月令七十二候集解》:"九月中,气肃而凝,露结为霜矣"。此时,我国黄河流域已出现白霜,千里沃野上,一片银色冰晶熠熠闪光,此时树叶枯黄,在落叶了。古籍《二十四节气解》中说:"气肃而霜降,阴始凝也。"可见"霜降"表示天气逐渐变冷,开始降霜。

我国古代将霜降分为三候:一候豺乃祭兽;二候草木黄落;三候蛰虫咸俯。豺狼开始捕获猎物,祭兽,以兽而祭天报本也,方铺而祭秋金之义;大地上的树叶枯黄掉落;蛰虫也全在洞中不动不食,垂下头来进入冬眠状态中。

最后一次对秋天回眸,岁月悄悄染红了深秋。人生当是从容

秋天,万物成熟

淡定之际，微笑面对生活的挑剔，内心温暖如初。一定会有人，看着你从艰辛中生出的华彩，从此爱你如生命。倘若不被生活善待，那么历经风霜的我们，也有了自爱的能力。

生活的底色是暖色调的，即便是霜降天寒，心中的爱早就把日月烘得暖意融融。秋天就要远去，冬天一样值得期待。

不再叹息秋天即将离去，我只想和你一起共度秋天此时最后的浪漫。当一个人专注于眼前的生活，那么生命真是一件赏心乐事。我们何乐而不为？

秋为收成

八月的天空

　　从来没有像此刻，想要写下关于天空的话语。盛夏八月，凌晨五点。天空拉开蓝色幕布，说明一天的开始。清晨的天空，是那种安静得出奇的蓝。此时的白云，只有少许，线条般落在上面。

　　微凉的风，穿过云端，落在肩上，就有了读诗的欲望。读诗，或者写诗，这一刻想要做的事情，都是与诗有关。冲动，很久未有这种想要表达的欲望，用几句简短的诗句。

　　天空，和路一样远。

　　我不知道一生到底有多遥远，但是我很清楚，滑过的每一秒，都向着终点近了一分。手中温和的纯净水，都不及凌晨的天空清澈。早起的收获，何止是这片干净的天空，连心思都是单纯的。

　　倘若我是诗人，我想在清晨的天空下写诗。这样的诗句里，藏着一份透明。我们为什么不能活得如此简单透明呢？在我们开始追求高深莫测时，就开始了失去。就像是成年的我，遗落了年少的光阴。

　　我多想把这看得见的蓝天，写在明信片上寄给你。只是在寻找地址时，忽然发现我们已经很久没有联系。曾经的青春里，很多影子已经模糊，我成了一个常爱怀旧的人。

八月人间，鸟与树林，天空与我，陷落美好。我在凌晨五点的天空下，想起的事情，与美好有着亲密的关联。

八月的天空，有你的样子。

有些人注定与我们纠缠一生，有些人注定是擦肩而过。到底有什么神奇的力量，把不同的生命组合在一起，成就一些事情。志同道合，是人世间最美丽的情感，它甚至好过爱情。

爱情会失落，志同道合的人不会。无论兜转多少年，那些彼此道同的人，还是会寻来。天空上的云朵，逐渐厚了起来。

八月的天空，有人影晃动。每一朵浮动的白云，都有着自己的样子。我遇见的你，也是与众不同。因为这个世界上，只有一个你，独一无二。

在秋天来临之前，八月的天空就是夏日诗意的延展。天空纯净，对你的思念就在唇边，却无言。好久不见，街角的咖啡店早就换了容颜。

少年的心情总是诗。那时的青涩岁月，写满了与诗有关的句子。信手拈来，就是一首真挚的诗。年华老去，想要写下这样干净的句子，文字仿佛被镀上了一层玻璃，总是间隔着距离。

八月天空下的我们，都要过得足够好。

当飞机滑过天空，有人离开，有人归来。窗外，一阵轰鸣声惊动了我的思绪。一架飞机从远方而来，路过我的头顶。它承载着去远方的梦想，承载着回到故乡的热望。

这段航行，看似很短，其实漫长。也许一个分别，就成了永远不再相见。也许一个归来，早就物是人非，而热泪盈眶。没有谁会永远在原地等待，生活在时空中，继续着。

时间从凌晨到了正午，云层变换着模样。城市在喧嚣中开始了正常运行，乡间的宁静一如既往。每个人都生活在自己的生活中，我们走着自己的路。

八月的悲欢离合，都溢满温柔。

我被八月的天空迷住，从清晨到傍晚。从日出到日落。傍晚到汉江边散步，落日包裹着太多的故事。夏日的黄昏，最美不过夕阳。

八月

面朝落日，

便是桃子和糖。

好喜欢这样的句子，像是遗落在人间的种子。目光所及，便勾起了心间最灵动的情感。往往动人之处，是干净的简单。

我在这样的句子里，读到了人间的温柔。就连悲欢离合，也显得那么善解人意。落日，桃子，糖。生活再苦，也有甜味。日子再烦琐，也有诗意。

当天空像火烧似的，出现晚霞。一天的光景就要结束在这最后的绚烂里。天空用它浩瀚的胸怀，包容着众生的喜怒哀乐，悲欢离合。

生活也就是："你好，再见。"

时光告别于八月的天空，还能够冒出写诗的冲动。这就足够了。

秋 致

一层秋雨一层凉，立秋之后，明显地感觉到天气的变化。由最初的早晚凉爽，到现在的日日清凉，秋天在变化中融入我们的生活。

诗人写过："在初秋的日子里，有一段短暂而奇效的时光。白天更像水晶般透明，黄昏更是灿烂辉煌。"真是如诗中所言，初秋的这段日子，天空干净得让人神往，白云舒缓地在上面行走。

风也不燥，雨也不急，一切仿佛在秋天来时，变得透明而温和起来。对于整个秋天，每一个细小的变化都是可贵的。它像是一个容器，我们把酸甜苦辣都倾注其中，然后搅拌成一种无法言说的心情。

是无言，尤其是到了生命的后来章节，随着一页一页地翻动，愈加厚重与沉着。季节之秋，人生之秋，到了后来都是无法用言语来表达，而心中早就是千帆过尽的清晰与明白。

向秋天的时光致敬，因为我们收获着。当季节穿过春的勃发和夏的炙烤，到了秋天就少了浮躁与飞扬跋扈。路，越走越宽，心越来越明净。弄明白了一些事物的本质，就少了虚假的伪装。

"人一旦悟透了，就会变得沉默，不是没有与人相处的能力，而是没有了逢场作戏的兴趣。"秋，正是如此。不再作秀，就有了安静的力量。

我在季节的细枝末节中,寻找着它的痕迹。是时间之中的留痕,也是生活的印记。季节是变化的,人们也是在变化的。经过时间的洗礼,磨去了身上的刺,有了圆通和中庸。

自古以来,赞美秋天,都是静美。静美,是一个让人舒服的词语。与人相处,能让人舒服,是一个人的顶级魅力。静下来的内心,不再外求,而是内观。观生活之根本,观人情之冷暖。

"君子务本,本立而道生。"季节之本,是春有花开夏有月,秋有凉风冬有雪。人之根本,也就是做好自己的事情,过好自己的日子。

看似简单,做到却是不易。做好自己的本职工作,能把一项工作做到极致,就成了这个领域中的佼佼者。过好自己的日子,能把寻常的日子过得有情趣,是一件不简单的事情。

"被爱或者不被爱,都照样要活出精彩。"假如不被生活所爱,那就拿出勇气活出自己。假如正被生活所爱,那就好好拥有并珍惜。被爱与不被爱,那都是外在的给予,其根本是我们要自爱。

对于秋天的致意,是我们要有自爱的能力,和付出爱他人的勇气。我在时间里,寻找着答案。世事大梦一场,人生几度秋凉。也就是这短暂的一生,有滋有味地活过,那才是对生命的礼遇。

一场雨落下,添了一层秋凉。我们在秋天的喜悦有许多,与喜欢的事物相处,在季节中感知枯荣,在生活里发现"小确幸"。被人关爱着,同时关爱他人。

一层秋凉,一层深意。人这一生,要经历的有限,却又有着无限的可能。这就是命运的神秘,它让人琢磨不定,却又让人如此着迷。

秋天,万物成熟

初秋的薄雾,在微雨中升起。关于秋的消息,在风中传递。我们说着爱的话题。季节的美好,在于它的独特。每一个人的精彩,在于我们的独一无二。

行走在秋的字里行间,我探寻着生命的意义。与生命有关的美学,在时间的缝隙中,在生活的点滴里,在人与人之间的情感里。

当秋天来时,好运也随着开启。有人说:"一切都是为你而来!"是啊,与我有关的一切都是为我而来。不能辜负了这么多为我而来的美好事物。空气,阳光,花香,还有爱。

抱着对秋天最高的敬意,我们要活好每一天,要对得起这些为我们而来的美好,要快乐,要幸福!

以此,致敬生活。

人间又逢秋

"秋天这么美!"当我由衷地说出这句话时,正站在一片霞光下的狗尾草前。秋天的霞光,落在细且长的狗尾草身上,把秋天的韵味一笔写尽。温软,静美。

在秋天,一株草,一阵风,一轮月,都是那么迷人。也不知道是秋天为人们带来好心情,还是原本到了秋天,人们有了赏秋的心情。

"人间忽晚,山河已秋"。我在人间的每个角落,寻找着秋天的踪影。它藏在草丛中,它挂在果树上。人间秋色,是无尽的诗意。

秋天这么美,是因为秋色潋滟。

坐在秋天的吊床上,摇出一地碎光。闭目养神,听秋声。树叶在风中,欢快地吹着笛音。蝉儿还在不甘心地鸣叫,几只喜鹊的叫声,划过秋天的思绪。刚好一丝倦意,被朦胧的秋声覆盖,微醉微醺。

偶尔睁眼看看,头顶上的蓝天清澈干净,白杨树的树叶在天空下跳着舞蹈。秋,它落在眼眸,自然成画。不用去刻意勾勒,秋意尽显。

秋天里的农家小院,小狗卧在树根边,几只鸡飞上了树丫,屋顶的炊烟袅袅升起,地上的落叶松软。经营着小餐馆的主人家故意不扫走落叶,让客人坐在大树下,落叶上,吃着她做的地道土菜。

搬一把木椅,沏一壶清茶,三五好友聊着无边无际的话题。正值有远方打拼的朋友归乡,说不完的话,想要把前半生的际遇,都在秋天说出。秋天的日光,从缝隙里偷看着人间。

秋天这么美,因为你在场。有你在场的秋天,阴晴圆缺都是诗,一草一木皆是画。我们说着人间烟火,谈着诗与梦想。我们把人生的际遇,融入在秋意无边中。

季节的美,是不因人而移的,它按照时间,有序地把美呈现。而看美的人,是否内心感知到了这份美好,因人而异。有人细细品味,有人匆匆而过。

秋天这么美,是因为有太多美好的事情在发生。

"秋天这么美!"当我再次感叹时,是在高铁站的站台上,看着远去的友人背影。一个成功的中年人,身上背着家乡的特产,去远方的城市继续寻梦。"现在快递这么方便,还背着这么多东西干吗?""这里面装着父母亲手栽种的葡萄,老婆就爱吃点家乡的特产。"

无论多大年纪,多么成功,在父母眼中,我们依然是那个放学回家的孩子。从襄阳背着一箱葡萄去深圳,这是秋天里最动人的一幕。平日里衣冠楚楚的人,在亲情面前放下了铠甲,留下满身温情。

秋天这么美,只因遇见你。

人在旅途,有太多的不可测。遇见一些未知的事,遇见一些温暖的人。那日,是初秋的一个夜晚。白天去一个山城办事,想着当天就回,就没有带充电器。等到晚上往回赶的时候,才发现手机快没电了,导航即将关闭。

对于我这样的路盲,没有导航,就没有方向。而此时,独自开车行在山路上。两旁没有灯火，想要寻一户人家都很难。一丝绝望爬上来，突然在不远处的微弱灯火下，有一个人影。循着那束微光而去，是一家修补轮胎的店铺。

停下来想要充电，灯光下的陌生人，友好地告诉我，店主外出修车，自己是送配件过来，也在等店主。漆黑的山路，突然有着这么一处灯火，真是让人高兴的。

我们边等待边攀谈，修理铺外的菜地里，丝瓜花正开得旺盛。他告诉我，快四十岁的他是从广州打工，才回来没多久。年纪大了，在老家结婚生子，安个家。在外漂泊了几十年，现在在家里，做点小生意。

妻子是一家医院的护士，孩子刚满三岁。说这些时，他的脸上是一片祥和。人间气息，如此浓郁。那是一个普通人，对生活的解读。问起为什么结婚这么晚，他说："小时候家里太穷，成年之后出去打工，就想着多攒点钱，然后回来孝敬父母，再结婚生子。一晃，就奔四十了。"

修理铺的主人归来，我们三人在灯光下，于一个寻常的秋日夜晚，倾听了人间最美的秋声。那是来自陌生人的善意。充好电，让我跟着他的车后，把我送到了高速路口。然后，挥手告别。

秋天的美，不仅是景色宜人，更多的是人间真情。

无论环境多么险峻，只要有你在，秋天就是一场美景。我们总是在偶然间，遇到一些感动自己的事情。这样的感动，沉淀在心间，便会生出更多的爱与善。

有人问："秋天这么美，谁伴我同行？"答案是："每一处带着美的事物，都与你同行；每一个心怀善意的人，都与你同行。"是啊，秋天这么美，遇见的景色，遇见的人，都在其中。

果园的梨子，挂在树枝上。狗尾草在霞光中摇曳，远方的友人背着一箱葡萄在路上，陌生人的友善有着岁月的温润与和美。

　　这样的秋日，是一段美好的时光。它承载着无数美丽的记忆，它散落出一地的金黄色。那是秋光的色彩，是落叶的颜色，是山路上的灯火，是陌生人的微笑。

　　人间又逢秋，树叶在蓝天下，吹出嘹亮的笛音，喜鹊在枝头欢闹。有人放飞了一长串风筝，上面写满了祝福。秋天这么美，因为我们在场。

人间秋色

四季中最丰富的色彩,是属于秋天的。五彩斑斓的秋天,便是人间最美的画面。黄色、红色、橙色、绿色、蓝色、白色、紫色,能够想到的颜色,都会在秋天呈现。

从立秋的第一片落叶开始,秋天就开始向着人间泼洒色彩。走进秋天的童话世界,听秋声,赏秋色,是人间乐事。

【金色】

所谓"金秋",是有来历的。秋天虽是色彩绚烂,但是它的底色是金黄色的。菊花黄,稻田香,银杏飘叶,桂花散香,玉米成堆。秋天的事物,被染上了金黄色的光晕。

醉在秋天,是因为每一抹金黄里,都是喜悦。丰收的喜悦,挂在庄稼人的脸上。拖拉机在田间地头奔忙,身上的衣衫被打湿了一遍又一遍。人们在秋天里,是富足的。

心情随着秋收,而欢畅。风吹稻香,在田野里放声。每一粒谷子都浸透着汗水,每一个收获都来之不易。从播种到收获,经历了时间的生长。

稻子归仓,玉米被挂在屋檐下。满目金黄,是秋天特有的色彩。只有历经风雨,才会成熟。到了秋天,金黄色是喜悦,是收获，是储藏。

一个金色的秋天，是对明天的胸有成竹。庄稼人是质朴的，他们对土地的深情，都表现在勤劳上。田间，他们的身影才是秋天最美丽的画卷。

要有足够的力量，才能衬托起一个季节。黄土地是我们的根基，稻黄是生命的养分，落叶对大地的深情，以及人们对生活的热爱。金黄色，它把秋天的丰收，写进了日月。

金秋送香，送来各种香味。稻香醉人，菊香是迷人的。陶渊明的一句"采菊东篱下"，不知道让多少人迷上了田园生活。

在秋天，不去赏菊，就辜负了秋意。一年一度的菊展，盛大开幕。虽说菊花有多种颜色，还是以黄色为最佳，最美，最赏心悦目。菊花黄了，心思瘦了。

再想起黄庭坚说的："黄菊枝头生晓寒，人生莫放酒杯干。"这般意境中，哪里还有心事可存，早就把它放在一朵花中，一杯酒中。豪迈的人生，从来不为眼前的困难所打倒，菊花傲霜，是引领。

银杏的黄，是浪漫的。拾起一片银杏叶，就与秋天撞满怀。随州的千年银杏树下，我曾走过。年岁里沉淀出的厚重，却偏偏还保留着一股纯真。

千年银杏，用经年不变的黄色，演绎着时光里的沉着。不急不忙，相逢的人总会相逢。即便是岁月再漫长，我们都会相遇在某一个时间，某一个地方。

成熟来自阅历，历史悠久的稻田，千年飘黄的银杏，菊花傲霜的身姿，都是经历过时间，经历过太多岁月的变迁，经历过好的坏的，到后来，有了自己独立于世的风骨。

没有桂花的秋天，是有缺憾的。秋桂，从天上的嫦娥，到吴刚伐桂，一段传说，写尽了人间的悲欢离合。我们把美好的情感，寄于美丽的事物上。桂花的美，是不容忽视的。

桂花鹅黄，细碎却浓郁。星星点点散落在人间，把秋色诉说。与桂花相遇，应该是一场邂逅。不经意间，它就开了。桂花开时，情更浓了。思念与遐想，都在一树桂花的轻黄里。

是轻轻的，生怕惊动人间。桂花的温柔，藏在它细碎的黄色里。细微处，见真意。通过细节去观察一个人，会发现成功的人都注重细节。通过细节观察四季，会看见四季里的草木花果，鱼虫鸟兽。通过细节观察生活，生活是一缸染料，而我们独具特色。

黄叶满地，秋色正浓。金黄色的秋意，笼罩着大地。一卷画中，我们都在上面。有金色的阳光洒满田野，有收获的喜悦在随风奔跑。

【红色】

如果说金黄色是秋天厚重的底色，那么红色就是上面不可缺少的丝线。枫叶红时，漫山遍野，燃烧出的火焰，点燃了秋天的热情。

人们相约着去看红叶，老舍说："春天要住杭州，夏天要住青城山，而秋天一定要住在北平。"北京的秋天，美在红叶。香山红叶，是很多人心中的一个美丽的向往。

"看红叶去吧！"谷城的五朵山，是秋天里我们必去的地方。五座山峰连绵成秋，遍山红叶，抬眼低头，处处都有红色入眸。拿回一片红叶，夹在常看的书中，仿佛把整个秋天都装在了室内。

书香，红叶，组合成的画面，更是把秋天的意境延伸。无边无际，书中的故事有多长，红叶的陪伴就有多久。

柿子红了。我在白露节气里,吃了今年的第一个柿子。我们去近郊的山中觅秋,绵远不断的草色中,写满了秋意。秋天是丰富的,在于它的果实累累。

一处无人的院落外,红墙早就无人抚摸。一株柿子树,却盎然长出了满树的柿子,漫过古老的红墙,探出头来吸引着我们。

枝头上的柿子,红的青的都有。红色居多,柿子已经到了熟透的季节。有几个被鸟儿啄开了口,有一些品相好的,依然充满诱惑。

我们寻来路边的树枝,伸向枝头,轻轻地把枝丫挂在柿子上,一拉柿子就掉下来。一群人欢喜雀跃。"这样不好吧。""这是郊外无人的柿子树,我们不吃也会被鸟儿吃完。"

尝鲜,入口沁甜。满身红透的柿子,剥开皮,露出诱人的果肉。一口下去,满腹蜜意。"好甜呀!"笑容与柿子,同样美丽。生活中总是有一些小惊喜,它打动着我们的心底,让岁月流淌出丝丝甜蜜。

我们用柿子,填满了白露时节的感伤。谁说秋天是伤感的,它明明是充满欢乐的。与喜欢的人一起,做开心的事情。友情是温暖这个世界不可缺少的一种情感,多年以后回忆起摘柿子的情景,应该是一抹鲜艳的红色。

情浓意真,红色用它的真情,对岁月赠予。我们拾起的,何止是秋天的红色,更多的是红色里包裹着的一颗真心。

【白色】

要说秋天的色彩,真是写不尽。我挑选了几种有代表的来写,白色是秋天最美的风物,它的白,是装扮秋天的一抹冷色。轻柔,清冷,温和,倔强。

芦花白时，生活美了。月光白了，思念重了。白露来时，心思浅了。云朵的白，治愈了所有的忧伤。

"留得清白在人间。"我总是在白色事物面前，澄净许多。历经沧桑，依然能够清白，该是需要多深的修炼。这么美的秋天，也没有把你的心思渲染。芦花活在自己的世界，有些许的清冷，孤傲。

心思淡了，生活就简单了。简单处的留白，是人生大学问。我们没有必要把自己塞得满满当当，给自己留一些成长的空间。

秋天的白，是清浅的。芦苇的坚韧和顺应环境，月光的清透和明白事理，露珠的晶莹和圆通，云朵的飘逸和多情，都在秋天里。

秋天的白，是有距离的相处。芦花荻白，在水一方。月光清白，挂在天边。露水透白，容易消散。云朵虽白，却遥不可及。

一切有距离感的事物，都会有一段留白，让人去遐想，去被吸引。我在秋天的白色中，被一枝芦苇征服，被一片月光打动，被一滴露珠吸引，被一片白云牵着。

【彩色】

秋天的色彩，是无边的，是绚烂的，是璀璨的。我只是写下了黄色，红色，白色，还有一些其他的色彩，也在秋日里悄无声息地盛行。

秋日草色的绿，狗尾草摇曳出的美，连绵山间的苍翠。绿色是四季都有的，在秋天它依然存在于我们的生活和视线中。

天空和大海的蓝色，也是秋日美景。每一份晴朗的秋日，天空湛蓝，海水清澈，这样的时日，烦恼是有的，但是最终会被溶解在这片蓝色里。

心情不好时,抬头看看天空,那里有你心底的梦想,在熠熠生辉。心情不好时,去看看大海,那里有你放不下的情怀,在天水一色中泛起。

紫色的葡萄,橙色的橘子,橘黄色的蟹黄,赤橙黄绿青蓝紫,在人间跳跃着,它们用手中的画笔,画着人间秋天。

秋色正美,我们要把每个日子过得好看。秋色正缤纷,我们要把爱渗透在每一个日常。

秋之凉

话说秋凉，就添了惆怅。仿若有人在秋天，轻叹一声，有着道不尽的意味深长。到了秋分，一场连着一场的雨水，连带着秋凉，一起来了。

秋天，是凉的，它离寒冷还有一些距离。从初秋的风刮过来开始，微微的凉意，就有了。从酷暑中慢慢走出，人们用一盏茶的工夫，或者更多的时间，感受着秋天的每一处细微的变化。

先是凉风有形，又是秋凉入境。季节用它不容忽视的特点，让我们爱上它。凉风起，山峦成群，海水一片，都被它携裹其中。渐渐地，山峰变成七彩，红叶、黄叶、绿叶，组成了一道彩虹般的秋意。

秋风是一个邮差，它把秋意送到每一个生活在大地上的人们手中。秋凉不同，它是渐渐入境的。一层秋雨一层凉，缓慢地，凉意渗透人间。

真是喜人，这样的时日。骑着单车环城，郊外拾起秋色，抑或是就在一帘秋色中静坐，读闲书，在一盏秋凉中话桑麻。酒是凉的，入了心却热了起来。秋是凉的，入了境便丰富了。

一江秋水变凉，汉江边游泳的人少了。明月下的江水，显得有些孤独。不似前面的夏季，把江边打扮得繁华热闹。入秋之后，水面平静，夜色有些薄凉，江边散步的人，生出一丝不易觉

秋天，万物成熟

察的惆怅。

不是留恋过去的热闹，而是想想人生亦是如此。再盛大的宴席，也有散去的时候。席间的人们，浓烈的话说了一遍又一遍，却仍然抵不过流年里的变迁。聚散是常态，有人远去，有人正在归来。

到了秋分，思念如影随形。月圆之时，思念如钱塘江的潮水，汹涌翻滚终日不停。观潮，是一种心情。我们都是岸边的人，亦是那弄潮的人。

人间秋凉，几度思量。徘徊在桂花树下，花香与日月相互交融。独步在落日黄昏，晚霞与孤鹜齐飞。步行在城市的人行道上，梧桐树的落叶，每一片都带着诗意。郊外的草色，由深变浅。

大开大合是一种高度，见微知著是一种境界。一叶知秋，便是最好的解释。秋之凉，它在细微的事物中渐渐呈现。薄衫换了秋衣，秋夜的虫鸣少了，一行大雁从天空飞过。

苏洵说："惟天下之静者乃能见微而知著。"秋之凉，在于其静。万物都在秋天，收起盛烈，开始走向平静。秋凉，是冷静下来的思考。

其实，我是喜欢那种稍带薄凉性情的人。过于浓烈的，易裂。寡淡的事物，它反而生得久远。月凉如水，是我们无法达到的性情。这份凉，是有温度和深情的。水之淡，源远流长。君子之交淡如水，说的就是贤者之间的交情，平淡如水，不尚虚华。

与人处，稍留一点彼此吸引的距离。与事处，略微留一些成长的空间。恰如秋的薄凉，不冷不热，刚刚好。

秋雨敲窗，温一壶茶。听雨声怅然轻叹，看雨丝由急促变得缓慢。到了秋天，不再着急。经历过酷暑，已不再惧怕寒冬。最坏的都经历了，余下的便是向好而生。

白露之后，露珠就铺满了夜晚。到了秋分，愈加厚了。清冷的水珠挂在叶尖，迎着晨光，晶莹剔透。用手触碰，微带薄凉。是让人能适应的凉，带着秋天阳光的味道。

　　秋之凉，是温情的。它不刺骨，是热烈之后的冷静，是寒冷之前的诗情。凉，是有着温和的态度。寒，就有些疼痛感。

　　秋凉，是包容的。在体会了人间冷暖之后，与事物有着良好的距离感和融入感。既不拒人以千里之外，又不咄咄逼人。舒适，舒缓，舒服，后来才有了舒心。

　　与人相处，无外乎如此。舒适的状态，舒缓的心情，舒服的接纳，就有了舒心的笑容。与人相处的最高境界，就是彼此感觉舒服。

　　秋意起，有了别离，也有了新的相逢。我们从春天走来，却要在秋天离开。是树叶离开枝头扑向大地的归属感，是内心的一抹愁意中的深情，是懂得了"没有不可治愈的伤痛，没有不能结束的沉沦，所有失去的，会以另一种方式归来。"

　　秋之凉，是收敛了张扬的热烈，却有不放弃奋进的精神。它与酷暑告别，准备迎接严寒。再也没有什么是不能放下的，一份秋凉之心，清澈中有了对世事的明了与原谅。

　　在任何一种关系中，不再是彼此撕扯，而是学会了成全。所谓的成熟，就是懂得了成全。成全别人，成就自己。

　　秋之凉意，为大地披上了一层外衣。我们的内心，随着境转星移，已经有了宠辱不惊，云淡风轻的姿态。抓不住的，随手扬起，让它随风而去。属于自己的，紧紧拥抱，不让它留下遗憾。

　　秋天的凉意，在诉说着人世间最美丽的相遇。我们在秋天去做春天来不及做的事情。

　　因为，时日正好，不亢不卑。

秋天，万物成熟

与秋言欢

"喜欢这样的秋天!"从心底冒出这句话时,我正骑着单车从桥上飞驰而下。风穿过一桥的铁轨和汉江的水,扑面而来。空气中带着一股清香,路面干净。

桥头的公园,已经好多年。路边的法国梧桐,正在缓缓飘落树叶。人行道上的方砖,写着一句句浪漫的诗句,每一步走在秋天,就仿佛进入一个童话的世界。

刚好,午后的秋阳,从树叶的缝隙中散落,指缝里握住的就是一片明媚与温软。不知道是秋分吹醒了我心头的欢乐,还是秋阳照亮了心情。这是一个普通的秋日午后,我却如此欢喜。

"小城故事多,充满喜和乐。若是你到小城来,收获特别多。"歌曲在唇边荡漾,前面骑行的小姐姐,回头和我相视一笑。是同样的喜欢吧,是我的歌声,是这个秋天。

我是那种特别容易满足于当下的人,眼前的一派美丽风光,就能让我沉醉而歌。生活中还有许多不如意的事情,工作中还有许多需要解决的事情,但是相比于当下的美好,我更愿意活在此境。

听过一些人说:"等挣了足够的钱,就去过自己想要的生活。"我不知道衡量生活的尺度是什么,可是我却认为,此时就是生活。"想要的生活",什么是我们想要的生活呢?

当我穿行在秋的惬意中,忘记了烦恼与忧愁,这就是想要的生活。有句话说:"清晨醒来,阳光与你都在,这就是我想要的未来。"这也是我想要的生活,爱着的人活在这个世界,自己也好好地活着。

"那些内心富裕的人,是不依赖完美的外在状况或充沛物质的。他们也许对世俗的财富与权力怀抱着深刻的感激,但同时,他们的内在有着一股十分细微而扎实的富裕感。"

一个内心富裕的人,时时刻刻都能感受到生命的丰盈与满足。一枝花的明媚,一片云的飘逸,一段属于自己的时光,一个与自己能够相处融洽的人,一段难忘的经历,或者就是手中的一杯红茶,这些都能带来愉悦。

细微而扎实的富裕感,这才是指导我们生活与工作的法宝。不把工作当成负担,不把生活看成苦难,而是尽情地享受着工作与生活带来的快乐。

公园的游乐场,依旧开放。我迎着秋天的风,骑着单车随心而行。"你要去哪里?"有人问我。我说:"只想行在秋天里。"并不是每一个时刻都需要有着那么清晰的目的地,而这个秋天却那么容易转瞬即逝。

"喜欢这样的秋天!"这是一句内心冒出的话语。一个人的喜欢是掩饰不住的,对事物,对人,对一切自己喜欢的事物,我们总是怀抱着无比的热情。

这样的秋天,值得喜欢。尽管生活并不圆满,我们都在生活中奔波与用力,我们依然喜欢这种为生活而努力的过程。并不是想要拥有多少,而是奋斗的过程让自己的生命散发出了永葆青春的力量。

"小城故事真不错,请你的朋友一起来,小城来做客。"来吧,我们一起度过这个秋天。深情的歌声里,藏着对生活的热爱。一颗秋心，在此言欢。

桥上驶过隆隆的火车，声音在空中荡起一阵涟漪。我的心随着单车的速度，放飞着快乐。城市日新月异地在发生着变化，科技改变了我们的生活。单车，让秋天的风更容易钻进自己的袖口。

我在一个寻常的秋日里，与这个世界言欢。所有能够看见的，都为我所有。沿路遇见的人群，成了亲密的路人。沿途的风光，成了一幅油画挂在心上。我唱出的歌声，在秋天里，久久回荡。

真希望，你也能如我一样。即便是寻常而普通，仍然能够放声歌唱。歌唱这些与自己有关的欢愉与美丽，歌唱人世间最动人的情感。

"陪你一起度过这个秋天。"爱在风中传递，它是无形的，却又是具体的。就像是我们去描绘春天一样，"春天是什么样的？"它是春风吹醒大地，是枝头上的第一抹绿意，是江面上游过的野鸭，是褪去棉衣的轻松。

那么爱是什么呢？它是秋日暖阳下，我们骑车并行的身影，是工作岗位上的认真态度，是家人之间的团圆，是路边一枝盛开的野花，是久远的心灵呼应。

有人说："熟悉的地方没有风景。"我不这样认为，我偏偏觉得最熟悉的地方，风景最美。因为它与自己的情感环环相扣，我们被爱着时，原本就是一道最美丽的风景。

我的心底流淌出无限的欢喜，想要把它与你分享。我们可以一起喜欢这样的秋天，我们可以一起度过这样的秋天，我们可以一起共享秋天的阳光。

"喜欢这样的秋天！"是喜欢上了生活的本身。此时此境，人与景相融，情与景想通。人在光阴中，这就是我喜欢这个秋天的原因。

秋日风物

八月的芦苇

最早知道秋天来了，应该是芦苇。通常人们称芦花是秋天的使者，芦花一开，人间秋色就已经遍布开来。在秋天，有一种美，叫八月的芦苇。芦苇，是秋天不可缺少的浪漫。

入秋以来，我已经连续几天奔赴芦苇而去。古城月亮湾公园的芦苇，是秋天最吸引脚步的地方。成片的芦苇花，开在黄昏里，开在朝霞中，开在夜色下，每一个时刻，都美得不同。

栈道是木头铺成的，脚步落在上面会有声响，从踏上它开始，就仿佛走在了秋声里。栈道两旁的芦苇，开出了属于秋天的气势。有的娇俏，有的端庄，还有的摆弄着轻柔的舞姿。

呼吸间的青草气息，把五脏六腑都冲击得无比喜悦。芦苇是生在水边的植物，汉江的水孕育了它的肥沃。茂盛，密集，芦苇是一种团结的植物，极少是一根独立在水中，更多的是成丛成群地站在一起。

每到秋日的黄昏时光，我的心就飞向了那片芦苇丛生的地方。看不够它的风情，品不完它的韵味，不能错过这美丽的秋天，不能错过芦花泛白的时光，不能错过，生命中遇见的每一次心动。

秋天，万物成熟

活于浮世，心有诗意，才能过好日常。

柔软的芦苇，带着诗一般的静美，站在夕阳里。吃过晚饭，去公园散步的人群多了起来，栈道开始热闹。叽叽喳喳的声音，夹杂着芦苇丛中传出的虫鸣，简直是天籁之音。

还有什么比和谐的生活更美好的事情呢？

我总觉得，秋天的浪漫是离不开芦苇的。这样的秋日风物，是容易使人生出浪漫情怀的。前面的一对老夫妻，穿着鲜艳的红色T恤，相互搀扶穿过八月的芦苇，夕阳的光落在两人的肩上，有着幽远的意境。芦苇在说："人间最美好的感情，莫过于一起变老。"

年轻人更加懂得生活，小伙们买来啤酒、卤菜，就着月色，坐在江边的芦苇地上，说着属于青春的话语。恋爱的人，在芦苇前驻足，女孩俯身欣赏芦苇，男孩的目光全在女孩身上。一群穿着相同运动服的人们，排着整齐队伍，领队手中的音响有节奏地响着，一行人在快乐地运动。

夕阳渐渐隐退，月色笼罩着的芦苇，愈加神秘。原本这个植物，就带着一股不轻易让人亲近的气质，此时月光中的芦苇，更加有了清白与距离感。

就像是一个有着自己独特气质的人，不随波逐流，不人云亦云，活在自己的世界，创造自己的生活。不被其他人的情绪所左右，兀自活得欢喜而快乐。

诗人说："无论你怎么活，只要不快乐，你就没有生活过。"我们活着，是为自己活过，而非是活给其他人看的。试着像芦苇一样，有着自己的思想，摇晃着自己的头颅，傲然挺立于世间。

八月的芦苇，是用来安顿我们的内心。所幸，我们能够从万事万物中，想象美好，滋养内心。所幸，陪伴我们的人，都在岁月里。所幸，有好书可读，有芦苇诗一样的惊艳时光。

不断变换的生活，不变的，应该是生活里那颗诗意的心。

生活的浪漫，来自内心的诗意。前面的行人在说："在某一个有雨的午后，撑着一把雨伞，走在芦苇栈道上，该是多么美好的一件事情。""过几天下雨，我们就撑一把大伞，来这里看芦苇。"

听着这样的对话，想着就美好。说话的行人看上去并不年轻，虽然说过了耳听爱情的年纪，但是在风中听见他们这样的话语，我还是选择了相信爱情。

爱情，并不是轰轰烈烈的，而是这样相互陪伴，平淡流年的样子。

一路走来，遇见的人都是和美的。从另一条岔道上，走过来两个坐着轮椅的人，他们用力推动着自己的轮椅，边走边笑着在谈论什么。其实，世上美好的事物比阴暗的一面要多许多。

八月的芦苇，见证了人们之间最朴实的生活和最淳朴的情感。

"风吹芦苇吟秋声"，芦花白时，秋声响起。我俯身轻抚芦花，它是那么轻，那么软，那么温和，那么素雅，却又那么独立。不加修饰的淡白，是流年里沉淀下来的天然本色。外表纤弱，内心无比坚强。

陆游叹道："最是平生会心事，芦花千顷月明中。"它的朦胧和诗意，它的自由和洒脱，都在一轮明月下，带给诗人和后人无限的想象和愉悦。

八月的芦苇，丰富了秋天。我的脚步，不由自主追随着它的丰盈和自由。转身，那对穿着红色T恤的老人，在月光下慈祥温和。侧耳倾听，那对说要下雨天看芦苇的行人，牵手前行。

八月秋色，是芦苇的无边无际，是路人的说话声与虫儿鸣叫的合奏。是我数次奔赴而去的诗心，和脚下的轻缓与坚定。

芦花白时，心事淡了。

柿柿如意

齐白石老人画柿子，留下许多绝品，而我偏是喜欢他的那幅《新喜》。那是他老人家七十三岁的作品，岁月愈老，笔墨愈简练。剩下的全是风骨与柔软，每一根线条都充满了生命力。

光是这《新喜》两个字，都足够让我们去仔细品读的。新是刚刚遇见，喜是喜欢和喜悦。在光阴里，我们会遇见许多新鲜的人和事物，能够用一颗喜悦的心去面对，才能品味出其中味道。

几个柿子，在一瓶梅下，旁边是一壶老茶。生活到最后是简净，所需已经不必太多，平安喜乐就是好。《新喜》是老人为新春而作，其中的梅花在民间有"喜梅"之称，瓷瓶的寓意象征着平安，而柿子因为与"事事"相通，整幅画便透出"事事平安喜庆"。

人这一生，也就图个世事平安，内心喜乐。能像老人一样活得通透，看似简单，实则很难。我们在世事中，繁杂的心事日日缠绕，而唯一能够解脱自己的是自己。在生活的缝隙里，去发现喜乐。

常有新喜在发生，我们要去发现与感知。一丛新绿在春天冒出，一壶清茶飘香夏日，一枝红梅探冬来，一阵凉风送秋意。与世上万物的相逢，时有新意出，常持欢喜心。

齐白石老人还留下了许多关于柿子的好作品。"好柿成双"

"柿柿如意""柿味清香""世世平安""事事安顺",老人把对生活的祝福,都画进了一幅幅柿子图里。

白露时节,古城的柿子红了。远远望去,每一棵柿子树上就像挂着许多的小灯笼。不知道是白露的露珠沁红了它,还是它为了表达对人间的爱恋,自己羞红了脸。

柿子红时,秋意浓了。每个人都在秋中,过着自己的生活。日子里,时时都有着意外和惊喜发生。面对世事,如柿子一样,持一颗柔软心,用一身火红的爱,把苦涩的日月沁出甜味来。

萧瑟的秋,很多地方的柿子是在霜降之后成熟。古城里早熟的柿子,让我们早早地被柿子治愈了对秋的伤情。

那一年我去白鹿原,探寻陈忠实笔下的深意。正逢柿子红,白鹿原上的柿子在秋风中,对我们欢笑。路边,屋前,柿子树在每个角落扎根。抬眼望去,红色的柿子把苍凉的山脉,装扮出一抹温情。

电视剧《白鹿原》中有一段与柿子有关的情事。小娥问黑娃:"兄弟,姐比那柿饼咋样?"黑娃说:"你比那柿饼甜。"小娥说:"兄弟,以后想姐就尝那柿饼。"第一次把明亮的柿子与一场情事联系在一起,竟然生出俗情。

柿子红时,我们驱车去了那个与柿子有关的地方。白鹿原的柿子,正在树上欢跃。路边的几棵老树,枝干在多年的风霜中,透出黝黑的外皮,可是枝头的柿子却是鲜艳欲滴的美丽。

苍凉与温情,是白鹿原留给我的感想。即便是再苍凉的日子,也有温情的美好在发生。我站在秦岭的柿子树下,触摸着历史与现在。

古老的故事在风中流传,黑娃与小娥,都是历史长河中的一笔绝色。人物是文学的根基,只有那些活生生的人与情,才是我们生命中生生不息的温暖。

柿子，一定是要经过风霜才红透的。襄阳古城的山坡上，也会有几棵柿子树在风中吟唱。我们路过时，都被它的美丽吸引。我仰望着高高树干上的柿子，看见了鸟儿们啄食的样子，人与自然共栖居。

古城的柿子，比起白鹿原的柿子，是不同的。不同的地域，植物也有着不同的气韵。古城的柿子，更多的偏向暖色调。中原地区的气候，孕育出本土的文化，是包容。

"七月桃，八月梨，九月的柿子红了皮。"正值白露时节，九月的天空，被柿子染红。各地的柿子争相邀宠。那些美丽的图片，无不显示着人们在收获柿子时的喜悦与欢愉。

柿子挂在枝头时，人情更加浓了。我在深秋的柿子红里，忆起母亲。母亲是喜欢吃柿子的，她会在柿子还是青涩时，从菜场买回一些，然后用凉水沁着，等到有些时日后，拿出来吃，真是甜。

又是一年柿子红，全国各地都被柿子染上丰收的喜庆。柿子树是容易成活的，结出的柿子营养丰富，是很多地方都有的产物。我在深秋的柿子里，分享着来自全国各地的丰收与喜悦。

在秋天，有着萧瑟与苍凉，但是依然会有红艳艳的事物，点燃内心的热情，让我们去爱上生活的本身。

柿子红，是秋天的浓墨重彩。人们把各种祝福，都藏在其中。家乡的母亲会为远方的孩子，留下几个自家的柿子，等待着归期。远方的人儿，会在柿子红时，愈加思念家乡房前屋后的几棵柿子树。

柿子熟时，是软的。人在逐渐成熟的过程中，也渐渐变得柔软。历经了风霜雨落，途径了阳光星辰，沿路的风景早就把一颗坚硬的心，磨砺出了润泽的光彩。

一如，柿子红时，心是柔软的。每年柿子红时，我都会想起远乡近事。山坡上，那一树柿子在风中傲然挺立。它在收纳着世事的沧桑，它在释放着世事的温情。

我把所有对柿子的美好愿望，重新写过。"柿柿如意，柿柿平安，柿业有成，好柿成双，万柿如意。"我把这些祝福，送给远方的你。

白露时节的柿子里，所有对生活美好的愿望，深藏其中。

食蟹记

美食家称吃蟹，是"秋天最隆重的事"。菊黄蟹肥时，秋正酣浓。一步一景的秋天，最具有代表性的风物，便是菊黄蟹肥。

"食蟹，西风，饮酒，赏菊，吟诗"，这些文人雅士们，把最普通的事物，连贯在一起，就有了诗情与画意。在秋天，不去痛快地吃一次螃蟹，会是遗憾。

秋分时节，菊花盛开，螃蟹肥美。阳光温软的日子，蒸几只螃蟹，就着秋风下酒，说着一些体己的话，这样的时日，应该是与亲近的人在一起。

吃蟹，是挑剔的。倘若西服笔挺，话不投机，桌上的螃蟹也只是个摆设。能够在一起慢品螃蟹的人，定是彼此懂得之人。无须掩饰自己的吃态，就那么自然地在双手之间，剥开螃蟹，尽情享受它的美味。

吃，是一种生活态度，美食是不可辜负的事情之一。有记载说："不加盐醋而五味全者，无他，乃蟹。"也确实如此，能够与螃蟹的原味媲美的食材，还真是不多。

清初的著名文人李渔，就是一个对螃蟹情有独钟的人。他在《闲情偶寄》中，写下了许多关于螃蟹的文字。他说："世间好物，利在孤行。蟹之鲜而肥，甘而腻，白似玉而黄似金，已造色香味之至极，更无一物可以之上。"

那个"以蟹为命,嗜此一生"的李渔,既写出了食材之上好,亦是把一些道理贯入其中。"世间好物,利在孤行。"一个人的品性,如果来源于自然纯真,那便是上好的品质。有了名利掺杂其中,便少了几分的好。

而螃蟹作为他的最爱,也是爱着它的"存取原形,原色,原味。"吃螃蟹,在加工的过程中,上笼屉清蒸,是最佳的方法。而食蟹,吃其原味,口感与味觉,已经是美妙无比。

俗有"蟹肉上席百味淡",因为它的时令性特别强,其膏体营养丰富,其肉质鲜嫩,就显得不易了。到了中秋,是蟹肉最鲜美的时节。此时,走亲访友,带上一盒螃蟹,便知是秋已经深了。

十月食蟹,是源于它的特性。这个时节的蟹黄最为饱满。原本吃螃蟹,并不是风雅之事物,后来文人笔下的饮食趣味,就把文化融入其中。添了各种吃蟹的工具,还有多种搭配的食材。

做螃蟹,是最简单的。把螃蟹洗净,锅里的水烧开,然后放上去,清蒸十五分钟即可。吃螃蟹要趁热,它的腥味比较重,可以搭配一些姜丝醋,在蒸的过程中,也有人放上几片紫苏去腥味。

吃蟹,是一项复杂的事。先是剪掉螃蟹的几条腿,然后轻轻剥开,露出完美的蟹黄。蟹黄肥美的,会有油性流出。去除几处不能吃的部位,剩下就慢慢品味。吃螃蟹不能急,需要耐心而细致地去与之相处。

蟹膏,蟹肉,每一处都值得去品。一边剥着螃蟹,一边与身边的人话家常,一口螃蟹一口酒,天上人间,也不过如此。再加上几盆盛开的菊花在旁边伺候着,轻微的秋风拂过,自醉其中。

倘若是月明之夜,清凉如水的日子,更添了浓厚的色彩。就着小酒,话着桑麻,前尘往事涌在心头,再加上秋的莫名愁意,

秋天,万物成熟

还有秋的浪漫情怀。这一时，心间百感交集，吃的就不只是螃蟹的美味，品的是人生。

我们会寻了秋好蟹黄时，邀上朋友，去郊外吃蟹。更舒服的是在家里，蒸一锅金黄色的螃蟹，端上桌，一家人都在螃蟹上忙着。时钟缓缓转动，时间里的人称心如意。

吃完蟹黄，还会舔一舔手上残留的蟹汁，咂吧几下，余味无穷，然后开始对下一只螃蟹下手。十月的蟹尤为肥美，吃蟹时有人说："吃螃蟹有种征服感，平日里的横行霸道，蒸熟了就成了俯首帖耳的美味。"

也有人会为螃蟹说话，就有诗句可以佐证。"横行未必是嚣张，本意何曾半点狂。可是世人皆骂我，却贪余腹一膏黄。"吃蟹，最大的乐趣，在于亲自一点一点地把它剥得干净。

其实，说到底，凡有所相，皆是虚妄。太多的东西，原色原味，原本就是美的，只是后来附加物多了，便复杂了起来。做人不也是如此，保持原形，原味，原色，那就是上佳的品质。

我是爱吃螃蟹的，可能是源于它真实的原味。梁实秋在《雅舍谈吃》中写下："食蟹不失原味的唯一方法，是放在笼屉里整只的蒸。"清蒸，淡品。食蟹时，我是纯粹的，它亦是纯粹的。

时令中的螃蟹，短暂的相遇，是为了与君同醉此光阴。

红叶醉秋

都说秋心是愁,此时,是霜降,秋将尽。就在这时,一层薄霜,红叶就红得让人着迷。秋的美,无处不在。没有红叶的秋天,是欠缺的。

到了暮秋,人是静的。内在的喜悦,在光阴里缓缓流淌。听一曲梅兰芳先生的《贵妃醉酒》,一个"醉"字唱尽了人间真意。是酒醉了人,还是人被情所醉,大概都有。

古有"贵妃醉酒",今有"红叶醉秋"。被红叶染红的秋天,像极了一个微醉微醺的脸庞,红晕飞上,忘记了前尘后事,只顾得在此时,享受一场宿醉。

我被秋色打动,执笔写秋意,是少不了与红叶的缠绵。红叶虽小,却映红了整个秋天。这个自带诗意的叶片,在秋风中飞舞,竟不亚于贵妃醉酒之势。

从枝头到地面,一样是自然和无我。挂在枝头被人欣赏和赞美,红叶如常。随风飘零,亦是如常。不悲不喜,应该是自然的本性。

前几日,去图书馆借书。几棵红枫,在秋天的阳光下,露出欢愉。很静,那一刻我听见了它在说:"秋日独自读书是再好不过的事情了。"

在一排排书籍中,我与《侘寂之美与物衰之美》相遇。里面

秋天,万物成熟

有一段良宽禅师的辞世之作:"身后遗物何所有,春花夏莺秋红叶。"

禅师是想说,"虽然自己不认为会留下任何纪念性遗物,但在自己死后,自然也照样美丽——想必这会成为自己留给这个人世的纪念吧!"这正好应了良宽禅师的"自然,无我"。

人活到通透,就会回归自然,而不再在小我中烦恼和忧愁。世上的草木鱼虫,都与我相通,我不再是我,而是大自然的一部分。

红叶漫天时,我与良宽禅师相遇,在一本书中。读一本书,遇一树红叶。

贵妃醉酒,醉的是情。红叶醉秋,醉的景。情景交融,便有了最美丽的相遇。良宽禅师写下:"久盼之人已来到,此时相见何所思。"我喜欢这样的爱情之作。

六十九岁的良宽禅师,与二十九岁的年轻尼姑贞心相遇。有幸能遇上真正的爱情,也算是值得。此时,她就在身边,还有什么可去想的呢?尽情感受当下的美好,就是幸福的事情。

秋深叶红,爱在人间。一对对牵手看红叶的恋人,有年老的,有年轻的。中年人的爱,大多是拖家带口的心满意足。一树红叶,见证了岁月的真情。

捡起一片红叶,浮现出光阴里的人影。叶片上的每一根经络,都满含深意。我把光阴的故事写在上面,迎着阳光看去,它们透出殷实的红。是融入血液的厚重,沉淀出生命的色彩。

寄一片红叶给你。爱过的,恨过的,遗憾的,让往事随风。正听见有人在说:"去看红叶吧!"

妹子在北京发来香山红叶的照片,一树一树的红,一层一层燃尽山林。灿烂的笑容与红叶一起,在天空下。北京的天空,霜降时节,是湛蓝的。

人们的生活越来越幸福，香山的红叶，红了一季又一季。它见证着每一幅绽放的笑容。我想起了良宽禅师的那句话："久盼之人已来到，此时相见何所思。"

这么美好的生活中，我们还在忧愁什么呢？秋心是愁，愁的不是生活，而是我们担心自己不能够珍惜这个美丽的秋天，而任它流去。

良宽禅师于生死之际，写下："同澈里边，也照见外边，红叶飘落满天。"然后在众人的围绕下安然辞世。自然无牵挂，无我而旷达。

放下书本，拿起红叶，眼前是一片光明。一切都在时间中，任人陶醉。"去看红叶吧！"趁着红叶正美，与所爱之人，去想去的地方，看最美的风景，说最动听的情话。

或者把相思写在一片红叶上送出，收到的人会把它珍藏。店铺里来了一对年轻人，女孩说："挑好了。"男孩说："再看看，有满意的多买点。"最美的爱情，应该是这样的，在寻常的日子里。

"好好珍惜。"结账时我送出这一句话，抬眼看去，红叶漫天。每一片红叶都是人世间的一段情缘，唯有好好珍藏，生命才会有余香。

霜降时节，有霜叶红于二月花。听着京剧，梅兰芳先生在唱《贵妃醉酒》。我的心间，被红叶印染出一幅美丽的秋图。提笔写下："红叶醉秋"。

此时，霜降。

菊有黄华

秋天有三大乐事：对月、折桂、赏菊。金秋十月，赏菊正当时。寒露时节的第三候，就是"菊有黄华"。也就是说到了这个时节，菊花普遍开放。

说起菊花，人们不约而同就会想起陶渊明笔下的田园生活，"采菊东篱下，悠然见南山"。也许是中国人骨子里有着对田园生活的向往，因此传承的中国文化中，有许多这种情怀。

古人把情怀寄于山水、花草，赋予它们诗意与灵性。流传下来的诗句中，对菊花的吟诵篇幅很多。曹雪芹写《红楼梦》，里面竟有十二首对菊花的诗。忆菊，访菊，种菊，对菊，吟菊，画菊，问菊，簪菊，菊影，菊梦，残菊。

曹公可谓是见多识广之人，其笔下的生活绘声绘色。一口气写下十二首关于菊花的诗句，定是对它有着偏爱的。

《忆菊》中"空篱旧圃秋无迹"，《访菊》"槛外篱边何处秋"，《种菊》"畔篱庭前故故栽"，《对菊》"萧疏篱畔科头坐"，《吟菊》"绕篱欹石头自沉音"，《画菊》"喃喃负手叩东菊"，《簪菊》"瓶供篱栽日日忙"，《菊影》"篱筛破月锁玲珑"，《菊梦》"篱畔秋酣一觉清"。

念着这样的句子，眼前的画面感是强烈的。能把一件事物刻画得如此有神，却非常人之手笔。自幼读红楼，几十年依旧是常读常新。再次寻来关于菊花的章节，仔细品味其中的菊，余香由古至今。

十月来时，菊花按时绽放。不早不晚，到了时节无关其他，独自就开放了。开在篱笆边，开在郊外，开在家户人家的花盆里，开在菊展上。

吟菊是雅事，赏菊是乐事。每到深秋时节，襄阳古城都会举办一次大型的菊花展。近年来在诸葛亮的夫人黄月英的娘家，黄家湾举办。逢此时节，与家人，或者与友人，会去菊展上看看。

一朵朵菊花，迎着秋风，绽开一张笑脸，迎接着不同的游人。不卑不亢，被人围观亦是淡定坦然。扛着摄影器材的爱好者，等着一朵花的不同状态，可以从早晨直到晚上。

菊花的迷人之处，不在于它的花容月貌，而在于它的内涵。就像是历史上对黄月英的评价，其貌并不可扬，甚至还有些丑女之说。可是其智，却是非一般女子可比。诸葛亮的故事，流传在隆中脚下。

黄家湾的菊花每年都如期而至。菊花是因有着隐士之风，被众人所喜爱。正是应了诸葛亮与黄月英，在古隆中的隐种耕读。年年去赏菊，其实是循着先人的足迹，让菊花的高洁涤荡自己的心灵。

一步一花，菊花在秋天里，风情外露，内敛心性。"妈妈，你看，这朵菊花像不像金发女郎？"循着小女孩的手看过去，一朵菊花垂下的花丝，长而卷曲。

孩童的眼中，任何事物都是纯真的。当我们在俗世的磨砺中，遗忘了对菊花的赞美，那么孩子的提醒，是多么有必要的存在。

菊花一开，秋天就笑了，是看见了菊花如精灵般的模样吧。它把整个秋天独占，在万物凋零之际，开出一地金黄璀璨。

"菊有黄华",用的是"华",而不是"花"。灼灼其华的不仅仅是桃花,菊花也有着自己的华章。

所谓的"华",有着多重意义。美丽而有光彩的,华丽,华彩,华章,华表。其二还有精英的意思,秋天最精华的东西,便是菊花了吧。"菊有黄华",说的是菊花既有开出的黄色花朵,亦有其内在的华彩华章。

就拿它的隐者之风来说,非君子而不能做到的。清寒傲霜,仅此一点就足够人们去赞美了。再加上它不争春的淡泊宁静,以及自我修身的精神,以物寄怀,菊花是最恰当不过的。

赏菊,是赏其貌,观其心。一生淡泊名利的陶渊明,正是有着看淡名利的心性,才写下了不朽的文字。文是人内在精神的表述,一个能写出"采菊东篱下,悠然见南山"的人,才可以写下《桃花源记》。

篱笆墙外的菊花,开在黄昏里。我们是路人,也是归人。路过一处又一处的风景,归来时家乡屋前屋后的菊花,依然在老地方等你。无论走多远,屋前的菊花,都会开在每一个秋天。

菊展上的菊花有许多品种,品种不同,颜色各异。更有名贵的品种被放置在显眼的位置,供人观赏。"朱砂红霜,胭脂点雪,瑶台玉凤,轻见千鸟,绿水秋波,白鸥逐波,残雪惊鸿,白玉珠帘,玉楼人醉,冰心在抱,玉壶春,汉宫秋,古城风貌,如意金珠,旭日东升",等等。

单是听这些花名,就足以让人流连忘返。赏菊,有的独自一人,有的拖家带口,有的三五知己。我们以最适合自己的状态,去做自己想做的事情。

少年的纸条上写着:"菊花开了,我们相爱吧。"只是,那时的菊花开得有些羞涩,爱情未到时机。于是,一季又一季的菊花开,少年的心事终是在离别中,空惆怅。

多年以后，有人在菊花前想起那个少年，心中隐隐泛起的不再是痛感，而是对往事的怀念。怀念那个曾经深情的少年，怀念那段暗恋的时光，怀念那种属于自己的情愫。

许多人在菊花开时相遇，又在菊花开时告别。那些与菊花有关的句子里，是秋风中我们对岁月的留念。过去的时光里，菊花绚烂，开得明艳。就连回忆，也是一种回甘。

一生中的菊花又能开几度？原谅曾经的不堪，原谅过往。就着秋天的一杯菊花茶，淡看流年。你看，菊花开得正艳。

"妈妈，快来看！蝴蝶在菊花上绘画！"转身，小女孩追逐着蝴蝶而去，留得菊花独自在秋风中，写着祝福。

纵横交错的时光，在绽放的菊花前，一页一页翻开，合拢。

每一个日子,都有繁花盛开

并不是只有春天的花开,才是繁盛。其实,在每一个日子里都有花在开,它们或沉默或喧嚣,或嬉闹或优雅,尽管是寒冷的冬日,也会有寒梅,迎春在日月里。

喜欢看花的人,心中定是温和的。粗糙的生活,早早地把人们练就成一副无惊风雨的模样,能把心思用在花开日常中,竟然觉得有些多余。不多余,如果说心灵一直处于麻木的状态,它会枯竭。这些开在岁月里的花,就是为了来滋养我们内心那些纤细的神经。

古人对时光的记载,有很多与花朵开放的时间有关。古人对万物的体悟,来自对大自然的珍视。许多年前的古人,就会用诗歌的形式来记载花事,并配之于农事,这种雅俗相结合的形式,把诗歌赋予了与生命息息相关的意义,流传至今。

我很怕失去对花朵的感知,曾经百般追求的繁华盛景,也就是岁月的一笔惊鸿,真正落实到生命根基的,却原来是这些日常中被忽略的事物。我逐渐在光阴里寻找,找回那些遗失的芬芳。不是贪念花香,而是想要留下一些生命中感悟到的美丽。

日月趋于成熟,我的内心更加柔软。当我能够在季节的风中,听闻植物的声音,注意节气的变化,我想我是又进了一步。不再浮光掠影于尘世的表象,而是想要去更深处,探索。我欣喜自己在一个普通的清晨,突然醒悟。

每一个日子,都有着自己特有的气息。正如那些花,开在不同的日子。日日都有花开,时时都有感动。生活是拒绝冷漠的,日子要是过得没有了花色,那该是多无趣呀。一生也就是图个有滋有味,能够时常感动的人,对幸福和快乐的感知力,会更强烈。

超市的门口开了一家雅致的花店,来来往往的人都会停留片刻。那天去超市,路过店铺,一个穿着米色长裙的女孩子,正捧着一束用纸张包裹好的小菊花。浅白的花,细小而温馨,与女孩的气质刚刚融合。我一直认为,物品和人是有融入感的,那种和谐有着无与伦比的美。

不仅是城市里,每一个日子都充满花香,野外的花也是开得有了荣光。在闲暇时,读一些关于草木的书,其中的乐趣,根植在了心间。那些花有着自己的语言和情事,会燃烧,会俗情。

一直以来就在寻找,寻找一种与自己相处的方式。开始时,会去远方寻找一些与寻常不同的触动。再后来,当我接触到中国传统文化,心才算定了下来。却原来我一直在向外寻求认同和渴望,殊不知,内心的安定才会是最终的归宿。我在古书中,孜孜不倦地汲取养分。

《花月令》有记载:"正月鹊梅献岁火树银花,二月杏鸟朝凤习舞学宫,三月桃雀拂羽彩虹初现,四月牡丹花王七里飘香,五月醉啖石榴艾草食粽,六月荷戏鸳鸯雨落芭蕉,七月少思屏虑寒蝉噤声,八月喝桂浆邀月鸿雁归来,九月掬黄花剥毛蟹,十月闻虫鸣遍种芙蓉,十一月山茶傲雪暖炉会友,十二月置一水仙闲话短长。"

读着这样的文字,一年的花都开在了眼前。一幅幅美景盛开在日子的边缘。一触摸就能够采摘到无尽的温柔,一低头就能闻到岁月的馨香，一抬眼满目的花色惹人醉。不知道是文字记录了花事，还是花朵点缀了文字。

在春天里，采来百花，制作成糕点和花茶，唇间的留香，会让日月增添一份迷人。夏天来时，有青梅入酒，把茉莉制成香片，邀来心爱之人，把酒言欢，临别送了一袋香片，相思与相知都在那麟囊中锁住。

再说秋天到来，做那桂花树下的痴情人，枕着桂花入眠，应该是满足的吧。到了冬天，就着雪花，泡出一壶陈年老茶，与三五知己，围炉夜话，此时窗外梅花探出几枝，这样的日子里，还有什么烦忧。

不虚度，日月的光景。会有一些无可奈何之事缠身，但是在花间走动，便忘了人间愁情，添了暖意和温厚。我将时日，浸泡在花香中，写一笔带着花色的文字，留待着与你相逢。你拿起它时，就有了拈花一笑的平和。

不再外求的内心，沉稳于日子的花开花落。开也是欢，落也是喜。开在心底的花啊，带着它活泼而妩媚的容颜，时时撩拨着想要枯萎的心弦，于是有了泉水叮咚的活力。不浇灌，不滋养内心，我们拿什么来抵抗岁月的薄凉和苍老？

花开任性，花落随意。把心灵打开，盛装出日月里的每一处花香。心的空间，就有了繁花盛开的气象。活在这繁花似锦的景象里，不喜乐，是不可能的。

冬天，万物收藏

SIJI RENJIAN

冬季节气

立 冬

那么轻，冬来了。在一个落叶成堆的清晨，在一个寻常不过的日子。冬天的清晨，弯月挂在天际，散落的星辰，亮闪闪。"是冬天了吗？""是冬天了。"

冬天该是什么样子的呢？这样的问题出现在脑海，答案跟着就出来了。是白雪覆盖，是肃穆，是孕育着新生，是围炉夜话。

不，冬天不止这些我们熟悉的事物。从立冬这一天开始，最后一个季节冬天就拉开了盛大的序幕。我们在冬天，寻找着温暖之处。

立冬的风从旷野吹来，有了劲道。是那种入骨的清凉，却又有着让人头痛的寒意。戴着帽子出门的人多了起来，脖子里的围巾更是少不了。空旷的田野中，枯荷满塘，麦苗正在生长。

一枯一荣，尽在天地之间。有老去的，有新生的。立冬，今年的最后一个季节，冬季就正式上台，与观众见面。它将把自己最优秀或不堪的一面，淋漓尽致地呈现出来。

"北风潜入悄无声，未品浓愁已立冬。"浓郁的秋色还在延续，彩叶，果实，还挂在入冬的门口，推开冬天的大门，真正天寒地冻的时节就来了。

北方，有初雪飘落。南方，会少了冬天的景致。中原地区，是四季分明。襄阳古城的立冬，人们已经开始期待第一场雪落。

冬天，最常做的事情，算是白居易口中的"能饮一杯无"。煮茶，热酒，一切都向着温暖的事物靠近。雪夜访友，话一地桑麻。围炉夜话，谈不尽天地之事。

走在古城人行道的方砖上，落叶成堆。梧桐叶在风中的舞姿，让人生出深切的思念。思念，是一件披在心上的外衣，它与季节有关。

季节的书本，翻到了"立冬"，余下的已经很薄。季节走向深处，懂得了内敛与收藏。人生之冬，生活愈加简单，缓缓地开始后退，退向心灵的深处。

树木卸下了满身的树叶，变得轻松。像毛线团一样缠绕着的生活，理出了头绪，明白了自己所需，遵从内心地活着。与生活，从简。静静地守着一方日月，赏门前飞雪。

如此宁静，雪花敲门的声音，清晰可闻。想起那个行走在大雪纷飞的人，孤独亦是一种幸福所在。能够享受孤独，生命便不会枯竭。

冬，是一个老去的人。历经尘世万种，留下的岁月，靠着回忆就能够丰盈。看过百花争艳，听过风声雨声，读过诗书茶礼，多情与薄情都能承受，风烟俱净。

在冬天的一场雪中，做一次心灵的修行。该放下的放下，该清空的就一键删除。留下能够温暖与打动自己内心的人与事物。过往种种，全都深藏。

立冬那天的炊烟，在房屋上缓缓升起。是柴火灶台上的锅巴饭，是端在手中的一碗热粥。小时候，这样的时节，母亲会用铁锅做"面疙瘩"。锅里烧着沸腾的水，把准备好的面用清水搅拌，然后用筷子，一点一点夹了放入水中，等待着它们浮起，放上几

冬天，万物收藏

片青菜叶。一天从一碗"面疙瘩"中开始,会暖和一整天。

　　回忆很暖。立冬的阳光从窗外跑了进来,牛排,煎蛋,青蔬,百搭的早餐,日子里满满都是爱。冬天不再是寒冷的,我们与温暖的事物相处。

　　中国人的冬天,是离不开吃的。牛腩煲,羊肉汤,火锅,烤红薯,炒栗子,冻柿子,鱼头炖豆腐,冬天的暖,大多是食物给予的。立冬,喝一碗地道的黄酒,卖酒老板会说:"这是窖藏十五年的地道黄酒。"入口,寒风已去。

　　有雅有俗。就着一口黄酒,念几句朗朗上口的诗句,去看看古人的"立冬"在做些什么。最喜欢明朝诗人王稚登的那首《立冬》:"秋风吹尽旧庭柯,寒叶丹枫客里过。一点禅灯半轮月,今宵寒较昨宵多。"

　　意境尽在其中。有些话不用说透,有些好事不用占全。一生也就是半轮明月,一半欢喜,一半忧愁。人生得意时,权且高歌。不如意时,权且高歌。

　　"冬天来了,冬天来了。"小动物们奔走相告,大雁南飞,小虫入穴,人们都愿意待在家中烤火。地里的活也没有多少,日子清闲下来。在北方,有"猫冬"的习俗。

　　对"立冬"的理解,我们还不能仅仅停留在冬天开始的意思上。追根溯源,古人对"立"的理解与现代人一样,是建立、开始的意思。但"冬"字就不那么简单了。

　　在古籍《月令七十二候集解》中对"冬"的解释是:"冬,终也,万物收藏也",意思是说秋季作物全部收晒完毕,收藏入库,动物也已藏起来准备冬眠。看来,立冬不仅仅代表着冬天的来临。完整地说,立冬是表示冬季开始,万物收藏,"归避"寒冷的意思。

　　我国古代将立冬分为三候:"一候水始冰;二候地始冻;三

候雉入大水为蜃。"此节气水已经能结成冰；土地也开始冻结；三候"雉人大水为蜃"中的雉即指野鸡一类的大鸟，蜃为大蛤，立冬后，野鸡一类的大鸟便不多见了，而海边却可以看到外壳与野鸡的线条及颜色相似的大蛤。

立冬后，情志宜平和。万物收藏，"归避"寒冷。一个明白了归与避的人，就明白了世事。生命无常，我们定当安好。心灵的归宿，应该是带着暖意的。一个内心有温度的人，少有动气，更多的是爱意流淌。

孟子说："故天将降大任于斯人也，必先苦其心志，劳其筋骨，饿其体肤，空乏其身，行拂乱其所为，所以动心忍性，曾益其所不能。"

冬天的重任是孕育万物迎春，一季终一季始。循环往复的四季，每个季节都做好自己。而我们，能够真正做好自己，做自己的，能有几多。

动心忍性，人生走到了立冬，也该是情志平和。不争外在，而注重内在的修炼。在内心"寒炉美酒时温"，这就足够抵御寒冷。

小　雪

"小雪，等等我！"那年有人背着书包，追赶着前面的一个小女孩。她扎着的辫子在奔跑时甩动着，身上的大红色棉袄，在冬天格外醒目。坐在小雪节气里，回忆起当年的一幕，多年已过，时节照旧。

立冬十五日之后，是小雪。小雪来时，天地变得阴郁。山村里人烟稀少，走好多里路都遇不到一个人。唯有炊烟在上午九点多，缓缓地升起。村子里的人，早饭几乎都是快十点才开始。

山色还残留着一些色彩，只是颜色有点暗了。红叶倒是在寒冬里愈加红了，枯黄持续在肆虐，一场雨来，小雪就跟着后面。雨滴挂在枝干上，晶莹剔透。透过它，看山色，有些清晰，有些模糊。

山里人家，都生了火盆。屋子被火烤得暖和起来，地里的农活少了。天色亮得晚，睁开眼小半天就过去了。炖一锅萝卜焖肉，家户人家的日子，简单而平和。

门前的菜地，大白菜正在卷芯，萝卜露出半截红色在泥土外，蒜苗在舒缓地伸着懒腰，油菜铺在地面。鸡圈里的鸡，打鸣声也不再勤快。一场小雪来临，山村更加宁静。

城里的人们，找出了棉衣，寒风也没有抵挡前行的脚步。上学的孩子，早早背着书包在路上。老人们提着篮子去买菜，操持一家人的生活。菜场里，仍然是冬天最热闹的地方。人间烟火，少不了一日三餐。

荸荠上市了，清冽甘甜。冬天的风物里，它该是头牌。抢了雪的风头，荸荠把自己浑圆的身躯，包裹着一袭华丽的袍子，诱惑着俗世里的人。尝鲜，吃的就是那几口新鲜味道。

小雪这天，并没有雪来。枯寂的大地上，露出苍凉的脊梁。山峰隐在半空中，城市里终日灰暗。门前的那棵柳树，收起了自己的气派，有着随遇而安的闲适。

"看花解闷，听曲消愁，胜于服药也。"这是清代的医学家留下的，至今管用。小雪天，煮一壶殷红的茶汤，放上一段小曲，日子过得舒心起来。

尤其是冬日，最适合煮茶听曲。唱腔里传来遥远的丝线，音色不见得是最佳，但声线却断断续续，一直萦绕在耳边。独处，一切皆安。

"你若安好，便是暖冬。"窗外的小雪，没有如期而至。看着苍茫的天空，寻不到任何痕迹。内心的阳光，已经在这几粒小字中，散落了一地。

最能代表冬天的事物，就是雪了。立冬之后，小雪节气随后就到。古人们对时节中物候的观察，几乎是入微的。

古籍《群芳谱》中说："小雪气寒而将雪矣，地寒未甚而雪未大也。"这就是说，到"小雪"节气由于天气寒冷，降水形式由雨变为雪，但此时由于"地寒未甚"故雪下的次数少，雪量还不大，所以称为"小雪。"

小雪有三候：第一候为虹藏不见，二候为天腾地降，三候闭塞成冬。由于气温降低，北方以下雪为多，不再下雨了，雨虹也就看不见了；又因天空阳气上升，地下阴气下降，导致阴阳不交，天地不通；所以天地闭塞而转入严寒的冬天。

小雪来时，一切归于沉寂。冬天的景象就像是一幅画，时光越深，意境愈苍凉。到了小雪时节，冬天的气象便不折不扣地显

冬天，万物收藏

露出来。

这样的时节，适合在窗下读书。寒窗苦读，不只是古代人的精神，更应该是我们传承下去的精神。"不吃苦中苦，难为人上人。"天寒地冻，知识的海洋是丰富的，治愈内心的枯竭，读书是唯一的方法。

"愁人正在书窗下，一片飞来一片寒。"这是小雪时节最打动我的诗句。一片小小的雪花，落在读书人的窗口，想着自己的境遇，内心的忧愁与寒气渐生。是人都有烦恼与忧愁，只是古人把小雪的愁意，写在了诗句里。

北方的冰雪里，南方依旧是艳阳高照。南方的朋友说："我们这里还在穿衬衣。"往北方去，就有了雪花飘的图片在朋友圈晒出。中原地区的襄阳，是灰蒙蒙的天空下，没有雪花，也没有暖阳。

是到该下雪的时候了，麦苗如饥似渴地等待着雪的拥抱，哪怕是小雪，也值得期待。早早地准备好御冬的物质，乡民们腌制野菜，晾晒红薯干。"冬腊风腌，蓄以御冬。"城市的超市里，货架上摆出了棉鞋。

我在小雪时节里，期盼着今年的第一场冬雪。庄子说："澡雪而精神"。枯寂与寒冷并至，正是考验一个人的精神时刻。一个人能承受住人世间的好，也要能承受住它的风寒与雪霜。

越是艰苦的环境下，越能体现一个人的精神面貌。在风寒中，内生温暖，寒冷与风雪并不可怕，要有战胜它的勇气。

小雪时节，原本是诗意的。"独试新炉自煮茶"，一片心事放在雪花上，随风飘落，然后融化。与之相对的是内心的宽度与高度，在寒冬中，我们的所思所想。

又看见那个穿着红棉袄的小雪，背着书包去上学。头发辫上写着光阴，红棉袄里装着希望。"小雪，等等我！"她一回头，笑意盈盈的脸上，有着雪一般纯洁的光辉。

大　雪

"风一更，雪一更，寂寂难了梦难成。"有人在大雪时节，说着乡愁。到了大雪时节，离归家的日子就近了。越是接近心中的期待，越是彻夜难眠。

与小雪相距十五天的大雪，缓步而来。大雪是不急的，它知道自己的使命。就像是一个人到了"五十而知天命"的节点上，对一切都不再迫切，内心添了一份庄严。

"起始如春，承续似夏，转变若秋，合拢为冬"。天地万物，都有开合之时。大雪时节，是冬季中最宜深藏的时刻。俗有"小雪腌菜，大雪腌肉"之说。这时，人们开始准备腌制腊肉、腊鱼。

虽然离年关还有一段距离，但是迫切的心情，使人们早早地开始准备年货。有些家户人家，阳台上已经挂出了新灌的香肠。年味在逼近，远在他乡的人，在大雪纷飞中，归家的心情愈加迫切。

乡愁是什么，是村庄房屋的烟囱里升起的袅袅炊烟，是石板桥上踏过的足迹，是大树下的秋千上荡漾的夏日，是秋天屋檐下金黄色的玉米，是院落里的公鸡打鸣声，是池塘里的蛙鸣，还有房屋门前的枣树。

风雪来时，我们是那个冒雪前行的路人。人世间，苍茫一片,脚下的印痕,深一脚浅一脚,就这样走向终点。途中的艰辛与跋涉,只有经历过的人方能明白。冬的沉默,承载着生命的厚重,然后轻轻地化成了雪落无声。

雪落无声,是一种境界。正是天空对大地深厚的爱,才愿意把泪水藏起,落下片片飞雪,注入诗意。"雪,是天空写给大地最美的情诗。"情是不言,诗是达意。有些懂得,无须言语。

半山坡上的农户,屋前栽种着几棵银杏树。大雪节气,雪还在来的路上,雨先一步带来寒冷。冬天的雨,是冰冷的。有一滴落在脸上,竟然生痛。

在我的印象中,银杏应该是晚秋的美景。没想到在大雪时节的银杏,竟然美得像画。地面上铺满了金黄色的叶片,石桌上停留着几片树叶,像是一只只翩翩起舞的蝴蝶。脚踏上去,有吱吱作响的声音。

鱼腥草的根茎,裸露在寒冬里。池塘里的枯荷,倒映出百般凋零的景象。有不怕冷的一群鹅,在水中游来游去。郊外农舍的炭火,烘烤着人间寒冬。

"今日大雪",我们说起关于大雪的故事,有人忆起往事。他说:"那年雪下得很大,父亲和母亲是那种整天说不到几句话的人,但是做农活,却配合得很好。在自己年幼时,父母闹了一场别扭。"

"门外大雪纷飞,母亲开始收拾包袱,准备回娘家。倔强的父亲一声不吭,埋头抽烟。就在母亲拉门的那一瞬间,父亲在我的背部拍了一下。年少的我立刻明白,拉住了母亲,不让她出门。"

"多年以后,我一直不能忘记那个下着大雪的夜晚,还有父亲在背后的那一拍。后来,母亲回屋,父亲还是低头抽着他的烟袋。屋子里很安静,屋外的雪无声地飘落。"

人世间的情，有多少如这漫天的雪花，在寻常日月里缓缓飘落。大雪时节，走出屋就冻得直缩脖子。手伸出去，一会儿就冰凉。空气中的寒意，肆掠着人间。人们用内心的情感，融化着一块块坚冰，相互取暖。

　　一壶温酒，一炉火锅，几个好友，足以温暖这个大雪时节。山坡上的枯枝，像一幅铅笔画。冬天用它的笔墨，把冬意临摹。苍劲的枯枝，伸向天空，在期待着阳气升起。

　　大雪，顾名思义，雪量大。古人云："大者，盛也，至此而雪盛也。"到了这个时段，雪往往下得大，范围也广，故名大雪。

　　我国古代将大雪分为三候："一候鹖鴠不鸣；二候虎始交；三候荔挺出。"这是说此时因天气寒冷，寒号鸟也不再鸣叫了；由于此时是阴气最盛时期，正所谓盛极而衰，阳气已有所萌动，所以老虎开始有求偶行为；"荔挺"为兰草的一种，也感到阳气的萌动而抽出新芽。

　　一场大雪降临，玉树琼枝，玉带环山，冬天的美，就在那一层厚厚的雪上。偶有梅花探出头来，相映成趣。还有几只不怕冷的鸟，站在电线上，写着生活的五线谱。

　　城市的大雪时节，教室里的孩子们正在读《三字经》："蔡文姬，能辨琴。谢道韫，能咏吟。"这里的谢道韫，就是那个说雪花是"未若柳絮因风起"的女子。古书《咏雪》中记载："谢太傅寒雪日内集，与儿女讲论文义。俄而雪骤，公欣然曰：白雪纷纷何所似？兄子胡儿曰：撒盐空中差可拟。兄女曰：未若柳絮因风起。公大笑乐。"

　　一个能够把诗意写在一片雪花上的女子，有着冰清玉洁的聪慧。生活的每一片诗情，都被写在了日常的事物上。

　　大雪来时，有"柴门闻犬吠，风雪夜归人"的故人，有妙玉煮茶烹梅雪的典故，有"孤舟蓑笠翁，独钓寒江雪"的君子。我

冬天，万物收藏　　215

在山间的屋子里,听见了大雪压竹的声响,叹一句"夜深知雪重,时闻折竹声。"

已到大雪时节,一场大雪的降临已经在来的路上。期待着在大雪纷飞的日子,把一切生活的不堪埋在大雪下,余生不言忧伤。

炉火通红,酒熏人微醉。风雪,故人,好酒,诗意,这些美丽的事物,早把冬天映得明亮。火锅,腊肉,冬笋,这些美食,已经把身子暖得热乎。

待到大雪来时,与有情人一起,堆一个美丽的雪人。我想起了那个辞工的店员,那年的大雪中,在店铺门口堆起的那个雪人,它一直刻在我的脑海中,直至老去。

"冷"依然是冬季不变的主旋律。大雪时节,南方的艳阳里,对应着北方的冰天雪地。中原地区的襄阳古城,是小雨天气。室内的兰草,生出了细小的芽。

大雪覆盖下,暖意涌动,阳气萌生。

冬　至

　　山间梅花开，冬至时节到。梅花悄悄地在枝头把自己打开，就像是一个腹有诗书的女子，不急不忙地静守着冬至的到来。

　　翻阅旧书，探寻古人的冬至。书中记载："旧俗冬至需画素梅一枝，为瓣八十有一，日染一瓣，瓣尽而九九出，则春深矣，曰九九消寒图。八十一圈既足，梅花变作杏花，即回暖矣。"

　　冬天的浪漫，在于它有雪，有梅，有酒，有茶。到了冬天，人们闲暇的时间多了，便生出了许多情趣。想那古人，冬至之时，佳人晨起，对镜梳妆。以胭脂画腮，顺手在墙上的素绢上，落下一笔，圈成花瓣。

　　从冬至这天开始，画满九九八十一天，推窗望去，已是春色满园。所谓佳人，定是有着玲珑心思的女子，胭脂笔下，梅花开出一层又一层的相思。

　　掩卷而立，窗前飞雪未到。桌上的一枝梅花探出头来，与我凝望。这是前几日从山间带回，插在瓷瓶中。相伴几日，它知是冬至，时日在缓缓流动。

　　此时，冬至。是梅的最好年华，这一季的风光，也是被它占尽。冬天的花，原本就是稀罕，偏偏它又美得纯粹，怎能不让人多出一丝偏爱。古书中吟梅之诗词居多，是诗人的心被它打动过。

也有人采用图画版的九九消寒图,是在白纸上绘制九枝寒梅,每枝九朵,一枝对应一九,一朵对应一天,每天根据天气实况用特定的颜色填充一朵梅花。元朝杨允孚在《滦京杂咏》中记载:"试数窗间九九图,余寒消尽暖回初。梅花点徧无余白,看到今朝是杏株。"

画梅,赏花,是乐。冬至之时,明人李笠翁说:"在感觉天有雪意之时,要带着账房进山,三面封闭留一面以待赏雪观花。账房中要备炉炭,为取暖也为温酒。园居者设纸屏数扇,立一小匾,名曰就花居。"

赏雪观花,温炉备酒,该是冬天的清风雅趣。一个人把自己活在了日月的诗意中,便添了一份仙风道骨的飘逸。

活得是一种心境。雪是风物,花是好物。赏雪观花,观的是梅花的风骨。傲雪耐霜,不是一般。能入他心者,必是不俗。

人间有雅趣,也有俗情。民间冬至这天,南北方各有自己的冬至文化,久居的中原地区亦是有着包容和融合。

问友人,南方的冬至怎么度过。友人站在一街的灯火中,"冬至节气,我们南方人特别重视,冬至大如年,这里的人们会在这一天邀约所有家人在酒楼相聚。"广东人的冬至在美食中,大街小巷,各种美丽的海鲜,茶点,以及喝茶的习惯。

烟雨江南,又是别有一方风情。婉约的江南人,是含蓄而深情的。他们把冬至放在一碗汤圆里,能把汤圆做出各种味道。记起那年的江南汤圆,是小桥流水旁的大嫂,端上来的一碗红糖汤圆。

先是入目的色,就足够令人遐想。红糖熬制出的汤料,里面静静地卧着白玉汤圆,虽是生得寻常,但气势却有了贵妃之美态。江南雨巷的姑娘,冬天也是旗袍。

南方人把美好的日子都用于团圆中,一碗汤圆盛装着人世间说不完的情话。冬至的南方,又是灯火明亮时,每家酒楼都是人声鼎沸。美好的生活,借着节日尽情铺开。

比起南方的多彩,北方如它的性格一样,无论什么节日,就是一份饺子。粗犷豁达的北方人,做不出精美的小甜点,却会送上来一大碗汤面与饺子。分量那个足呀,真是让人感动。

北方的饺子有着它的独特,从东北来的阿姨,会在平日里把饺子做得绘声绘色。到了冬至,更是精心准备,调料、擀面皮,手脚麻利,把生活的热情都包在饺子里。

古城,是南北方调和。这里的冬至习俗是中午吃饺子,晚上吃汤圆。原本就处于中原地区,具有南北方文化的中和特征。在饮食上,也是如此。

一到冬至这天,全城的饺子馆都是爆满。不提前预订,是很难找到座位的。记得有一年,我们从襄城到樊城,也没找到一家空闲的饺子馆。

古城的人们,特别有人情味。家人,朋友都会照顾到。冬至这天,从中午到晚上,都是过年一样。中午约朋友,晚上陪家人。总之,与自己亲密的人,在这一天都要见到。

《汉书》有云:"冬至阳气起,君道长,故贺……"也就是说,人们最初过冬至节是为了庆祝新的一年的到来。古人认为自冬至起,天地阳气开始兴作渐强,代表下一个循环开始,是大吉之日。因此,后来一般春节期间的祭祖、家庭聚餐等习俗,也往往出现在冬至。

冬至,十一月中,"至"是极致的意思,冬藏之气至此而极。它包含三层意思:阴寒达到极致,天最冷;阳气始至,上升才逼天气寒彻;冬至又名"一阳生",是中国农历中一个重要的节气,也是中华民族的一个传统节日。

我国古代将冬至分为三候:"一候蚯蚓结;二候麋角解;三

候水泉动。"传说蚯蚓是阴曲阳伸的生物，此时阳气虽已生长，但阴气仍然十分强盛，土中的蚯蚓仍然蜷缩着身体；麋与鹿同科，却阴阳不同，古人认为麋的角朝后生，所以为阴，而冬至一阳生，麋感阴气渐退而解角；由于阳气初生，所以此时山中的泉水可以流动并且温热。

至此，冬至。也是人间进九的第一天。犹记儿时歌谣："一九、二九不出手；三九、四九冰上走；五九、六九，沿河杨柳；七九河开，八九雁来；九九加一九，耕牛遍地走。"

待到梅花画尽，就是春归之时。冬至后，白天就变得长了，夜晚的思念愈加显得珍贵。心中的相思，落在梅花上，消去冬日的孤寒。心中的热情，融入饺子汤圆中去，爱溢满人间。

熬一壶热茶，备一盘饺子，煮一碗汤圆，温二两烧酒，就着梅花在瓶，风雪来时，与你一起度过人间最能感受温暖的时日，冬至时节。

小　寒

　　有着凛冽气息的小寒节气，携裹着真正的寒冷，小跑而来。冬天的跑者，到了最后的关头，反而从容与热闹起来。在素日的冰霜里，露出了一脸的喜庆。

　　俗话说："小寒大寒，准备过年。"到了小寒节气，杀年猪的家户人家就多了起来。乡民们把一年的喜庆挂在嘴角上，幸福从眼睛里溢出。

　　家家户户都开始忙起年货，城市的阳台上挂满了腌制的腊鱼、香肠。透过光阴的窗口望去，这时家户人家的阳台成了一道小寒时节的风景线。乡村的院子里，会支起一个木头架子，架子上挂着一排排腊排骨，腊蹄子，腊肉。

　　每到这个时节，我都能闻到空气中的喜悦。是一年中充满着期待的日子，年关将近，春天跟着就会来了。屋檐下的燕子，该回来了吧。

　　今年小寒，阳历元月五号，阴历冬月二十。幸遇老乡家杀猪，他们就地支起一个大铁桶，用柴火把里面的水烧得很旺，几个乡民围着地上的一个椭圆形的大木盆，木盆上是横着一块长长的木板，一条白白的肥猪躺在上面。

　　旁边围着几个好事的乡民，还有附近来买肉的人。杀猪人稳操胜券，妥妥地把猪肉分开，那架势好像是走在熟悉的乡间小路上，顺手扯一把青草。

每个人脸上都挂着幸福的笑容，旁边的人说笑间，杀猪人手下不停。山里的寒风吹来，大木盆的水冒着热气。"杀长猪，宰高牛。"那人转了圈观赏着杀猪，仿佛是在看一场盛大的表演，边看边点评着。

他们担心旁人不明白，接着解释："猪长了杀得出分量，牛的肉都在腿上。"乡民们热闹地说着话。杀猪人的长围裙，让人感觉亲切。"我要半边猪肉，家里三个儿子都成家了，过年一家十来口人。"买肉的是附近镇上的人。

杀年猪，是一场小寒时节盛大且热闹的项目。村民们闲下来，会围着观赏。杀猪人成了舞台上的主角，一会儿忙着，一会儿停下来抽根烟。停顿的空当，主人家赶紧把点好的烟递上。

到了卖肉的环节，朴素的乡民会用一截粉笔，把各家猪肉的重量写在就近的墙上。红砖墙上，留下了一个个白色的数字，主人家会认真地用重量乘上单价，画上清晰的等号，等号后的数字，看着就是欢喜的。

主人家在杀猪时，有着不舍，是没有笑容的。唯有在看着那一串数字后，他才露出了一丝不易觉察，但是却又清晰感受到的喜悦。这种计数的方法，省去了纸张的浪费，上面带着岁月里最原始的温厚。

每个人的幸福不同，你有你的，我有我的。尘世上的人们，在各自的日月里，感受着不同的幸福。幸福也是相通的，那就是凡尘中的烟火气息。一缕炊烟，牵连着老人与归家的儿女，从乡村到城市。

小寒的风，是彻骨的。穿着厚厚的羽绒服，依然能感受到它的威力。小寒来时，标志着进入一年最寒冷的日子。此时，树木光秃秃的枝干，在天地间枯寂而苍凉。

"一片树叶也寻不到。"有的树木，落光了树叶之后，呈现出另一种侘寂之美。那是洗尽铅华后的一目了然，也是天地间最有意境的泼墨，里面有着大量的信息。

正在孕育着，来年春的欢欣。小寒的热闹，是深藏在光阴深处的。极寒的天气，也阻挡不了父母期盼的心，和孩子们归家的脚步。

近了，愈发地近了。年岁的钟声就在不远处，我们觅着它而去。沿路的枯索，让冬天显得荒凉。落叶成堆的山路上，背景是苍茫的泥土颜色。

小寒，是回归前的预热。先是抬上一场杀猪宴暖场，后面的重头戏团年宴才是主题。小寒是一路小跑而来的，它被寒风吹得通红的脸蛋上，有着掩饰不住的期盼。

我国古代将小寒分为三候："一候雁北乡，二候鹊始巢，三候雉始鸲"，古人认为候鸟中大雁是顺阴阳而迁移，此时阳气已动，所以大雁开始向北迁移；喜鹊在这个节气也感觉到阳气而开始筑巢了；到了三候，野鸡也感到阳气的滋长而鸣叫。

此时，蜡梅已开。保康友人在朋友圈献上了一株蜡梅图。写着："也能披荆斩棘，也能繁花似锦。"它们在路边，在花盆。小寒赏蜡梅，是少不了的。它是寒冷冬天里的一抹明亮，擦亮了岁月里的眼眸。

城市里的人们，多是以煮茶煲汤来度过小寒时节。生活慢了下来，人们更多的是在室内防寒。煮一壶茶，炖一锅肉，日月里渗出的芳香，有多种味道。

煲一锅雪梨汤，里面放上枸杞，红枣，罗汉果，小金橘，配于雪梨的肉质，小火慢炖，就有了弥久的温润与甜蜜。

煮茶也是急不得的，慢慢煮出的茶汤，端起来送在鼻翼之下，光是茶香就把日月中的寒凉驱赶，留下的是一口温热的汤

冬天，万物收藏

汁，配上几片茶点，光阴的极美，大概也就在这静下来的瞬间。冬夜漫漫，我们且以茶会友，听一段雪落的故事。

阳气渐生，大雁北迁，喜鹊开始筑巢，蜡梅吐芳。许多事物都在变化着，但是向阳而生，是不变的真谛。植物，小动物，大地上的人们，都能感受到阳气已起，春将至。用不同的形式，把小寒过得温暖，心怀期待。

到了小寒，也就进入了"出门冰上走"的三九天气。最喜陆游的《小园独酌》："横林摇落微弄丹，深院萧条作小寒。"独自在自家小院，温一壶热酒，驱寒又保暖，把所有的心情融入其中，孤寂也有深意。

小寒来，蜡梅吐蕊，水仙盛开。乡村热闹，城市雅静。阳气初生，万物向阳而动。小寒，涌动着一股细小而入心的暖流。

小寒极寒，小寒不寒。

大　寒

　　二十四节气的终结者，大寒披着刺骨的斗篷来了。这时的寒气特别重，有时候在屋子里看着窗外一片暖阳，走出门去，却冻得手脚冰凉。

　　大寒的寒，不是轻寒，而是浓重的深寒。到了最冷的冬天，翻过去就是春天。只是在翻越冬天最寒冷的地带，需要有耐寒的品质。

　　一树蜡梅，占尽冬日风光。一场薄雪，带来万千诗意。无论什么时候，都会有一些风物在人间，适应着季节的变换，从而让自己活得很好。

　　城市里，家家户户加紧了置办年货的脚步。这时候的熏腊食物，放在寒风中吹干，将是未来的一道美味。各种水果，从四面八方运来，寒冬的色彩鲜艳许多。

　　商铺卖货的店家，纷纷打起了折扣，都想着赶紧卖完，早点回家过年。冷暖都在这一年的忙碌中，也就是为了家人能够过得舒适。超市的货架上，摆满了迎接新年的"福"字和对联，以及一些灯笼。

　　穿行在城市纵横交错的马路上，每一个角落都有为生活忙碌的人们。他们在日月里，过着自己的小日子。巷弄里的烟火气，让整个城市充满了温度。

与城市不同的乡村，在大寒时更能呈现出明显的气候特征。深山里的积雪，长时间不化，屋门前的水塘里，结出了好看的冰面。

大寒时节，冰面美丽。小时候的冬天，比现在冷，到了冬天，随处可见冰凌。屋檐下，上学的路上，树干上，我们会掰下一块，放入口中，"咯嘣咯嘣"嚼得欢实。

路过池塘，水面上结出厚厚的冰层。我们会找来一块石头，用尽全身力气，把它砸开一个窟窿。到了大寒，那些冰很难被砸开。

近日去山里，也只是看见一层薄薄的冰花，浮在水面上，还有一些水面并未结冰。冰花炸裂出一块块美丽的图案，池塘边放着一根棒槌，已经被风吹干。深山的人家院子里，有自来水管。

坐在屋前晒太阳的阿婆，讲起现在的生活，满脸都是笑容。阿婆个头不高，说起往事，身上有股大山深处特有的神秘色彩。

"那时，家里很穷，我的身体又不好，一家的生活都靠着当家男人挣点口粮。经常吃不饱饭，放牛时饿得放着放着就跪倒地上，实在走不动就慢慢爬。生了五个孩子，有三个都过继他人了。"

老人说起过去的艰辛，脸上的表情凝重起来。往事不堪回首，山里的风从古吹到今，人的一生漫长且充满苦痛。

"现在生活好了，盖起了几间大瓦房，养了猪，喂了鸡鸭鹅，还有地里种了蔬菜。家里的日子好过了，我也老了。老伴在早些年去世，身边有个儿子守着，嫁出去的姑娘时常会回家来，还有那几个因为穷过继出的孩子，每年都会回来。"

"儿子原本也在外打工，为了照顾我，这几年就在家。日子好了，这心里通畅多了。"断断续续地讲述，太阳的影子把她的个头拉长。阿婆指着身上的棉裤棉鞋，告诉我是女儿给她刚买的。

  她的厨房门口，挂满了腊肉。说话间挪动着脚步，去屋后捡回来一个大鹅蛋。正说话间，阿婆的儿子骑着摩托车回来了。

  "不出去打工了，现在在家每天都能挣钱。光是卖这些农副产品就足够我们生活了。养猪，喂鸡，还有好多鸭子，今年我又养了几只鹅，还有山羊。"

  阿婆的儿子，在阳光下，面孔红润，他热情地为我们泡茶倒水。"就算是不出门找事做，在家每天也有收入。有很多人会通过微信，买我家的农产品。刚才卖了几只土鸡，是城里上班的人，预定了过年的。"

  阿婆已经很老了，脚步蹒跚，她说："还想多活几年。"过去吃过许多的苦，现在的生活让她感觉到很幸福。"我还可以做点能做的事，替孩子们分担点。"

  苦尽甘来，阿婆的日子是越过越顺心。大寒时节的阳光，落在乡村的院落里，腊肉上有着光阴的底色。她头上的白发，在风中另有一股韵味。

  寒尽春来，季节到了大寒，已经是冷到极点了，后面接着就是春来花开。阿婆的儿子说："等到春天你再来，村里已经开发成了景点，经常会有人过来吃大灶台。"阿婆家的屋前，就是村里开发的景点。一个宽大的草坪，可以进行团建，也可以一家人过来度假。

  大寒的薄雪覆盖下，是草根的回春。整个村子带着大山特有的气质，在光阴里守候着季节的轮回。人生就是一个抛物线，有好有坏。大寒时的寒冷与苍凉，正是为了来年的盛景做铺垫。

  我们都是大山深处的那个阿婆，经历着岁月里的四时轮回，经历着人生的酸甜苦辣。流过的泪水，后来浇灌出了幸福的种子。吃过的苦，后来都被所得的美好淹没。漫长的一生，我们不断地在经历着。苦尽甘来，寒尽春生，这些滋味，都在其中。

《月令七十二候集解》："十二月中，解见前。""大寒为中者，上形于小寒，故谓之大……寒气之逆极，故谓大寒。"中国古代将大寒分为三候："一候鸡乳；二候征鸟厉疾；三候水泽腹坚。"

就是说到大寒节气便可以孵小鸡了；而鹰隼之类的征鸟，却正处于捕食能力极强的状态中，盘旋于空中到处寻找食物，以补充身体的能量抵御严寒；在一年的最后五天内，水域中的冰一直冻到水中央，且最结实、最厚。

此外，大寒出现的花信风候为"一候瑞香，二候兰花，三候山矾"。阿婆家的母鸡开始孵小鸡，我家的兰草长出了花苞。北方的冰上，孩童们欢快地玩耍。

大寒的终结，正是立春的开始。刻苦到了一定程度，就该是前程似锦。在大寒节气里，我们感知着季节与生活的交融，新年的钟声越来越近。

今年的大寒，刚好与腊八节同一天，民间俗语："腊八遇大寒，喜鹊唱山歌"，预示着好事将近。生命的神奇，就在于我们总是有一些不期而遇的惊喜，还有一些源源不断的传承。

大寒时节的腊八粥里，正在说着阿婆从过去到现在的故事。那一碗腊八粥，藏着岁月里太多的滋味，只是今年它更甜一点。

冬为安宁

冬日所遇

在时间的长河，我们会遇见许多的人和事。季节从秋叶片片步入冬天，一个崭新的季节呈现在眼前。冬天来了，我们又会遇见什么呢？

途径冬的口岸，有扬帆远航的船只在行进，也有停泊在岸边的旧船，露出的斑驳。冬天的阳光有着自己的想法，它把握着自己对这个世界的温度。

我们在漫长的一生中，摸索着前行。没有人能预知明天会发生什么，正是如此，每一个季节的相遇都令人怦然心动。

在初冬的暖阳里，去外地出差。当天晚上我们入住在一个小镇上，小镇处于湖北和河南的交界处。这个叫孟楼的小镇，把两省融合在一起。素有"一脚踏两省，鸡鸣闻两镇"之说。

我们住在两省交界处，吃完饭回到住所，已经是夜晚八点的光景。几位同行，约着出去走走。我们从湖北，一脚跨入河南。陌生的小镇上，人们生活如常。

一声唱腔穿破夜空，直入耳膜。"那边一定有唱戏的。"河南坠子是很有名的，能够听上一曲，应该算是幸事。循着声音而去，在小镇的一条巷子里，远远看见了搭着戏台子的灯光。

冬天，万物收藏

顺着声浪的余波而去，一处热闹非凡的场景出现在冬日寂寥的小镇。大型的舞台，不停闪烁着各种灯光。台上唱曲的人儿，从一百多年前走来。在唱腔里，他们早就成了戏中人。

乡村大戏台上，杂技，舞蹈，戏曲轮流出场。如今的戏台，早就换了容颜，霓虹灯闪烁，音响震耳欲聋，主持人活跃的台风，远古与现代风格相结合，亦是成了独特的一道风景线。

戏台前，一群孩子站在塑料凳子上，观看演出。待我们走到近处，戏台上的节目已经换成了现代舞蹈。孩子们看着台上跳跃出的美丽身姿，眼睛一眨不眨的，很是专注。

并不宽敞的小镇，人群也是不多。台上的人在卖力地演出，台下也就是稀稀落落一些人。与此不同的是，孩子们对戏台上的节目，却是充满了好奇与兴趣。

站在并不明亮的路灯下，朦胧中忆起我们那时的童年时光。小时候，一到看戏日，戏台前早早就坐满了观众。孩子们更是欢天喜地，大人们也是满心期待。幕布一拉开，所有的时光都融入其中。无论是台上的唱者，还是台下的看客，全都融合在一段音律中，忘记了戏台之外的其他事物。

纯粹，而忘我。穿着戏服的唱者，一板一眼，每一个腔调都拖着长长的尾巴。咿咿呀呀的琴弦，拉出一些调子，听不懂的唱词，更是让人着迷。听戏者，倒不是想听明白唱词里的故事，而是在那高低起伏的腔调里，想着自己的心事。

我们在一处陌生的小镇，遇见了一段与平日不同的时光。一直相信，所遇尽可是惊喜。唯有抱着一颗充满惊喜的心，去感知所遇的事物，我们才能真正感受到其中的快乐。

小镇被戏台上的霓虹灯照得明亮，戏台前的孩子们，高矮不同。我站在不远处看着这样的剪影，心生欣慰。在许多人都沉浸在手机带来的快感中，孩子们对生活的选择，是扒着戏台探究着一些新奇的事物。

不一会儿,戏台上就换上了杂技表演,孩子们开始兴奋起来。一个个盯着戏台上的表演者,目不转睛。站在塑料凳子上的双腿,纹丝不动。一场杂技看下来,全都尽兴。

接下来的节目,是我们最感兴趣的河南坠子戏曲。我往前站了站,准备着好好享受这一段美妙的时光。唱腔刚起,呼啦啦,戏台前的孩子们全都从凳子上跳了下来。有几个年幼的孩子,从凳子上慢慢爬下来。

只是唱了一句,围在戏台前的孩子,一个不剩。我回头看了看空地上的人群,就剩下我们几个看戏人,还有一个推着三轮车的老人。

戏台上,唱曲的人儿,认真而用情地唱着。这一刻,他是唱给懂戏的人听,抑或是他就是唱给自己在听。这又让我想起儿时的戏台,无论唱的是什么曲,都不忍离开半步,坚持把演出看完。

传统文化的传承,需要一代又一代人。而今,真担心这些孩子们,因为资讯过剩,而不能专注听完一场戏。看着迅速散去的孩子们,不由得感叹:"传承中国优秀传统文化的路,任重而道远。"

在已经有些寒冷的冬夜,我们站在空地上,听完了一整首河南坠子。三弦弹出中原地区的包容,唱腔里有着道不尽的酸甜苦辣。每个人的一生,都在其中。

一转头看去,小镇上正有一场婚礼,将在明天举行。室外空地上,扎满了鲜花彩带。忙前忙后的主人,热情地招呼着我们。"这里还有喷泉,你们稍等,我去把它打开你们看。"女主人告诉我:"这是娶儿媳妇。"男主人忙着去把开关接上,喷泉在路灯下,奏响了一曲生活的小调。

冬天,万物收藏　　231

"明天正期,你们还来看戏,会唱一天。"办婚宴的老人,指着戏台,满脸堆着如棉絮一样的笑容,一层一层的幸福,就要溢出来。

冬日,小镇的夜晚,一点也不冷。我们在时间的河流中,与冷风暖流相遇,与人情世俗相处,与同行一起看戏。有惊喜,有遗憾,有温情,也有思考。

日子里的所有相遇,始终相信,它们都是一场惊喜。

冬之色

对冬的深情告白，从立冬那天开始。随着渐入的冬境，一切的事物都与冬天有了关联。送别秋的果实累累，留在冬天的事物，带着或深或浅的冬意。

"春绿，夏红，秋黄，冬白。"一片芦苇进入眼帘，让我脱口而出。冬白，应该是最诗意的吧。一场白雪纷扬，一丛芦花绽放，一纸真情表白。白，是基础色。以白为底色，可以绘制出任何一种想要的色调。

风吹芦花白，是一场浪漫的相遇。山坡上，水塘里，田野中，在初冬随处可见它的身影。摇晃着满脑袋的诗情，芦花把冬天据为己有。一袭白袖青衫，活在自己的清欢里。

初冬，清欢。因为刚与秋天告别，冬天虽有相逢的喜悦，但是依旧有着深深地牵挂。它时常回忆起秋天的色彩斑斓，于是，泼墨于天地间，仍然保持着红叶漫天，黄叶满地。只是，悄悄地，它把芦花浓墨重彩地推出，旷野里便开出了一片片美丽的芦花。

立冬后的一个暖和日子，远郊的水塘里，芦花站成一道漂亮的风景。停车，小憩，观望，拍照。就是这么肤浅，我的喜欢流于表面。对于喜欢的东西，我觉得最简单的表达方式最合适。

远景，拉近，手中的相机与芦苇融入一体。像是那个从诗经中走来的女子,明知道世事艰险,却还是满心诗情地深入其中。芦花看似娇弱,骨子里却有着耐寒与清高。独立于天地之间,把一腔心事全部掩埋,留给人们的背影,是柔美与温和。

风来,与之相亲。雨来,与之相拥。冬来,与之同欢。正是这种柔软的姿态,让它在风中自在洒脱。一个人无欲无求,就拥有面对世事的坚韧与勇敢。一株植物,不奢求被栽在花园里受宠,就准备接受风雨的挑战。

这个季节是红薯最好吃的时节,那天在乡间,坡地上的老乡正在挖红薯,一堆堆刚从地里爬出来的红薯,泛出泥土的气息,带着深红的皮肤,裸露在土地上。躺在黄泥土上的红薯,一个个娇憨可爱。

大小不一,不规则的造型,让每个红薯都有着自己独特的模样。长的,圆的,胖的,瘦的,地上的红薯像极了宫廷里的宫女,有着千姿百态的美。捡起一个拿在手中,是实在的,沉甸甸的。

卖烤红薯的小推车上,飘出香味,忍不住诱惑,向着小推车走去。人手一个,轮到最后的友人,递给他。他说:"小时候没吃的,天天吃红薯。"

曾经,这小小的红薯,填饱了许多人的肚皮。现在城市里的孩子们,贪念着红薯的香甜,总是觉得红薯是个稀罕物。红薯从记忆中走过,无论是喜欢还是厌倦,它一如既往地露出友好的笑脸。

乡间院落里,晒着的红薯干勾起了我的回忆。小时候的冬天,父亲出差会从外地带回来一麻袋的红薯干,放在屋子里。我们在外面玩一会儿,就回家拿一块吃。那时的零食并不丰盛,红薯干成了童年里最深刻的记忆。

隔壁邻舍的孩子们,充满羡慕的目光,让我至今想起来就要会心一笑。零食不多的年代，红薯干成了我炫耀童年的资本。偶尔，和谁要好，就会从家里多拿一块给她吃。

红薯干是很容易做的，家家户户到了冬天都会晾晒一些。把红薯洗干净，然后切成片或者长条形状，放在锅里蒸上十分钟，拿出来放在铁丝网上晾晒。冬天的阳光，照在红薯干上，有股暖意洋洋。

送走了秋天的石榴，红枣，以及许多果实。我一直说秋天是多情的，它是包罗外在的万千景象。冬天是专一的，它专注于自己的内在修炼。

冬天专情于桔子，橘子，柚子，柑子，橙子，这些有着相同特质的事物。橘子黄时，冬天的气息愈加浓了。酸酸的，甜甜的，一口下去，满嘴汁液。

在万物皆藏的时节，好像只有这些果子能够耐得住风寒，留在冬天。也难怪这些果子的味道夹杂着酸甜，经过风霜的事物，懂得生活的滋味。

街头巷尾，一车一车的橘子，把城市装扮得更加美丽。夹杂着牛肉面的烟火气，我时常沉醉在其中。漫步巷弄，各种食物挑动着味觉，而橘子则用它的色彩，让视觉充满愉悦。

橘子黄时，乡民笑了。老乡告诉我："现在种植果树好，收购的老板们会包下我们的果园，自己采摘。"互联网的方便，让偏僻的乡村果实，都能顺畅地摆在城市的超市里。有了销路，老百姓的干劲更大了。

橘园里生出的情事，在光阴里被叙说。美丽的橘子，像极了姑娘的脸庞，让人忍不住想要咬一口。美丽的事物，再经过风霜的磨砺，透出成熟与迷人的气象。

口中的酸甜还在，余香就把它放在橘子皮上。我把橘子皮放在与自己亲近的地方，有着时光的药香。治愈我们的，是这些美

冬天，万物收藏　　235

丽的事物。

冬天，煮茶温酒，话桑麻。一室的暖意中，茶壶中冒出悠悠的往事。说一段难忘的过去，喝一盅浓郁的红茶。不知道是茶如人生，还是人生如茶，总之，一切尽在一壶茶中。

冬之色，有着外在的美丽，也有着内心的修行。在冬天，修德养才待起始。这样的时节，适合勇敢与挑战。唯有不惧风寒，才能看见来年的花开。

我们在冬天深藏，是为了修得内在的德才兼备。初冬的寒气渐入，我们抵御风寒的能力在增长。这是一个专一的季节，它专注于内在的修炼。

红日晚霞里，我们走在季节的末端。一轮熟透了的红日，照在芦花白色的头颅上。手中的红薯干，橘子，散发出岁月弥久的酸与甜，一壶红茶，在炉子上翻滚，冒出的香气，经久不散。

冬之色，在外，在内。

冬阳下

刚入冬,寒冷还不是很强烈。暖融融的阳光散落一地,城市像是被一床暖被包裹着,没有一点冬日的颓废之气。人们不急不缓地过着自己的小日子,生活在平静中,开着一辆向前而行的列车。

这样的时日,被太阳照得透亮的内心,明丽而晴朗。行人穿着毛衫,寒冷好像还在遥远的地方。坐在一片冬阳里,时间久了竟然开始冒汗,气温不低,寒风不燥。心平气和地和人交谈,认真踏实做事。

再平常不过的光阴,守着一方安静的日月,也应该是冬日的福气。"我能想到最好的日子,就是一切如常。"一切如常,是一件不简单的事情。四时变换,世事无常,能够一切如常,就是幸事。

我就在这寻常的日子,记下一些生活中的小事和小人物,他们曾经用最质朴的东西,让冬天的日子里,有着不一样的色彩。

街头有一处擦皮鞋的摊点,并不显眼。它好像存在了许多年,因为过于不起眼,总是让人忽视。擦鞋人是一个看上去三十多岁的年轻人,平头,穿着一身红色马甲,太阳好时,格外招眼。

坐在他的擦鞋摊上,凳子铺着一层厚厚的海绵。他坐在一个低矮的小马扎上,面前摆满了各种像牙膏一样的瓶子,里面是不同颜色的鞋油。

"你在做什么工作啊?"我没想到他会在开口的第一句话,问了这样的问题。他一边把我的脚放在一个长方形的木条上,一边麻利地用一个剪成圆形的纸壳子,把鞋子与脚部隔离开。忙碌中,竟然还没忘记与自己的顾客聊天。

"你认识我?"这么多年我是那种不怎么闲聊的人,几乎没和他说过一句话。"不认识,但是你每天从这里上下班,我都能看见你。"还真不知道我的最寻常的上下班,竟被他注意到了。

"这么多年你一直没变,除非再过十几年,你变老了我可能会认不出来。"这个老实巴交的小伙子,原来还是个有心人。小伙子的腿有点残疾,被街道照顾着,摆一个擦鞋摊挣钱养活自己。"你经常在前面这个超市买水,有时候会从我面前走过。"小伙子的健谈出乎我的预料之外。

冬天的阳光,暖洋洋地落在我们身上和他的擦鞋摊上。"挣的钱还够用吧?""够用,我是二级残疾人,被国家照顾,养老和医疗都是政府帮着交。"

说话间,他的手一直没停,头也没抬。"我的残疾证,很多人想要借去用,一个月给我两千块钱,我都没有同意。不能让他们利用我的残疾证,做不正当的事情。"他身上的红马甲,在阳光下是那么明亮。

擦鞋的小伙子,慢条斯理,一双鞋竟然擦了很长时间,也不顾后面还有好几个想要擦鞋的人等着,专注于服务好眼前的顾客。

说话间,一双鞋被他擦得光亮。很久没有擦拭的鞋面,又恢复了光泽。小伙子的手很粗糙,有些黑色的斑迹留在上面。他身上穿着的衣服整洁干净,面前的鞋盒也是整齐的,每一种鞋油摆在一个小格子里。鞋刷还有不同的辅助物，都被他放在一方小小的盒子里，摆放得井然有序。

一个人的身体可以残疾，他的内心却是如此健全。我们有太多的人，身体是健全的，内心却是残缺的。

"我在这里擦鞋已经有十五年了，我喜欢自己的这个工作，也许会被很多人看不起，但是我就是愿意做。"一个热爱自己工作的人，一个对陌生人有着观察能力的人，他是丰富的。

在愉快的交谈中，在冬日暖阳下，我们仿佛并不陌生。他曾许多次观察着我，我曾无数次路过这里，也曾坐在他的擦鞋摊前。"后面还有人要擦鞋。"小伙子提醒着，站起身，后面已经有好几位排队等待擦鞋的人。

我仰头看了看天空，冬日暖阳，正用它的温柔包围着这个世间。一回头，小伙子仍然继续埋头在他的擦鞋中，红马甲为这个冬天增添了一道明亮的色彩。

冬阳下，人们一切如常。

灰色的冬天

如果给冬天加上颜色,我选择灰色。冬天它既不是偶尔飘落的雪白,也不是夜晚路灯散发出的晕黄,它是灰色的,一个季节的灰。

"来感受北方的冬天吧!"这时,十一月将尽。四季中北方最显著的特色,就是冬季了。一望无际的黄土高坡,满目枯黄的原野,灰色的屋顶,整日灰蒙蒙的天空,以及干冷的空气。

往北方去,灰色在冬天的色调就愈加凸显。冬天的雾,散得很慢。一整个上午都是灰蒙蒙的,即便是阳光想要穿过冬雾,也需要时间。一晃,灰色的冬雾就笼罩了一个上午。

树是灰色的,天空是灰色的,心情也是灰色的。灰色是一种中性色,它是洗尽铅华的淡然与不争,是荣辱不惊的平静。是介于黑色和白色之间的一种颜色。比白色深,比黑色浅,比银色暗淡,比红色冷寂。

也只有冬天,才能配得上这种有内涵的色彩。一路走过,春的明媚,夏的热情,秋的丰裕,这才到了冬的时节,它是褪去浮华之后的朴素与包容。

冬天,用自己的胸怀蕴含着腐烂与新生,于是形成了自己特有的气质,那就是厚重而不动声色。

人生之冬,也有了深沉的颜色。不再白得耀眼,也不再黑得忧郁，而是淡淡地，接纳和爱着一切。失落，伤痛，收获，以及喜悦，都融入了一种心境，是经历过时间和阅历淬炼出的宽容与大度。

　　冬天的田野上，苍茫一片。村庄的屋顶，在大地上凸显出灰色的轮廓。有人在对着远方呼喊："弟弟，你快回来！"男人已经五十多岁，他在寻找三年前走失的弟弟。

　　他的声音浑厚而低沉。"小时候，家里很穷，妈妈在一次赶集后就再也没有回来。我们姐弟三人与父亲相依为命。邻村的好心人要领养一个孩子，父亲很生气地拒绝了。父亲唯一的心愿是，一家人永远在一起。"

　　男人说起往事，目光投向不远的山坡。冬天的山坡，枯黄的杂草在风中凌乱地飞扬。"父亲刚开始是在工厂里干活，每顿午饭会有三个馒头，一个菜。父亲就会把菜和同事换三个馒头，然后每天傍晚就会给我们姐弟三，带回六个馒头。那时，家里是很穷。"

　　他抬手指了指那个山坡，接着说："九岁那年，有一天下大雨，姐姐和我去接父亲。父亲出现在山坡上，姐姐为他撑着伞，我就跟在自行车后面，慢慢地推着。到了家门口，我掀开父亲常用的那个袋子，里面的六个馒头，没有一点被淋湿的痕迹，而父亲浑身湿透。"

　　冬天的风是寒冷的，冬天的雨是冰凉的，冬天的回忆是带着忧伤的。男人说起这些时，没有落泪，而是满眼深情。

　　"后来，父亲就辞了工，去学习修鞋，这样就可以让我们吃饱。父亲的活经常干到深夜，手上被锥子扎得流血，从不说苦。他会在星期天生意好时，用挣来的钱，给我们姐弟三个买回猪脸，然后炒一大盘，看着我们欢快地吃。"

　　"父亲临终时，不断叮嘱我，无论如何，一家人都要在一起。

冬天，万物收藏　　241

我拉着父亲的手,重重地点头。"冬天的旷野,有几只鸟落在电线杆上,灰蒙的大地上,有了一些生机。

"父亲去世后,我也长大成家了。姐姐在外地打工,我带着弟弟一起生活。弟弟在一次恋爱中,受到打击,精神有些失常。刚开始,会跑出去一两天,就跑回来。可是这一次,一个月都还没回来。"

"我就辗转在各地白天打工,夜晚寻找弟弟。这期间又发生一件事情,自己得了一场重病,姐姐把自己在外打工的所有积蓄,都拿来为我治病。如果说没有姐姐,也没有现在的我。"

男人的目光深邃而幽远,那里面装满了人世间的爱。他一次都没有流泪,而是默默地用自己的双手把生活过得好了起来。他的脖子上围着一条围巾,是浅灰色的。"就在生活逐渐好转,弟弟却走失了。这让我愧对父亲,无论如何,我也要把弟弟找回来。"

北方的冬天,是厚重的灰色。他说:"家是什么,它是父亲用爱织出的一根绳子,把我们捆绑在一起。"我的脑海中出现一幅画面,汪洋的大海上,一只小船在迎着风浪航行。很多次风浪席卷而来,小船上的人紧紧团结在一起把它战胜,然后驶向想要达到的港湾。

人的一生很长,其中要经历各种风浪。而唯一能够战胜它的,是内心充满的爱与深情。酷暑寒冬,我们都在其中。

男人看着村庄里的房屋,指着一栋三层楼说:"那是我新盖的房子。弟弟也在前不久通过寻找,被救助站送了回来。"说到这儿,这个坚强的男人,露出了难得的笑容。

冬天的树木站在大地上,呈现出一派灰色的气概。新盖的房屋屋顶上,有灰色的小瓦,炊烟升起时,灰色的烟雾流动在村庄上空。"你看,那是我承包的果园。"这个深沉的男人,心中装满了希望与期待，也盛满了日月里的深情与厚意。

　　冬天在十一月底，继续向前。我们的生活都在这块土地上，继续。有北方的深灰，有中原地区的浅灰，也有南方的暖冬。

　　我们同在一片天空下，北方的村庄，灰色的屋檐下，挂着一串串金黄的玉米，未落完的柿子，在枝头可爱的笑。中原地区的田间地头，麦苗绿油油的，南方的花开一片。

　　春天将会在冬日的孕育中，悄然而至。

冬天不寒

寒冬的晨雾，把整个城市笼罩在朦胧中。高楼的轮廓若隐若现，光秃秃的树干，地面上的枯草，让我们无时不在明白，这是冬天了。

冬天的重要标志，是寒冷。我们在季节里感受着原本属于它的特性，然而爱与温暖，却把冬天解读成了另一种模样。

我们在生活中，度过这些转瞬即逝的日月，所有的遇见，才是它的内容与本质。遇见寒冷，遇见温暖，遇见爱，遇见你。

每一个寻常的日子，都有着让我们感动的事情在发生，这些无声流动的情义，在季节里默默流淌，从一个地方传递到另一个地方，从一双手上传递到另一双手上。

在一个寻常的冬日，一位甜品店的店主在朋友圈贴出两张照片，并配上了文字"这是快递员的手，手机也冻死机了，给倒了一杯热水，让他在店里暖一会儿，缓过劲来马上出发送甜品去了。他还想给女儿买个蛋糕回去，但是有点贵，没舍得买。我说：你送完过来，我给你优惠。（怕说送给他，他不好意思接受）"

两张图片，一张是一双满是裂痕的手，手上的皱纹缝隙里，有着日积月累的深色，第二张图片是这个年轻的配送员，穿着厚厚的棉衣，膝盖上绑着黑色的挡风护膝，脚上的鞋子有些湿痕。

甜品店里是粉红暖色调,与配送员在寒风中被吹裂的手,相互交融,整个图片是温暖的画风。在寒冷的冬天,外卖配送员的手被冻得通红,手机也被冻得死机了,店主就请他到店里去暖和一会儿。

这是一个最寻常的日子,也是生活中最常见的画面。我们每个人都在风雪中前行,生活的不易让我们顶风冒雪,但是总会有一些温暖的人和事物,在不知道的地方等着我们,让我感受到被爱的力量,然后又有了前行的勇气。

没想到的是,店主的顾客在朋友圈看到后,竟然有很多人,发来信息要送给外卖配送员的女儿甜品蛋糕。有的在信息里说:"从我的会员卡上扣,送他女儿一个美丽的蛋糕,和一杯热饮。"

还有人直接发红包给店主,留言说:"我可以买个蛋糕送给他女儿吗?不知道钱够不够,不够我再补。"还有顾客直接打电话到甜品店,要求送外卖小哥蛋糕。店主没想到,这样一件小事,竟然收到这么多人的爱心。店主谢绝了所有好心人的心意,表示蛋糕和甜品都会为配送员准备的。

我在冬天的晨雾中,看到这一则暖心的消息。窗外的城市,逐渐显露出完整的轮廓。冬日的暖阳,在上午时分,正在慢慢划开浓雾。

再寒冷的冬天,也会有温暖一直在。再厚重的冬雾,都会被阳光溶解。辽阔的人世间,我们在同一片天空下,传递着相同的爱与温情。

日子有苦有甜,生活的不易,是每一个成年人都要走过的路程。只是在风雨中,总会有人为我们撑起一把伞,也许只是一个瞬间,也许是一段路程,但是它已经把温暖圈在了心上。

这让我想起前几天发生的一件小事。城市的斑马线上,绿灯亮起。有小雨在天空中缠绕,过马路时,一个女孩已经走了几

冬天,万物收藏　　245

步,又退回来,她看见一个没有打伞的阿婆,正准备过马路。

女孩悄悄地把手中的伞举在了阿婆的头上,然后护送着阿婆安全地走过人行道。女孩身上的短裙长靴,如此美丽耀眼,它甚至把我的眼眶照得湿润。

该有多么美好的心灵,才会对这个世界尽显温柔。我透过店铺的橱窗,看见这默默发生的一幕,心中涌起热潮。这人间,有着太多的风雨时刻,那些及时出现的温暖,它在人生的路上,与我们不期而遇。

甜品店主的蛋糕与热饮,年轻女孩手中漂亮的雨伞,开在城市的角落。于是,城市愈加有着魅力。因为生活在其中的人们,书写着流动的情义。

谁说冬天是寒冷与枯寂,它是有着丰厚的底蕴与无比的暖意。这些温暖的人性,随处可见,就在普通人的身上,就在寻常日月里发生,就在你和我之间。

窗外的浓雾,在逐渐消退。银杏树金黄色的叶子,还有一些挂在枝头。远远望去,它把冬天点亮,成了一道自己的风景。城市因为这些一树一草而美丽,城市里面盛装着有情感的人,从而,这个冬天不冷。

漫天飞雪中,有艰难行走的人。茫茫人海中,我们与爱和温暖,时有相逢。我看见,前路上有着相互搀扶着的背影。

有人在叹:"生活不易。"有人接着说:"有我在身边,陪着你。"生活确实不易,我们几多风雨。但是那些爱与温暖,它却像是开在冬天的雪花,正在漫天飞舞。

橘色冬天

每个季节都有着自己的密码,开启着日月的门窗。四季它住在一个古老的四合院里,各居一隅。推开冬的房门,入目是桌上的彩色水果,炉火中映出的通红,茶杯里冒出的茶烟,醇酒酿出的浓香。倘若,刚好有一抹暖阳穿帘而过,落在这样的日子上,心底的温暖和诗意并出。

万物有诗情,冬有冬的诗意。冬天是暖橘色的,橘子,桔子,柚子,橙子,这些有着艳丽外衣的水果,在冬天跳起了一曲优美的华尔兹。雪梨,苹果,再加上羞红了脸的草莓,石榴,还有一些干果,整个冬天就被果香布满。

这些冬日的水果,像一个个铃铛,摇响了冬的韵律,整个冬天就明亮了起来。在暖气十足的房间,看窗外飘着鹅毛大雪,嘴里的水果,咀嚼出冬天特有的滋味。

超市的货架上,更是琳琅满目。鲜艳的水果,把冬天隔离在室外。仿佛这里与季节无关,我们挑选着喜欢的果实,一个个过目,认真且温和。冬枣,冬桃,一应俱全。现在的人们,生活在日日被水果包围的甜蜜中。

冬天,它并不只是我们常说的素白,还有明亮的橘色。"冬天是什么样的?""它应该是暖橘色的。"与冬天的冷寂刚好相反,活在冬天的人们却拥有着无比的热情。

住在高楼的女友,趁着休息日把家里的床头换个布面。修理工是一个五大三粗的乡下男子,站在门口看着整洁的屋子,一时脚不敢踏入。女友看出了他的急促,连忙说:"进来吧,家里好久没做卫生了,刚好晚点要做卫生,鞋套就不用给你了。"

稍显轻松的男人,进屋去认真地把床头板卸了下来,搬回店里换修好,然后再送来安装。这样就不耽搁主人的时间,也不会把屋子弄脏。男人扛着床头板就准备走楼梯下去。住在十几层高楼的女友,指着电梯说:"可以坐电梯的。"男人木讷的表情,露出了一丝羞涩的笑容。他是担心影响上下楼的人,才要扛着床头走楼梯。

"就乘电梯吧,这会儿上下楼的人少。"穿着橘色家居服的她,果断地按下了电梯的按钮。我看见一抹暖阳照在了她的脸上,浑身散发出明亮的光。我也看见了高大的男人,内心的干净,那是为他人着想的温柔。

冬天还在延续着,生活里这样细微的小事,时时都在发生。地铁上四个年轻工人,浑身都是白色的涂料,他们站在地铁上说着话,脸上有着乐观与明朗。地铁的座位有许多空着,他们却一路站着,是怕弄脏了座位。

冬天的地铁上,温暖如春。他们对生活的友好与温和,让我油然起敬。这是一个普通的冬日,这是一群普通的工人,这是一个平凡的世界。

耳际里正好有歌手在唱着:"把心窗打开,暖意透进来。冬天再冷,身体不会颤抖。热爱生命的心,把世界画满色彩。微黄阳光中,爱世间每种温暖的色彩。"这样的暖意随处可见,原本寒冷的冬天,有着明亮的暖橘色。那是人们用心的温度,绘画出的色调。

冬天的树木,颜色过于单调。我们寻找着属于冬天内在的诗情，炖锅里银耳雪梨冒出汩汩的声响，窗台上晒着一些桔子皮。柿子干、红薯干，经过时间的晾晒，愈加有了内涵，去掉了华美的外衣，留下的是经过风霜的筋骨，透出光阴的实诚。

在冬天的枯燥中，人们对色彩与美味的渴望愈加强烈。想要为每一种彩色的果实，写一首小诗，那种短短的，精干的。再与人安稳地对坐，话一些闲时的言语，空气中弥漫着橘色的冬意。

还想为生活中打拼的人们，写一首长长的诗，那种舒缓的，绵长的。想要把心中对这个世界的赞美写在其中，还想把那些美丽的灵魂刻画在上面。暖橘色的冬天，里面装着许多瓣甘甜与辛酸。

冬天的诗意，就在日常中。古城的暖阳中，期待着一场铺天盖地的大雪。手上金黄色的橙子，透出岁月里的冰清与暖光。

一颗颗带着暖意的心灵，在大地上行走。日子，总是庸常，但它并不妨碍我们寻找暖橘色的光。我想要把人世间的轻寒与温暖，都尝遍。

季节的密码，写在每一个日子上。在冬天我打开它，彩色的水果正在餐桌上诱惑着，炉火旁老人在不停翻动烤着的红薯。一杯殷红的茶汤，咂吧出生活的味道。

朋友圈友人写下："臭老爸刚酿的酒，他叫我舀去喝一下。别怪我，在我们山里，麻雀也能喝三两。"图片下是三大缸酒，上面盖着红色的棉布。红红火火的日子，就在那里。

超市里，年轻的母亲拿起一个橘子问身边的女儿。"冬天是什么颜色的？"天真的孩子脆生生地说："冬天是橘子色的。"她们说得认真，我听得真切。

我微笑着，写下这一切与世间有关的文字。每一种温暖的色彩，我都爱，它明亮且温柔。

冬已暮

时急时缓，冬天走到了大寒时节。从高速路上，向着远方望去，旷野有些苍凉。树木落光了叶片，光秃秃的，树丫上的鸟窝特别醒目。天空有着冬日特有的辽远与空旷，少有的几只鸟，掠过，有了生命的迹象。

冬向着深处走去，眼前是一片残荷满塘的景象。悲壮与凄凉，具体而形象。冬天的荷，更是有着不同于其他季节的特质，它带着哀思与念想。

老去的荷，弯了腰，低了头，少了青葱时的朝气，留下一池塘的孤寂。明明看见过它备受人们称赞的盛景，老去时依然少不了凋零之意。

这样也好，安静的荷塘，少了许多的烦扰，可以用来静思。冬天的哲理，在它的静默与寂寥中，或多或少。

我从荷的繁茂，看着它走向枯零。植物在寒冬，是四季中变化最大的。树木的萧条，残荷的闭目，以及蜡梅的示好。这些与冬天有关的事物，被风一吹，满腹经纶。

阅过盛年的华美，静默于离去时的尊严。残荷与枯木，古道与西风，自古就有。总有断肠人从秋思中走向冬天，他们把悲怆掩埋，露出一脸肃穆的表情。

人一旦明白了，就会少去张扬。敬畏之心，就会生出。桥下的残荷，孤独地活着。不再求得人们的赞美，它已经明白，生命的壮美来自自然的茂盛与凋零。

干枯的莲蓬，挂在茎秆上，几片不完整的荷叶，躺在水面。残荷一塘，少有喧嚣。有了意境的事物，大多是沉默寡言的。"谨言慎行"，是内在素养的提升。

《说文解字》中说："冬，四时尽也。"四季把冬天作为最后一站，也是季节的终点。冬，本意是"终"。也是一年的结束，此时万物收藏。

四时尽，应该是尽心，尽欢。人们在四时中，有着自己的喜怒哀乐。冬天悄无声息地，把生活临摹成了一幅画，有留白，有拥挤。

襄阳古老的城墙下，护城河亦是安静的。老人们，在城墙根坐下。打牌的，下棋的，日光落在他们已经满是皱褶的手上，有了停顿。

时光中，你我亦是同乐。城市的景，在最后的冬天里，呈现出暖色调。今年的大寒并不冷，早早地城市中的综合楼里，就摆上了迎春纳福的字眼。

奶茶店的门前，有着浓浓的文艺气息。而今的年轻人开店，大多是体验式的，不光是卖几杯奶茶，更多的是情怀。

他们用华丽与简约同时装饰着，手中握着适当的温度，眼中饱含对生活的阅读。纸杯里搅动着各种滋味，相爱的人，坐在一起，就是养眼。

我循着时光的经络，缓慢地前行。从店铺里透出的灯光，看见了台面上的几只干枯的莲蓬。你看，生活是多么有趣的组合。

郊外的气息，渗透在城市的角落。爱着的人，在哪里都有。"冬天，适合拥抱。"万物都在恋爱着，天地间，所有的事物都彼此深爱。

我们内心的向往，一定是与文艺相关的。残荷在郊外的池塘，被人们用如诗如画来形容。年轻人的时尚里，少不了与大地有关联的事物。

　　一对情侣，围着相同的围巾，相拥走来。暮冬，有寒意，也有暖流。一股暖流从古老的城墙根流出，它把城市的人们，紧紧地包裹，护城河用它深厚的文化底蕴，把生活在这里的人们浸润。

　　冬的思念，年复一年。荷塘里，残荷如新，淤泥之下，藏着新生。城市的甜品店，透出晕黄的暖光，一首熟悉的曲子，直击心底。

　　"走过那条小河，你可曾听说，有一位女孩她曾经来过……"多年前，一个美丽的女孩为了保护丹顶鹤献出了宝贵的生命。因为丹顶鹤身性孤傲敏感，陌生人很难接近。于是，与鹤为邻的女孩担当起了护鹤人的重任。

　　从小就跟着父亲照顾救助丹顶鹤的那位美丽女孩，为了救一只受伤了的丹顶鹤，年仅23岁的她，淹没在沼泽地。

　　女孩的家人，拿起护鹤人的接力棒，一直走在保护丹顶鹤的路上。女孩的父亲说，"他们一生只做两件事，十月送鹤离去，春天迎鹤归来。"其中漫长的一个冬天，就是满怀希望地等待。

　　冬至大寒，已是暮处。相拥与离别，期待与归来，都在冬天的路上。残荷的根部，正在长出新的莲藕，古城墙厚重的历史文化古韵，一代代在传承。

　　城市的甜品店，丹顶鹤的故事不断循环。年轻人的时尚里，保留着清新的文艺气息。人世间的爱一直在传唱，那是人与自然的共生，是对美好生活的向往。

　　万物收藏，收的是心，藏的是气。把心安放在当下的光阴里，去静静感受。把情绪调整到温柔，去拥抱所爱的一切。把一生的光阴，用来做一件热爱的事。

　　暮冬的苍凉与暖流，同时涌来。于四时尽头，我们赞美冬天，并期待着春的到来。

冬日风物

十一月花事

　　虽是立冬了，但是十一月的暖阳在古城依旧是明媚而温暖的。在没变天之前，除了早晚有些薄凉外，其余的时间段还是暖意融融的，尤其是阳光美好的午后时光，总让人想起咖啡与红茶的故事。

　　上午光景，陪着父亲去近郊的山坡走走。山路边的野菊花开得欢天喜地，把山径铺成了一条花道。清晨的露水还没有完全散去，有些湿润的野菊花，多了清新，少了娇情。整个胸腔都被漫山遍野的花香填满，一呼一吸之间，全是沁人心脾的清香。

　　迎着山坡的花儿，比山洼的野菊花多见一些阳光，生长出了一股英姿勃发之气。看着很小巧的花朵，在充足的阳光里，神采奕奕，把点点金黄，散落在山坡上。

　　我是喜欢与草木打交道的人，能够在四时不同中，听见不同的草木絮语。郊外的花，更是扎根在心底。每一个季节都会去寻找它们的足迹，与草木交，无须戒备，放下世俗的外壳，内心是清澈单纯的。

　　开在十一月的花，并不只是野菊花，只是野菊花离我最近，也是我特别喜欢的一种，所以用的笔墨自然就多一些。毕竟，对待自己喜欢的事物，我们多少是有些偏心的。

向上走去，山茶花在路口迎接着我们。十一月的山茶，已经是开得满树。白色的，红色的，在冬日的枯涩中，显得精神气十足。说实话，山茶花看上去并不是特别惊艳的那种，甚至还比较普通，可是认真端详它，你会看见它的白，是纯粹的。

所有事物，最怕认真二字。当我站在山茶树前认真地观察它时，它便打开心扉地对我诉说着。大自然是有灵性的，它能感受到你的真心。

山茶科植物有很多种，清朝谢堃的《花木小志》中记载："茶梅放。花类梅，大如鹅眼，银红色，极妍媚。仲冬始放。若无此花，则子月虚度矣。"红色茶梅的花语是清雅、谦让；白色茶梅的花语是理想的爱。

茶梅自古是中国的传统名花，南宋《全芳备祖》记载："浅为玉茗深都胜，大日山茶小海红，名誉漫多朋援少，年年身在雪霜中。"所述的"海红"即指茶梅。同时也出现了描写茶梅的诗词，宋代刘仕亨《咏茶梅花》写了茶梅优雅的形象和超逸的气韵："小院犹寒未暖时，海红花发暮迟迟，半深半浅东风里，好是徐熙带雪枝。"

十一月有许多花事在发生着。与父亲边走边说着话，路边的黄色野菊花丛中偏偏生出几只白色的小花。"那些白色的小花也是菊花吗？""那些白色的小花，是菊花中的一种，叫着雏菊。"十一月的花事里是离不开雏菊的。

乖巧纤细的雏菊，有点嫩生生的感觉。清雅而娟秀，有着孩童般的幼稚和天真。在一片金黄色的野菊花中，格外打眼。纵然是生在万花丛中，它的不俗依旧是让人过目难忘的。

雏菊的花语：纯洁的美、天真、幼稚、愉快、幸福、和平、希望、"深藏在心底的爱"。有着小小白色花瓣的雏菊有三种含义。第一种"永远的快乐"。传说森林中的妖精贝尔蒂丝就是化身为雏菊,她是个活泼快乐的孩子;第二种"你爱不爱我",因此,雏菊通常是暗恋者送的花;第三种则是离别。

多少是有点残忍的,这么清雅的小花竟然含着截然不同的两种心情。深藏在心底的爱与离别,无论哪一种都是带着不忍心。暗恋一个人,是幸福也是痛苦。离别一些事,是叹息也是无奈。谁不愿意爱得持久而明白,谁乐意在泪眼中与之离别。

只是这世事终不如人意,日子太长,一生要经历太多的爱与不舍。在我们习惯了生活时,生活也包容着我们。一时一世,我们不明白前方的路途,有多遥远,有多坎坷,有多欢喜。

这让我想起了开在十一月的美人蕉。花月令中:"十一月,蕉花红。枇杷蕊。松柏秀。蜂蝶蛰。剪彩时行。花信风至。"红色的美人蕉开了,在十一月的风中,昂着高贵的头颅,把平庸抛在脑后。

小时候住在外走廊的楼房,每家每户都会在阳台上放上几盆花草。母亲的花中,有指甲草,有太阳花,还有美人蕉。美人蕉的花朵特别大,普通人家都可以种上它,因为不名贵,所以更亲民。

清朝的书籍中记载:"十一月,美人蕉红。类甘蕉而细,树高三五尺,花如将开莲,作石榴红,插瓶可耐数月观。"古人是很懂生活美学的,多年前就会把美人蕉插在瓶子里,来装饰自己的生活。把日子过成一朵花,古人比我们有耐心。

十一月,有着自己的花事情缘。美人蕉红了,山茶花开了,野菊花漫山遍野,雏菊娇羞着,还有岸边的芦花在风中摇曳,木芙蓉开出纤细之美。这些花儿,都在十一月的日子里。

"把日子过成一朵花。"是要我们去发现美,并懂得美,从而珍惜美。"所谓花者,是从慈悲生义。"慈悲,一个多么温柔的词

冬天,万物收藏　255

语。在这个世界上，花的慈悲就是对日月的无私奉献。人的慈悲大概就是能够温柔地对待日月吧。

一阵凉风吹来，我和父亲的脚步慢了下来。索性坐在野菊花丛中，慵懒地晒着太阳。眯起眼，午后的阳光穿过眼帘，有着万花筒的绚烂，身边的野菊花散发出迷人的清香。

远古与近郊的花事，在十一月里走过一遭，留下了从古到今，依然不变的传奇色彩。

山茶凝霜

　　十一月的自然界，多了些沉睡与凋零，少有鲜活的植物能开出艳丽的花来，蜡梅未至，桂花收起芳香，菊花收敛了笑容，此时，能撑起舞台的，大概只有山茶花了。

　　秋末冬初，在季节的交替中，山茶花缓缓开矣。我知道它开，是在立冬的一个午后。山路被落叶铺得松软，视线中的枝干，多是光秃秃的，行至半山，目光被一株山茶惊醒，是的，一棵棵山茶树，枝头绽放出许多的山茶花。

　　那些山茶，不拥挤，一株一株保持着良好的距离，既能让路人悦目，又能够自己赏心，恰到好处的相处，是一件不容易的事情。红的，白的，把一个枯燥的冬天点亮，山茶花是那种不知自美的花，没有羞答答的遮掩，反而开得洒脱。

　　花期比较长的山茶，从十一月份一直开到来年的四月，冬的严寒无损于它的美丽，春风的温柔它也能坦然接受。唯独到了夏天，是实在受不了热，便放下身段歇息，它是懂得凡事不必死撑，物极不可用尽的豁达和率真。

　　开在山野的山茶，自有一份潇洒，去了繁杂留下简单，单纯地为了日月开放。种在庭院的茶花，也能融入人世间的热闹，随着众多花事一起开放。虽然它比起唐朝时盛赞的牡丹，少了一些雍容华贵，但多了一份历练的淡定，让山茶花更耐看。

山茶花在中国传统"十大名花"中排行第八,也是世界名贵的草木之一。《花镜》中记载茶花的品种有十九个之多,其中的茶花名字极是好听,玛瑙茶,杨妃茶,正宫粉,照殿红,一听这样的名字,脑海中的茶花就开出一座宫殿来。

停在山茶树前观花,记起金庸笔下的段公子和王夫人,与花对话。段公子口中的茶花,名字又是不同。"满月,眼儿媚,红装素裹,美人抓破脸,倚栏娇。"山茶花在金庸先生的笔下,多是美人胚子,携裹着诗情画意,活脱脱一个个美女,从眼前一一走过。那王夫人,为一个人痴情到了庄前庄后,都是相思花。

"抓破美人脸",这样的花名,听起来总是让人心生纠结的。你说好好的美人脸上,落下几条细细的血痕,若隐若现中。我把这样的场景与山茶花联系起来,就生出了趣味,好像有故事藏在花心里,只是那故事又不便对外人说,索性就那么牵肠挂肚地,开在了冬日里。

据说山茶花是大理的国花,王夫人在山庄种满茶花,思忆故人,并将这开满记忆的山庄,命名为曼陀罗。因为茶花,王夫人结识了段誉,也为女儿王语嫣与段誉会面埋下了伏笔,荡气回肠的爱情,让人不由自主地想起山茶花的执着。

赏花定是在感知美,每个人看花的感受都是不同的。一种花,百般义,只是在于赏花人的心情和看法。生的地方不一样,看见它的人,也会有着不一样的感受。到了大理的"云锦楼",段公子说它们的名字就多了官宦之气。"落第秀才,十八学士,八仙过海,风尘三侠。"同是山茶花,对于赏花人的意义各有不同。

蜀汉《花经》上记载,把山茶花列为"七品三命",封作花中贵族。贵族自然是有些气度和风华的,那种矜持是常人不能比的。一花而已,在不同的朝代,不同的地方,也被赋予了不同的内涵。

父亲告诉我,山坡上的山茶最美。父亲小时候会上山采回野生山茶,也是令人满心欢喜。那个年代的人们身上的服饰都是单调的色彩,但是山茶花开之际,小城的人们都会采回一大捧野生山茶花插在家里,贫困的年代,山茶花带来的是新年初春的暖意。

北方友人说,在北方山茶花独特的名字叫:"耐冬"。这名字倒是很贴切的,原本开在冬天的山茶,具有耐寒的体质和内在抗寒的精气神。其实山茶花不是娇气的植物,只是后来人们喜欢,便会移植到盆里,搬回家里,点缀日月。

一到冬季,花鸟市场卖得最多的就是茶花,几种颜色的茶花,任由顾客挑选。从几十元到几百的都有,入了眼,下了钱,就归了你。城市的居民,也能在山茶花的花语中,美美地度过一个冬天。到了过年时,它更是开得欢,添了喜庆。

山茶花开在冬春之际,花枝丰盈,端庄高雅,无论是在山坡还是在厅堂庭院,它都能撑起岁月里人们对美好生活的愿景。而它却又是没有傲气的一种植物。它的花语:"理想的爱,谦让。"它是一种有着智慧的植物,既懂得如何爱己,又明白如何爱人。

据说山茶花凋谢时,不是一朵一朵地落,而花瓣一片一片地慢慢凋谢,直到生命结束。把深情和依恋,都安放在了花瓣中,也难怪王夫人对段正淳的爱,是理想中爱情的模样。种满山茶,一开花便如同看见了那个人来了。

"道人赠我岁寒种,不是寻常女儿花。"诗人们留下对山茶花的描写诗句很多。耐得住岁寒的人,定是有着不同寻常的过人之处。一种植物也有着自己的气节,生而为人,我们的内在更是不能过于空乏。

沿着山路下山,山茶花留在山坡上,让后面路过此处的人们，继续欣赏。站在冬阳下的山茶树前，刚好有只蜜蜂正在花蕊中忘我地采蜜。我是想要摘下一朵插入粗陶罐中，话语未落，一位朋友慢条斯理地说："花开得好好的，摘了别人不就欣赏不到了。"我的嘴角荡起了笑意，原本犹豫，放下念头之后轻松了。是啊，花儿的美丽，不是为一个人开放的，而是为了这个世界。

真是应了，一见钟情只是她，繁华落尽也是她。总是有些人，有些花，陪着我们走过那些严寒的冬日。

一季冬红

大自然的美丽,总是在季节的每个岸口等待着我们。结束了一季的秋黄,冬天的雪白和深红,就成了冬的底色。除了冬天的雪花,再有让我们惊艳的色彩,便是炭火的通红,红叶的傲霜,红果挂在田野,还有新年的喜庆。

入冬不久,阳光甚好的时日,气温并不算低。连日的晴朗天气,使得初冬少有枯燥和寒冷。人们相约着去看红叶漫天的山峰,冬被红色染出了亮丽。去郊外的一处红枫园,原是为了寻枫而去,也是想着让冬天有点气氛。

绕过弯曲的山路,车子停在了一处山坡上。只是进入红枫园的地带,就被眼前半山坡的红果,吸引了视线。"你们看,那些红色的果子。"一阵惊喜随着惊呼声在心间涌起。怎么去形容那初见时的惊艳呢,不是林黛玉与贾宝玉初次相遇的"这个妹妹我好像见过"。不是这样的,而是完全陌生的美感冲击着眼帘和心底。

那些红果不是熟悉的,完全陌生的一种初见之喜。那么突然闯进的亮丽,像一束束火把,点亮了眼眸,勾起了心中最深处的欢喜。没有铺垫的相遇,能打动我们的自然是最原始的心动。

"阿姨,这是什么果子呀?"

一位优雅的阿姨指着站在面前的老人说:"他是植物专家,

告诉我们这是海棠果。"

"海棠也结果吗?"

"海棠不仅结果,果实还能食用。"

大自然真是有着神秘的力量所在,春夏秋冬,都有花儿和果实。大自然宽广的胸怀里,我不知道还有多少奥秘,是需要我们用毕生精力去了解的,我想那应该是永无止境吧。

海棠果在阳光下,闪烁着调皮的光芒。它那红彤彤的小脸蛋,仿佛在对钟情它的人说:"你不来,我怎敢离去。"是等待,海棠果等待着初冬里的一场相遇,它会盛大地招摇着,一直钻进人们的心窝。

没有羞涩,海棠果大大方方地把一个个小灯笼挂在枝干上,海棠树的叶子早就凋落,树干上只剩下红色的果实。是古老的四合院里,在冬季的夜晚点起的红灯笼吧,驱赶着冬天的寒冷,传递着人间的灯火。

凝视着眼前的海棠果,它并不躲避,就在眼前静静地候着,有些乖巧,有些玲珑。光洁的皮肤上,落着一层荣光,那红便有了几分通透。舍不得去触碰,遇见真正美好的事物,人的通性其实是欣赏和爱护的。天空下的海棠果,红了。整个山坡全被披上了红色的毯子,在蓝色的天空和黄色的土地之间,它的红色更像是一条纽带,联系着天地之间的情分。

没有了情分,即便是再辽阔也失去了生机。海棠果给冬天的天地带来了活泼和悦动。春华秋实,到了冬天就是沉甸甸的一肚子的学问了。冬阳下的红果,让我怦然心动。很久没有这样的感觉了,生活的愉悦在通红的果实中,逐渐回潮。

不是说来寻找红枫的吗,是不是走错了地方,误入了果园?我们带着怀疑继续向山坡深处走去,连绵的红叶,在海棠果的旁边铺陈开来。红色连成了一片,竟然没分出来红叶与红果。

冬天的视线中，只有这动人心魄的红。燃烧着，在风中奔跑着。红色，中国人传统中的底色。对于红的热爱，从人类有了第一个火把开始的吧。那是光明的象征，那是生活的根基。

我在整个山坡的红色中，沉醉。眯着眼，阳光透过红枫的叶片，在眼前晃动出了红色的绸缎，扭秧歌的人们腰间扎着红腰带，还有婚房的门窗上贴着的大红喜字，好多好多关于红色的故事，在眼前上演。

这迷人的红色枫叶，傲然于霜雪即将来临的冬天，它把一颗红热的心献给了岁月。我拾起一片红枫叶，拿起背包中的钢笔，在叶片上写下几个小字："向美而生。"是天地间的万物滋养着我对生活的感知，以及对美的译释。

热爱生活的人们，拿着相机，舞起纱巾，在红枫树下，在红果林中，留下一串串笑声。友情与亲情是人世间最美好的情感，它在冬天的红果红叶间流动。其中韵味，可观，可想，可留。伸出手来，托住的就是一季的美好。敞开心灵，人与人之间生出真诚。

红了的不只是这初冬的果子和叶子，还有大地上人们对美好生活的向往。我欣喜于这份来自大自然的心动，静静地坐在红叶满地的山坡上，闻着落叶特有的气息，很好奇落叶的气息不是颓废的，而是带着一丝香甜和清新。

深呼吸，放眼望去。海棠果在蓝天下欢快地跳着舞蹈，红叶在大地上安静地写诗。正午的阳光，散落在山坡上，红色在阳光下，更加温暖。

"小青蛙想要一张小书签，窗外有张漂亮的红枫叶，夹在书中刚刚好。可是真不巧，青蛙先生看中的书签，小蜥蜴正把它当作被子在盖。"风中传来的童话故事里，把一颗历经岁月打磨的心，浸透在红色中，柔软再柔软。

冬天，万物收藏

相机的快门在我的手中不停按动,远处有人却悄悄拍下了我的身影。卞之琳的《断章》在脑海中盘旋:"你站在桥上看风景,看风景的人在楼上看你。明月装饰了你的窗子,你装饰了别人的梦。"

在美景中,是容易动情的。想那古时的诗人们,多是走遍大江南北,在大自然中写下不朽的篇章。是容易动情啊,尤其是在冬天的一季红中,想起久远的和近处的诸多往事,心中涌动着炭火燃烧时炸裂的声音。

不入冬,怎知冬之暖。不相思,怎知情之重。不用心,怎知心所在。大自然是美丽的,世界是有温度的。红,是自然,亦是生活。

广德寺的蜡梅

在不经意间，撞见了蜡梅花开。是没有准备赏梅的，原只是想去寺院走走，却偏巧遇见了蜡梅初开的模样。在古隆中脚下，有一处千年的寺院，它静静地坐落于岁月的尘烟中，清净而幽秘。

位于襄阳古城的广德寺，有一棵千年银杏。我总是会寻了清闲的一段时光，在它的树荫下待会。这棵千年银杏树，身披岁月的袈裟，安稳于寺院之内。在银杏树下站立片刻，顿时忘了红尘纷扰。低头寻思，寻找着菩提的明净。一抬眼之间，视线被一枝蜡梅所牵。

一抹浅黄，散发出丝丝的花意，在腊月里盛开。蜡梅树不算很高，它在多宝佛塔面前，显得娇小。转山转水转佛塔，我是顺着佛塔的方向，刚好在转完一圈之后，看见蜡梅的小巧花朵。真是静幽啊，连开花都是静悄悄的。

一方寺院的一株蜡梅，在腊月初，开花了。这原本是一件并不值得惊奇的事情，对于蜡梅来说，是再普通不过的事了。花期到了，便自顾开了，不需要通知谁，就那么兀自在一个清晨或者一个傍晚，绽开了自己的花朵。

"梅破知春近。"蜡梅是来递送春的消息吧，它从唐诗宋词中走来，予寒风中开放，把人间的岁月写在心上，缓缓地吐蕊，静静地芬芳。再想起那句："陌上花开，君可缓缓归矣。"年近了，蜡梅期盼着一个旧人，能千里迢迢赶回来，看它。

蜡梅是瘦的，树的枝干也是精瘦的，没有一点多余的脂肪，苍劲中带着温柔，柔美中有股傲寒之气。蜡梅是有风骨的，百花种种，偏它选在寒冬腊月开放。如果说冬天，最美的期盼是一场雪落，那么最值得期盼的事情就是踏雪寻梅了。

瘦是瘦了点，但是却很好看。这样子，倒是更让人不敢随意招惹。不像是桃花开时，巴不得每个人都沾染上点桃花运。而蜡梅，它不，它守着自己的一方净土，淡看流年中的桃红柳绿，只做自己。

在蜡梅的一边，是寺院的红墙，黄色的小花，落在红墙背景上，美得恰到好处。不是那种妩媚之姿色，而是娴雅之静气。我是喜欢这种带着静气的植物，不招摇，不喧嚣，却有着自己的风华。

"疏疏淡淡，终有一般情别。"蜡梅是有心的，它早就看淡了人世间的聚散别离，躲在这寺院的一角，暗香萦怀，独自洒脱。最出名的一首《卜算子·吟梅》："驿外断桥边，寂寞无开主。已是黄昏独自愁，更着风和雨。无意苦争春，一任群芳妒。零落成泥碾作尘，只有香如故。"

宋朝诗人陆游，把一腔的情怀，借花之寓，抒发出心中的情感。陆游一生钟爱梅花，早就把自己写进了梅花诗句中。想那梅花，清绝脱俗，却又逃不过世事的沧海桑田，不管是寂寞还是忧愁，都带着高洁的气质。

有时候，我在想，倘若我是那诗人，该怎么去描写这眼前的蜡梅。我原本不是一个多情的人，但还是对着一树的蜡梅，生出了丝丝缕缕的情意。枝头上的每一朵小花，它都是一个精灵般的女子，长袖起舞，把寒风关在心门之外。

寺院里，安静极了。连风吹的声音，都能够听见。广德寺的蜡梅，正孕育着春的气息。它是一个挑灯夜读的读书人，在严寒中苦读。寒窗苦读，一腹诗书，是温暖岁月最好的方式。偶尔，有人来探望，就着一壶茶水，聊至尽兴。临走时，读书人，剪了几枝蜡梅相送，一段过往就此别过。

窗前几上，能够在青花瓷瓶里，插上三两枝初开的蜡梅，该是冬日的一幅美景吧。每每看着喜欢的花草，就会想象它若插在陶罐里，应是更加有情趣。

"好好的花草，摘了插在自家屋子里，是美了自己，但是路过的其他人，就再也看不见它的美丽了。"至此，我就断了采摘花草之念。想要插花，便去花店买了来用。或者在路边捡起一些枯枝干果，来满足喜欢的心。

蜡梅，也只能是赏析了。剪花插瓶，就算了。在图书馆借了《花木小志》，已经好久没还，一到写花，就会翻开它，在其中探索。关于蜡梅，上面记载："蜡梅澡雪。"光看这四个字，就足够美了。

"檀心夜月暗香生。"那女子眉心的一点梅花妆，早就把心思暗许，才有了不动声色的美丽，心有所属，余下的就是暗香一地的静美。在月夜下的身影，是不是眼前梅花般的清丽。这样的女子，才情过人，早就明白了世事。

"雪满千山窗外矗，相逢高士羽衣轻。"能与一高士相逢，就是一场幸会。能高过且与人的，是有着无人能及的通透。蜡梅如君子般的品性，在雪满千山之际，显露无遗。千山万水寻来，只为知己一人，便足矣。这人世，能懂得自己的，又有几人。他日，相逢，定当为之，舞一曲霓裳羽衣。

这些写梅的句子，在脑海中盘旋。就看见了一身鹅黄的女子，踏着雪花而来。不是林黛玉的多愁善感，也不是薛宝钗的圆通豁达，它是那有着决绝气质的妙玉，那个喜欢用梅花雪泡茶的女子。有着洁癖，有着性情，有着不落风尘的与众不同。

寺院的蜡梅，开在腊月初。正好与《红楼梦》中的妙玉契合，是偶然还是必然，我不再深究。能走进它身边，放下一切俗世之心，这一遭与它相遇，就有了意义。净心，原来是需要自己内心的清明。

安于岁月的烟火风尘，蜡梅在一处幽静的寺院，仿佛被遗忘，实则是安宁。一颗纷纷扰扰的心，看灯红酒绿醉人，却还是不能安于日常，曲终人散，落寞依旧。还不如，这寺院的一株蜡梅，眼中的日月，清净安简，内心的世界，清澈透明。

应该放下的，就放下吧。能够简单的，就简单点。心清明，则万事明清。一朝入世，不输于一段蜡梅的清香。这就是甚好。

寺院里，银杏树依然在诉说着流年往事。寒风中，一枝蜡梅，悄然探出头来说："君可缓缓归矣。"

兰芽知春早

一个季节盛装着无数美丽的因子,它们在每一个普通的日子里,用心活着。冬天的美,被无数次赞美过,我也不例外,不遗余力地书写着冬天。

从眼见到耳闻,再到根基。我是在一个无意中,看见了冬天的惊喜。小寒已过,大寒未至,就在这段时间里,突然就发现墨兰长出了花苞。

日子消耗在忙碌中,每个人的脚步里都饱含着生活的艰辛与仓促。匆忙中,我们忽略了许多身边细小的美丽,它们在静静地生长。

一根花秆上,攀爬着几粒花苞,纤细而不易被发现,与墨兰傲人的叶片相比,这枝花秆就显得不惹人注目。

我们对盛大而繁茂的事物,会投入较多的视线,还有一些较小众的美,它们其实意味会更加悠长。

这盆墨兰,被植入花盆,已是有些年数,从来都是一身素叶加身,没有露出过半丝让人惊艳的地方。静静地,它在自己的年华中,一年又一年。

在冬天,能够早早接收到春的信息,兰芽是其中之一。大家耳熟能详的是那句"春江水暖鸭先知",最早知道春的消息,还有这些草根与草芽。

记得某年,在山路上遇见一放羊的老者,那是暮冬。满目的枯草,天空与大地,都袒露在视线中,有着厚重的土黄。树木枯索,水面平静。

一群羊在啃着枯草,老人静静地坐在山坡上,看着他的羊群。天空是灰暗的,暮冬的气息笼罩着整个山脉。

老人说:"在山里,最早泛出绿意的是草根。古人没有日历,只要看见草根泛出青痕,就知道春天来了。"大地上的人们从大自然中总结出了四季的变化,最贴近生活的观察,让自然与人融为一体。

于是,在后来的冬天,我都会从草根处去探寻春的消息。兰芽知春早,家里的几盆兰草,在暮冬都生出一些新的兰芽。

墨兰开花,是到了适当的时候,它感受到了春的气息。这种兰,因为花开在一年的终端,就有了另一个名字"报岁兰"。兰草是我国十大名花之一,有着"王者之香"的说法。

孔子说:"芷兰生幽谷,不以无人而不芳,君子修道立德,不为穷困而改节。""与善人居,如入芷兰之室,久而不闻其香,即与之化矣。"

中国人对兰花的情有独钟,早已融入生命中修身之境界。君子应以修道立德为根本,而不是以外界的环境而转换。

冬天的美丽事物,数不胜数。兰草在晚冬时节,散发出自己独有的芳香。后来张九龄的诗中,就留下了一句著名的"馨香岁欲晚,感叹情何极"。

墨兰伸出一只纤细的花杆,在探索着春的消息,顺便告知人们,这一年又将结束,我们收获多少,留下了什么。

这种兰,还有着"拜岁兰,丰岁兰"的称谓,大多是人们对美好生活的祝愿,都寓意在一株兰草上。其实,任何一种与美好相关的事物,都会被发现,并赋予一个美好的象征,这是中国人对美好事物的表达情怀。

馨香岁欲晚,这些静静生长的墨兰,用自己细小的美,装扮着日月。即便是生而平凡,也可以贡献出自己的一丝细微的美丽。

季节的美,由许多种事物组成。生命的美,不也是如此吗?

关于《人间四季》

《人间四季》,是一本有温度的散文集。

整本散文集以时间为主线,通过对四季中节气,植物,风物,大自然的变化,以及生活在大地上人们的感知,用饱含深情的方式书写最寻常的日月。引导生活在四季中的人们,与自然共生,回归生活的纯粹。

把四季的变化融入日常的生活,有温度地书写。让人们能够在人间四季中,寻觅到一种舒适简单的生活美学,以达到人与自然和谐共生的关系。

我们本是大自然的一部分,是时间的行走者,行走在大自然的四季中,行走在古老的节气中,行走在日常最简单的幸福中……

散文集分四个部分:

春天,万物生长;

夏天,万物皆盛;

秋天,万物成熟;

冬天,万物收藏。

"爱人者,人恒爱之。敬人者,人恒敬之。"让我们在时间中彼此深爱。

香袭书卷
二〇二一年元月